Eva Brhel

Galgenhohle

Von der Autorin bisher bei KBV erschienen:

Abtsmoor

Eva Brhel, geb. 1971, hat nach ihrer Ausbildung zur Fernsehredakteurin, nach 15 Jahren Kleinkunst (die Autorin der Stücke war sie selbst), nach acht Jahren Öffentlichkeitsarbeit, schließlich einen Krimi geschrieben. Sie lebt in Nordbaden am Rande des Kraichgaus, wo sie das Verbrechen aufspürt.

Eva Brhel

Galgenhohle

Hannah Henker ermittelt

Originalausgabe

www.kbv-verlag.de
E-Mail: info@kbv-verlag.de
Telefon: 0 65 93 - 998 96-0
Fax: 0 65 93 - 998 96-20
Umschlaggestaltung: Ralf Kramp
unter Verwendung von:
© Aleksey Stemmer und © andreiuc88 – www.fotolia.de
Redaktion: Volker Maria Neumann, Köln
Druck: CPI books, Ebner & Spiegel GmbH, Ulm
Printed in Germany
ISBN 978-3-95441-232-7

Für Bernd Klußmann-Nittner, † 09.01.2015,
der mir bis zum letzten Vorhang Lehrer,
Schauspielpartner und Weggefährte war.
Hab Dank, mein Freund.

Prolog

Und dann kam das Zittern. Er zitterte am ganzen Körper. Zähneklappern, Herzrasen, in den Ohren hämmerte der Puls. Eisig kroch die Kälte über den Brustkorb bis zum Hals, schnürte ihm die Kehle zu. Etwas stimmte nicht mit seinen Gedanken, sie rasten wild und durcheinander, pochten gegen die Stirn, sein Herzschlag dröhnte. Er konnte sich nicht mehr auf den Beinen halten, sackte zusammen. Dann machte sich ein Bild in ihm breit, und es wurde still: wildes Grün, mystisches Licht und Schattenspiele, ein tiefer Weg, umsäumt von einer Kathedrale aus Bäumen und Büschen.

»Die Galgenhohle«, flüsterte er und ein Lächeln umspielte seine Lippen.

Dann hörte er das metallene Einrasten des Hahns. Kalte Angst in Kopf und Kehle, tosendes Hämmern in den Schläfen, das Blut rauschte durch die Adern, Augenflackern, ein Krächzen: *Salva me.*

Dann lag er da, Blut drang aus dem Einschussloch. Eine behandschuhte Hand steckte ihm eine Buchseite in die Innenseite des blutbefleckten Jacketts.

Im ersten Morgengrauen wurde der Tote gefunden. In Nassau auf den Bahamas war das *Over the Hill* nicht ungewöhnlich. Aber ein Europäer, aus Deutschland – das kam selten vor. Touristen verirrten sich nie in diese Gegend. Der Polizeichef stöhnte über den bevorstehenden Aufwand und legte eine weitere Akte an, die sich zu den anderen gesellen würde. Hundert Morde pro Jahr, wer sollte dem gewachsen sein, fragte sich der Polizeichef von Nassau, bevor er sich ein Taxi rief, um sich nach Paradise Island fahren zu lassen. Diese eine Stunde am Vormittag, an einem der schönsten Strände der Welt, die würde er sich nicht nehmen lassen. Auch nicht, wenn der Europäer ein Deutscher war.

1. Kapitel

So hatte Hannah sich das nicht vorgestellt. Nachdem sie sechs Wochen auf der psychosomatischen Station C2 in Bruchsal alles über sich hatte ergehen lassen, Einzelgespräche, Gruppengespräche, Bewegungstherapie und Kunsttherapie, sogar gemeinsam organisierte Spieleabende, hatte sie nur eine Woche nach ihrer Entlassung schon wieder einen Gesprächstermin. Sechs Wochen lang hatte sie nur geredet. Über sich, über die anderen und über den Sinn. Und vor allem hatte sie dann geredet, wenn man es von ihr erwartete. Konkret, wenn die Therapeuten sie aufmunternd ansahen und ihr zunickten.

Dennoch, es hatte ihr gut getan, nach ihrem ersten Fall im Raum Karlsruhe, nach ihrem Hörsturz, nach der gescheiterten Beziehung mit Georg Kaiser, dem Karlsruher Staatsanwalt. Sie hatte gedacht, sie habe ihre große Liebe verloren. Und das hatte sie auch. Den Verlust ihrer Band Labradors, den hatte sie nicht verkraftet. Sogar jetzt, nach ihrem Aufenthalt auf der Psychosomatischen Station, wusste sie nicht, ob sie damit fertig werden würde. Die Auftritte, die Musik, ihr altes Leben – das war vorbei. Aber jetzt war sie hier. Und sie war bereit. Auch, wenn nur die leiseste Erinnerung an dies alte Leben wehtat, akzeptierte sie, dass es vorbei war. In seltenen Momenten ihrer Therapie war sie dankbar, das alles erlebt zu haben. Doch dann erwischte er sie doch, der Schmerz, mit dem sie in ihrer Therapie zu leben gelernt hatte.

Es hatte auch gute Momente gegeben, das gab sie gerne zu. Vor allem mit Philipp Waldhoff, der eine Woche nach ihr gekommen war, hatte sie sich gut verstanden. Sie hatten sich oft davongeschlichen, sich eine ruhige Ecke gesucht, Bier und Tabak immer dabei. Und dann hatten sie das Schweigen und das Verbotene genossen. Und so hatten sie sich angefreundet und ein erstes Treffen nach Philipps Entlassung in Bruchsal vereinbart. In dem Eiscafé unten in der Stadt, wo sie häufig in den sonnigen Oktobertagen gesessen, ihren Espresso gerührt, den vorbeifahrenden Autos nachgeschaut hatten und sie sich, jeder für sich, gemeinsam erholten. Manchmal, wenn die Abendentspannung vorbei war, gingen sie zu dem Italiener, nur ein paar Geschäfte vom Café entfernt, und ließen es sich bei viel Wein und italienischen Spezialitäten gut gehen. Bis um zehn Uhr abends mussten sie auf der Station sein, und oft rannten sie die fünfhundert Meter zurück, weil sie die Zeit vergessen hatten.

Aus welchem Grund Philipp sie jetzt zu seinem Entlassgespräch einlud, das konnte sie sich nicht erklären. Er wusste doch, dass sie diese Gespräche mit den Therapeuten verabscheute. Aber es sollte eben ein Mitpatient anwesend sein, damit dieser auch etwas zur Entwicklung des zu entlassenden Patienten beitrug. Also Innensicht des Patienten, Außensicht des Mitpatienten, Gruppenumarmung, und das war es dann.

Philipps Termin war auf Sonntagabend 18 Uhr gelegt worden, wahrscheinlich weil Hannah schon wieder arbeitete. Für alle Fälle hatte sie eine Flasche Whisky dabei, denn es war klar, dass sie noch mit Philipp anstoßen würde.

Wird schon werden, dachte Hannah, als sie auf den leeren Parkplatz rollte, einparkte und den Motor abstellte.

Oben auf der Station C2 angekommen lief sie direkt über den langen Flur ganz nach hinten zu dem Besprechungsraum. Die Tür stand offen. Hannah sah auf ihre Uhr. Fünf vor sechs. Sie war nicht zu spät. Dr. Niemahl saß lesend in seinem Sessel, der Tür zugewandt, den Patienten erwartend. Zögernd klopfte Hannah an.

»Frau Henker, guten Abend! Heute sind Sie aber einmal pünktlich«, sagte er mit der immer gleich monotonen Stimme, schüttelte Hannah die Hand und schloss die Tür hinter ihr.

»Ich war doch eigentlich immer pünktlich«, antwortete Hannah und ärgerte sich im selben Moment, dass sie dem Psychotherapeuten eine Vorlage gegeben hatte.

»Es war nicht meine Absicht, Sie zu verärgern. Ich wollte nur anerkennen, dass Sie so pünktlich gekommen sind. Alles andere ist Ihr Anteil.«

Unschlüssig stand Hannah vor dem schmächtigen Mann mit den kurz geschorenen Haaren, der wie immer eine dunkelblaue Hose mit einem karierten Hemd trug, dessen Ärmel er hochkrempelte.

Dies war der Raum, in dem Hannah sechs Wochen lang ihre Seele auf den kleinen Tisch geworfen, akribisch durchsucht und erforscht hatte. Hannah ließ sich unaufgefordert in den Patientensessel sinken, der ab jetzt nichts weiter als eine Sitzgelegenheit für sie war. »Wo ist denn Philipp? Der ist doch sonst immer so überpünktlich?«, fragte Hannah.

»Das empfinde ich eigentlich als therapeutischen Fortschritt, dass er einmal die Erwartungen an ihn nicht erfüllt. Ich warte jetzt schon eine Stunde auf Herrn Waldhoff. Über das Wochenende war er an sich recht zurückgezogen, aber durchaus guter Stimmung, wie ich hörte. Wir sollten einmal nach ihm sehen, meinen Sie nicht?«

»Er war über das Wochenende stationär? Warum?«, fragte Hannah irritiert nach.

»Er hatte am Freitagabend ein Treffen mit seiner Verlobten …«

»Um sich endgültig von ihr zu trennen, das hat er mir erzählt«, unterbrach Hannah den Therapeuten. »Aber was hat das damit zu tun, dass er das Wochenende auf der Station verbrachte?«

»Weil er hier einen Schutzraum vor seiner Verlobten hatte. Im Team hielten wir diese Entscheidung für klug. Meistens beruhigt sich so eine Situation wieder nach ein paar Tagen.«

»Und nur deswegen hat er ein ganzes Wochenende freiwillig auf der Station verbracht?«, fragte Hannah ungläubig.

»Liebe Frau Henker, jetzt muss ich Sie daran erinnern, dass Sie hier auf meiner Station nicht als Kommissarin agieren«, sagte Dr. Niemahl, ein feines Lächeln auf den Lippen. »Ich werde Herrn Waldhoff jetzt holen gehen. Darf ich Sie bitten, kurz vor der Tür zu warten?«

Hannah folgte dem Arzt, blieb aber bei den Stühlen gleich neben der Tür stehen. Sie wusste, dass das Zimmer von Philipp schräg gegenüber lag. Sie war gespannt, wie Philipp reagieren würde, wenn er bemerkte, dass er seine eigene Entlassung verpasst hatte.

Dr. Niemahl klopfte. Nichts. Als nach wiederholtem Klopfen keine Reaktion erfolgte, drückte er die Klinke herunter. Doch die Tür war verschlossen.

»Er ist nicht da«, registrierte der Therapeut verwundert.

»Ich ruf ihn auf dem Handy an«, sagte Hannah und zog es aus ihrer Manteltasche. Als sie das Freizeichen hörte, schrillte Philipps Klingelton aus dem Zimmer.

»Dann hat er wohl sein Handy in seinem Zimmer gelassen. Es tut mir sehr leid, Frau Henker, da sind Sie ganz umsonst gekommen«, entschuldigte sich Dr. Niemahl.

»So wie ich Philipp kenne, hätte er den Termin abgesagt. Wir sollten in seinem Zimmer nachsehen«, insistierte Hannah.

»Frau Henker, das ist unsere Verantwortung. Belasten Sie sich nicht unnötig. Das hatten Sie sich doch vorgenommen, nicht wahr?«

Hannah nickte und reichte dem Therapeuten zum Abschied die Hand. »Eine Frage hätte ich aber doch noch, Herr Dr. Niemahl. Warum sollte ich dabei sein?

Normalerweise finden die Entlassgespräche unter der Woche im Anschluss an die Morgenrunde statt. Wie kam es dieses Mal zu einer Ausnahme?«

»Uns gegenüber hat er beteuert, Sie wüssten Bescheid. Es war sein ausdrücklicher Wunsch, dass Sie ein Protokoll anfertigen«, erklärte der Arzt.

»Was für ein Protokoll?«

»Ich darf Ihnen das sagen, weil er uns gegenüber beteuerte, Sie noch am Freitag zu verständigen. Es ging um Dinge, die in der Folge zu einer Anzeige führen sollten.«

Hannah verstand noch immer nicht.

»Er wollte seinen ehemaligen Arbeitgeber anzeigen«, fuhr Dr. Niemahl schließlich fort. »Ein großer Schritt für ihn ...«

Hannah lief ins Schwesternzimmer, riss den Generalschlüssel vom Haken und prallte in der Tür beinahe mit Dr. Niemahl zusammen. Sie schob ihn beiseite und war in wenigen Schritten an Philipps Zimmertür.

Der Arzt blieb konsterniert stehen und rief: »Bleiben Sie stehen! Sie dürfen sich nicht Zutritt zu dem Zimmer verschaffen, Frau Henker!«

Als Hannah nicht reagierte, forderte Dr. Niemahl mithilfe des Funks Pfleger an. Er versuchte noch, Hannah aufzuhalten, doch sie war schneller.

Sie betrat das bereits im Dunkeln liegende Zimmer. Sofort stieg ihr ein unangenehmer Geruch in die Nase. Sie schaltete das Licht ein und ging langsam ein paar Schritte in das Krankenzimmer hinein. Ein Schatten an der Wand ließ sie innehalten. Sie drehte sich zur Badezimmertür um und wich zur Wand zurück.

»Mein Gott, aber das konnte doch keiner ahnen. Er war gefestigt, dafür gab es keine Anhaltspunkte. Das werden Ihnen die Kollegen bestätigen«, sagte Dr. Niemahl, der jetzt neben ihr stand, mehr zu sich als zu Hannah.

»Sie Arschloch. Sie Riesengranatenarschloch«, stieß Hannah aus.

* * *

Es wurde Zeit für ihn. Der Mann ohne Träume begann sein Abendwerk. Die Träume waren sein wahrer Feind. Es war Wind aufgekommen, und nun peitschte kräftiger Regen gegen die Fensterscheiben. Langsam zog er sich aus, hängte seine Kleider Naht auf Naht auf den stummen Diener und lief nackt zu der unsichtbaren Pforte, die ihn zum Innersten einlassen sollte. Er drückte die Kombination, und schon öffnete sie sich einen Spalt. Er atmete ein, und ein leichter Schauer lief ihm den Rücken hinab. Es war erhaben. Das gedämpfte Licht, der leichte Geruch von Weihrauch und Myrrhe, die leisen gregorianischen Gesänge. Er trat ein, zog die Tür hinter sich zu und betätigte den Schließmechanismus. Das war Luxus. Der einzige, den er sich gönnte. Nur sonntags, am Tag des Herrn, betrat er das Innerste schon in den frühen Abendstunden.

Seine Tunika lag bereit, wartete auf ihn. Bevor er sie sich überzog, befühlte er das reine Leinen, grob, aber nicht rau. Dann, eingekleidet, ging er an dem schweren Sideboard aus dunkler Eiche entlang. Hier standen sie, in Reih und Glied, ohne ein Körnchen Staub. Er überprüfte sie, ob sie auch alle die exakt gleiche Zeit anzeigten, dann zog er sie der Reihe nach auf. Beinahe zärtlich stellte er jeden Wecker zurück an seinen Platz, nicht ohne den Zeigern eine Weile zuzusehen, ob sie sich auch bewegten.

Erst als er damit fertig war, erlaubte er es sich, die Decke anzusehen. Himmlisch, ganz wunderbar, beinahe so, als wäre er in der Sixtinischen Kapelle. Nur einen Moment lang legte er sich auf sein großes Bett, das einem Thron gleich in der Mitte aufgebahrt war, mit einem purpurnen Bezug aus Atlas und Seide eingekleidet. Es raschelte, als er die Arme zu beiden Seiten ausstreckte, die Handflächen nach oben gedreht, die Füße leicht übereinandergeschlagen. Der Mann ohne Träume kniete sich auf die Bank nieder, faltete die Hände und las: »*Und ihr habt gänzlich den Zuspruch vergessen, worin euch wie Söhnen erörtert wird: Mein Sohn, achte die Zucht des Herrn nicht gering und ermatte nicht, wenn du von Ihm überführt wirst. Denn wen der Herr liebt, den züchtigt Er und geißelt jeden Sohn, den Er als den Seinen annimmt.*«

Er sah zur Decke, betrachtete den Finger des David. Nur diesen Finger, kurz vor der Berührung. Niemand kannte sein Glück. Und doch war es da.

* * *

Er hing an der Stange, die in den Türrahmen des Badezimmers geklemmt war. Instinktiv hatte sie schon beim Eintreten gewusst, dass er tot war. Die Darmentleerung hatte es verraten.

Die Zunge hing heraus, die Augen waren weit hervorgetreten, dünne Spuren von Tränenfluss zeichneten sich in den Lachfältchen der Augen ab, Blut war in feinen Fäden aus der Nase gelaufen. Deutlich waren die Einblutungen der vorderen Halsmuskulatur zu sehen. Wie oft hatte sie ihm zugesehen, wenn er an der Stange Klimmzüge trainierte. Sie hatte Philipp für seine Disziplin gleichzeitig ausgelacht und bewundert.

»Wir müssen hier raus«, hörte sich Hannah sagen und schob Dr. Niemahl aus dem Zimmer. »Besorgen Sie mir eine Kanne Kaffee, ich verständige so lange meine Kollegen. Rufen Sie alle Diensthabenden im Stationszimmer zusammen. Ich will sie selbst informieren.«

Erst jetzt bemerkte Hannah, wie blass Dr. Niemahl geworden war. Er hob den Blick und sagte: »Jetzt übernehmen Sie, das habe ich verstanden. Aber bitte, im Umgang mit den Patienten ...«

»Machen Sie sich keine Sorgen. Wir haben in diesen Dingen Routine. Ich will mich mit Ihren Kollegen abstimmen. Mir ist klar, dass sich die Patienten hier ohnehin in einem emotionalen Ausnahmezustand befinden. Wir werden umsichtig ermitteln, das kann ich Ihnen zusagen.«

»Sie denken doch nicht an ein Verbrechen?«, flüsterte Dr. Niemahl und trat näher an Hannah heran.

»Ich denke nicht, ich ermittle. Erledigen Sie eine Sache nach der anderen, das hilft«, sagte Hannah den Satz, von dem sie nicht mehr wusste, wie oft sie ihn schon gesagt hatte. »Und entschuldigen Sie, bitte. Ich hätte Sie vorhin nicht beschimpfen dürfen.«

Dr. Niemahl nickte der Kommissarin zu und machte sich auf den Weg.

Nachdem Hannah die obligatorischen Telefonate geführt hatte, dauerte es nicht lange, bis die ersten uniformierten Polizisten vor Ort waren. Sie postierte die Kollegen vor Philipps Krankenzimmer und ging ins Schwesternzimmer, um sich mit dem Krankenhauspersonal abzusprechen. Man einigte sich darauf, die Mitpatienten im Speisesaal zu versammeln und den Polizeibeamten zu einer ersten Befragung zwei Therapeuten zur Seite zu stellen.

Als Hannah das Stationszimmer verließ, wartete Moritz Schmidt schon auf sie und drückte ohne viele Worte ihren Arm. Sie wusste diese unaufdringliche Geste zu schätzen. »Und ausgerechnet hier warst du stationär?«, wollte Moritz wissen. »Aber nicht in diesem Zimmer?«

»Nein, mein Zimmer war nebenan. Das ist der Mitpatient, von dem ich dir erzählt habe. Wir haben uns gleich vom ersten Tag an gut verstanden«, antwortete Hannah.

»Weißt du, warum er das getan hat?«

»Philipp Waldhoff hat sich nicht umgebracht. Da kannst du sicher sein«, entgegnete Hannah.

»Gibt es Anhaltspunkte dafür?«, fragte Moritz vorsichtig nach. »Ich meine, ob sich das durch die Spurenlage belegen lässt?«

»Wie soll ich das wissen? Mathias hat sich noch nicht blicken lassen, und die KTU ist gerade mal zehn Minuten hier«, antwortete Hannah.

»Immerhin besteht zumindest die Möglichkeit ...«

»Unmöglich, Moritz. Ein Suizid ist ausgeschlossen. Ich war heute zu seinem Entlassgespräch eingeladen, weil er seinen Arbeitgeber anzeigen wollte. Er war gut drauf, glaub mir. Beides können die Therapeuten bestätigen. Und außerdem hat er sich mit mir für nächste Woche verabredet.«

Moritz grinste: »Und so etwas lässt man sich natürlich nicht entgehen. Kennst du das Unternehmen, für das er gearbeitet hat?«

»Das kann man wohl sagen. Für die CAP, die Wirtschaftsprüfungsgesellschaft.«

»Das sind doch die, die diese Kaufhauskette prüfen. Die Besitzer haben die Immobilien an sich selbst verkauft und dann wieder an das Unternehmen für Unsummen vermietet. Und erst danach ging es mit dem Kaufhaus abwärts. Und irgendwie war diese WPG involviert. Und dieser Philipp Waldhoff ...«

»Genau, Philipp war bis vor Kurzem Prüfungsleiter bei genau dieser Kaufhauskette und wollte, dass ich heute bei seinem Entlassgespräch ein Protokoll für eine Anzeige gegen sich und seinen Arbeitgeber erstelle. Nur deswegen sollte ich hier sein.«

»Und dann soll er sich kurz davor das Leben genommen haben? Praktisch für CAP«, überlegte Moritz.

»Meine Worte. Das dauert mir hier zu lange. Lass uns zu seiner Ex-Verlobten gehen«, sagte Hannah und lief schon los.

Moritz hielt sie zurück: »Das kannst du vergessen. Wir bekommen Besuch.«

* * *

So hatte er sich das nicht vorgestellt. Nachdem er beinahe anderthalb Stunden an der Bouillabaisse gearbeitet, das Fischfleisch den richtigen Garpunkt erreicht hatte, die Brühe sämig, aber noch nicht dickflüssig war und der Weißwein die richtige Temperatur hatte, wollte er jetzt genießen. Erst hatte er sein Handy überhört, aber nachdem es nicht verstummen wollte, ging er ran. Georg Kaiser hörte lange zu und gab schließlich sein Wort. Schon beim Auflegen bereute er es. Inzwischen war die Bouillabaisse über den Punkt. Der Staatsanwalt nahm den schweren Topf vom Herd, öffnete den Weißwein und trank den ersten Schluck. Nein, so hatte er sich seinen frühen Sonntagabend nicht vorgestellt. Seit einer Woche wartete er auf einen Anruf von Hannah. Er hatte es genossen, mit einer Frau nichts als Sex zu haben, nur die Wochenenden mit ihr zu verbringen.

Ende August hatte sich ihm Hannah plötzlich in Karlsruhe als die neue Hauptkommissarin vorgestellt. Doch er kämpfte zu diesem Zeitpunkt noch um seine Familie, wollte seine Frau und seine Kinder zurück. Und dann hatten Hannah und er ihren ersten gemeinsamen Fall. Als Staatsanwalt war er wegen einer schweren Grippe mehr oder weniger ausgefallen, und Hannah hatte sich wirklich gut geschlagen. Als er wieder gesund war, brach Hannah wegen eines Hörsturzes zusammen und erst dann wusste er es: Er wollte Hannah. Aber sie wollte jetzt nicht mehr. Es passe nicht mehr, hatte sie gesagt, mehr nicht. Gleich danach ließ sie sich auf der Psychosomatischen Station in Bruchsal behandeln. Das war die Situation. Er hatte gehofft, sie würde sich nach ihrer Entlassung bei ihm melden. Aber nichts. Sie wollte tatsächlich nicht. Stattdessen meldete sich der Leiter der Klinik, in der Hannah sich hatte behandeln lassen. Ein Mitpatient war in seinem Zimmer aufgehängt gefunden worden und Hannah war schon zur Stelle – und zwar mit großem Aufgebot, was den Klinikleiter auf die Palme brachte. Er hatte mit Thilo Heinz gemeinsam in Mannheim Jura studiert. Und der guten Jahre wegen, weil die Väter schon miteinander die Schulbank gedrückt hatten, wurde er jetzt gebeten, seiner Hauptkommissarin auf die Finger zu schauen, sie zur Raison zu bringen. Aber so hatte Georg sich ihr Wiedersehen nicht vorgestellt.

Er gönnte sich noch einen kleinen Schluck von dem Weißwein, holte seinen Mantel, machte das Licht aus und verschloss die Tür seiner Wohnung. Im Auto stellte er sofort das Radio an, um zu hören, ob schon über den Suizid berichtet wurde.

Eine Sache ließ ihm keine Ruhe. Sein Studienfreund Thilo Heinz hatte ihn in seiner Eigenschaft als Klinikleiter nicht nur auf die Folgen für die Klinik aufmerksam gemacht. Es war der Unterton, mit dem er ihn auf die Herkunft des Toten hinwies: Philipp Waldhoff kam nicht nur aus einer alten, finanzstarken Familie, er war selbst einflussreich. Als Wirtschaftsprüfer bei der CAP war er in so jungen Jahren schon Senior Manager und hatte insofern tiefe Einblicke in verschiedene Unternehmen. Auch entscheidende M&A-Geschäfte hatte er abgeschlossen. Das alles wusste er. Man sollte hier also ganz besonders vorsichtig agieren. Aber warum reagierte sein alter Studienfreund beinahe panisch? Was befürchtete er? Es konnte passieren, dass auch Leute wie Philipp Waldhoff des Lebens überdrüssig wurden. Wenn er seinen Studienfreund richtig verstanden hatte, schloss Hannah einen Suizid aus.

Diese Frau stellt schon lange genug mein Leben auf den Kopf, dachte Georg, als er sich auf der Abbiegespur in Richtung Krankenhaus einordnete. Georg ließ sich nicht gerne vor irgendjemandes Karren spannen, auch nicht von einem einflussreichen Studienfreund, aber schon gar nicht von Hannah. Ohne ihn konnte, nein durfte sie nichts entscheiden. Das würde er ihr jetzt schon klarmachen.

Wütend knallte er die Wagentür auf dem Parkplatz des Bruchsaler Krankenhauses zu. Als er die Journalisten vor dem Klinikeingang sah, wurde seine Laune nicht besser.

»Die hat doch tatsächlich das große Aufgebot bestellt!«, fluchte Georg und beeilte sich, an den Journalisten vorbeizukommen.

Als Georg aus dem Aufzug stieg, sah er in einiger Entfernung Hannah mit Moritz, die sich gerade in Bewegung setzten. Es entging ihm nicht, dass Moritz Hannah zurückhielt und ihn auf sein Kommen aufmerksam machte. Es versetzte Georg einen Stich, sie so zu sehen. Sie hatte die letzten Wochen abgenommen und sich offensichtlich gut erholt. Die dunklen Ringe unter den Augen waren verschwunden; es schien ihr gut zu gehen. Außerdem wirkten Hannah und Moritz wie eine Einheit. Wie das gut eingespieltes Team, das sie wohl auch waren. Es ärgerte Georg, dass die beiden stehen blieben und keine Anstalten machten, ihm entgegenzukommen, sodass er auf sie zugehen musste.

Denen geht es wohl zu gut, dachte Georg.

»Hannah, Moritz, wo können wir ungestört eine erste Besprechung abhalten?«, rief er zur Begrüßung.

Hannah bemerkte, wie müde und verknittert Georg aussah, als er schlecht gelaunt, quer über den Gang, nach einem Besprechungsraum fragte.

Sie wollte nicht auch noch über den Gang rufen, denn die Kollegen von der Streife und der SpuSi schienen bereits auf eine Fortsetzung zu hoffen. Deswegen beeilte sie sich, Georg in großen Schritten entgegenzulaufen.

»Schön dich zu sehen, Georg Wir können hier in den Gruppenraum gehen«, sagte sie. Unauffällig stieß sie Moritz an, der auch sofort nachzog und den Staatsanwalt freundlich begrüßte, während sie in Richtung des Gruppenraums gingen.

Kaum hatte Hannah die Tür geschlossen, machte sich Georg Luft: »Was hast du dir verdammt noch mal dabei gedacht? Wäre es vielleicht auch eine Nummer kleiner gegangen? Mal ganz abgesehen davon, dass wir hier in einer Klinik sind, wäre dieses Aufgebot auch in einer anderen Umgebung überdimensioniert!«

»Es war aber kein Suizid, da bin ich mir sicher«, widersprach Hannah.

»Auf welchen Tatsachen basiert deine Einschätzung?«

»Er wollte mich heute Abend bei seinem Entlassgespräch dabei haben, weil er vorhatte, Anzeige gegen seinen Arbeitgeber zu erstatten.«

»Und das hältst du für eine Tatsache? Gibt es eine Spurenlage, die das rechtfertigt? Ein Motiv, irgendetwas?«

»Die SpuSi hat doch eben erst ihre Arbeit aufgenommen! Und ein Motiv kann ich natürlich erst präsentieren, wenn ...«

»Bist du noch zu retten? Du kannst doch hier nicht das Kind mit dem Bade ausschütten, nur weil du mal wieder persönlich involviert bist!«

Hannah ließ sich Zeit. »Was genau meinst du mit ›persönlich involviert‹?«

»Was soll ich schon damit meinen! Es hat sich bis zu mir rumgesprochen, dass du mit diesem Philipp Waldhoff ... dass du mit ihm, sagen wir, besonders befreundet warst.«

Statt Georg eine Antwort zu geben, setzte Hannah sich an den Tisch und wartete ab.

»Hannah, ich frage dich das nur ein einziges Mal: In welcher Beziehung hast du zu Philipp Waldhoff gestanden?«

Moritz durchquerte den Raum und stellte sich wortlos hinter Hannah. Sie nickte ihrem jungen Kollegen kurz zu, bevor sie dann Georg direkt in die Augen sah.

»Philipp und ich haben uns hier auf der Station kennengelernt. Wir haben uns gut verstanden, und ich kann sagen, wir standen am Beginn einer Freundschaft.«

»Und das war alles?«

»Ich weiß nicht, was du hören willst.«

»Warst du mit ihm im Bett?«

»Sag mal, das geht doch jetzt zu weit!«, fuhr sie Georg an.

»Antworte bitte einfach: Hattet ihr ein intimes Verhältnis?«

»Nein, das hatten wir nicht«, antwortete Hannah gefährlich leise.

»Wenn das jetzt nicht stimmt, Hannah, und das kommt raus ... Es ist schon so, aufgrund eures gemeinsamen Klinikaufenthaltes, grenzwertig genug.«

»So wie ich das sehe, ist das ein Vorteil. Ich kannte Philipp nur ein paar Wochen. Also, wie soll es jetzt weitergehen?«

»Ganz eindeutig sind wir zuständig, das ist keine Frage. Wir müssen eine SOKO gründen, unter deiner Leitung – natürlich mit Moritz. Ihr bekommt Räumlichkeiten und personelle Verstärkung seitens der Kripo Bruchsal. Ich regle das und gebe Bescheid.«

Es klopfte an der Tür. Ohne ein Herein abzuwarten, betrat der Pathologe Mathias Sperling den Raum. Hannah sah ihm an, dass er etwas gefunden hatte.

»Ihr könnt euch beruhigen. Ich hab hier was, was euch interessieren dürfte.«

Bei diesen Worten wurde es still im Raum.

»Philipp Waldhoff wurde ermordet. Das kann ich mit Sicherheit sagen! Gute Nase, Hannah. Ohne das große Aufgebot wäre uns dieser Fall durch die Lappen gegangen.«

2. Kapitel

Mathias, warte!«, rief Hannah dem Pathologen hinterher.

»Hannah, wir sind noch nicht fertig«, rief Georg.

»Nur fünf Minuten«, antwortete Hannah, schon auf dem Flur.

Kurz vor dem Aufzug erwischte Hannah den Pathologen: »Mathias, ich wollte noch was fragen.«

»Wartet doch auf den Bericht. Ich kann noch nicht mehr sagen. Eigentlich hätte ich überhaupt nichts sagen dürfen.«

»Was soll das heißen?«

»Dass ich im Grunde keinen einzigen Beleg dafür habe, dass hier Fremdverschulden vorliegt. Die Totenflecken passen nicht zu der restlichen Spurenlage, aber der Tote wurde eindeutig erhängt. Das sind alles nur Indizien, bis jetzt. Das Bett ist übrigens mehrmals in Richtung Bad geschoben worden, was weiß ich.«

Hannah packte Mathias am Arm: »Bist du total durchgedreht? Gerade hast du noch behauptet, dass Fremdverschulden vorliegt. Du hast von Mord gesprochen!«

»Ach komm schon, das war doch in deinem Sinne. Jetzt haben wir wenigstens die Möglichkeit, ein Verbrechen nachzuweisen. Einem von uns beiden wird das wohl gelingen. Das nennt man Zusammenhalten«, grinste Mathias Sperling, der im Krankenhauslicht todkrank aussah.

»Super, Mathias! Der Fall ist noch nicht mal eine Stunde alt, und ich habe mehr Druck denn je. Wir hätten das auch anders hingekriegt, hätten wir uns abgesprochen.«

»Ich hatte Lust, Georg ans Pein zu pinkeln, das war alles.«

»Das wird ja immer besser!«

Mathias forderte den Aufzug an: »Was regst du dich so auf, Hannah? Da stimmt was nicht, das habe ich sofort gesehen. Ich kann das nur noch nicht lückenlos beweisen. Und wenn ich das gegenüber Georg genau so formuliert hätte, dann würde es jetzt keine Ermittlungen geben. Also jammere nicht, fang einfach an zu ermitteln.«

Die Aufzugtür öffnete sich und Mathias trat rasch ein.

»Mathias, du tust das doch nicht, nur damit du abgelenkt bist? Annika ist doch übern Berg?«

Mathias grinste, denn die Aufzugtür war im Begriff sich zu schließen, doch Hannah stellte ihren Fuß dazwischen.

»Also?«

Mathias seufzte: »Wir müssen noch den histologischen Befund abwarten. Man kann einfach nichts tun. Annika plant eine Ausstellung mit Bildern und Skulpturen, und mir ist es ganz recht, wenn ich einen Fall auf dem Tisch habe, der mich ablenkt.«

»Redet sie denn mit dir? Zu mir ist sie so …«, Hannah suchte nach dem richtigen Wort.

»Abweisend«, schlug Mathias vor.

»Genau, sie ist so abweisend«, bestätigte Hannah.

»Lass uns ein anderes Mal darüber reden«, antwortete Mathias, stieß ihren Fuß aus der Aufzugtür und ließ Hannah ratlos zurück.

Hannah hatte Annika zwar erst im Sommer kennengelernt, aber es war, als würden sie sich schon lange kennen. Sie verstanden sich einfach gut. Manchmal kam es Hannah vor, als sollte sie im Sommer nur nach Bahnbrücken gekommen sein, um endlich eine Freundin zu finden. Und Annika hatte einmal gesagt, es komme ihr so vor, als hätte sie immer auf Hannah gewartet. Kurz nach Hannahs Hörsturz wurde bei Annika Blasenkrebs festgestellt. Hannah hatte gedacht, dass Annika sie jetzt besonders brauchen würde, doch sie zog sich zurück. In ihre Bilder, in ihre Skulpturen, in sich selbst. Hannah kam nicht mehr an sie heran.

Ich bin doch da, dachte Hannah, als sie zurück zu Georg ging, der noch immer vor dem Besprechungszimmer stand. Schnell ging sie den Flur entlang auf ihn zu. Hinter jeder Tür lagen Kranke, die entweder genesen oder sterben würden. So einfach, dachte Hannah, schwarz oder weiß, dazwischen gab es nichts.

Als sie nur wenige Schritte von Georg entfernt war, der auf dem Flur auf sie wartete, konnte sie seinen Gesichtsausdruck nicht interpretieren. War er wütend oder einfach nur unruhig?

»Das hat aber ganz schön gedauert!«

»Tut mir leid, Georg. Ich hatte noch ein paar Fragen, die für die Ermittlungen wichtig sind.«

»Lass uns unter vier Augen reden«, wurde sie von Georg unterbrochen und hielt ihr die Tür zum Gruppenraum auf. »Moritz befragt inzwischen das Personal.«

Hannah kannte diesen Ton nur zu gut und machte sich auf einen erneuten Angriff gefasst. War es so lange her, dass sie sich jedes Wochenende auf Georg gefreut hatte? Dass sie seine Ruhe und Ausgeglichenheit in sich aufgesogen hatte? Dass sie Lust auf ihn hatte, kaum, dass sie ihn sah oder nur an ihn dachte? Wohin war das alles verschwunden, überlegte Hannah, während sie Georg beobachtete, wie er seine Hände aneinanderrieb und ebenfalls seinen Gedanken nachzuhängen schien.

»Du hast dich nicht gemeldet.«

»Mensch, Georg, uns rennt die Zeit weg. Können wir das nicht ein anderes Mal besprechen? Ich will dringend Marlene Koch, die Verlobte, genauer gesagt, die Ex-Verlobte von ...«

»Du hast mich benutzt, Hannah! Den ganzen Sommer über hast du mich hingestellt, als hätte ich dir weiß Gott was angetan. Nur, weil ich nicht gleich eine Beziehung mit dir wollte, als du hier aufgetaucht bist. Ich war verdammt noch mal mitten in einer Trennung! Und dann, als ich es konnte, da wolltest du einfach nicht mehr. Wegen der paar Wochen, die ich für mich gebraucht habe?«

Hannah dachte nur noch an Marlene Koch. Wenn sie es genau überlegte, hatte Philipp ihr nie etwas über

Marlene erzählt. Vielleicht sollte sie auch deswegen selbst und vor allem als Erste die Nachricht von Philipp Waldhoffs Tod seiner Verlobten überbringen.

»Verdammt Hannah, es tut mir doch auch leid. Ich wollte dich nicht irgendwie zappeln lassen. Aber das ist einfach alles gleichzeitig passiert, und ohne die eigenen Kinder weitermachen zu müssen ...«

Hannah überlegte fieberhaft, wer ihr bei Marlene Koch zuvorkommen konnte. Sie kannte sich in der Region noch nicht aus, wusste nichts darüber, wer hier mit wem verbandelt war. Wenn Marlene Koch beispielsweise nahe Verwandte unter dem Klinikpersonal hätte oder gar in der Klinikleitung, dann wusste sie wahrscheinlich bereits Bescheid. Hannah sah auf ihre Uhr. Es war schon kurz vor halb neun. Sie musste jetzt weg, egal wie.

»Sag mal, Georg, wie kommt es eigentlich, dass du so schnell hier aufgetaucht bist?«, fragte Hannah unvermittelt.

»Hast du mir nicht zugehört?«

»Du hast bestimmt mit allem recht. Und ich stimme dir auch wirklich zu«, antwortete Hannah schnell.

»Dann machen wir das so?«, trat Georg lächelnd auf die Kommissarin zu.

»Ja, von mir aus« wich Hannah schnell in Richtung Tür aus, »nur ich hab einfach keine Ruhe, bevor ich nicht bei Marlene Koch war.«

»Das verstehe ich.«

»Sag mal, jetzt weiß ich immer noch nicht, warum du so früh hier gewesen bist«, fragte Hannah in der offenen Tür noch mal nach.

»Ach, das erzähle ich dir in Ruhe. Bei dir oder bei mir?«

Verdammt, dachte Hannah, warum hatte sie nicht zugehört? Sie hielt einen Moment inne, zog die Tür wieder zu und traf eine Entscheidung.

»Ich glaube, das muss warten«, begann sie unsicher. »Wir sollten erst diesen Fall lösen. Und nicht die Arbeit schon wieder mit unserer Beziehung vermengen. Das war bereits bei meinem ersten Fall ein Problem. Okay?«

Georg nickte: »Okay, das klingt vernünftig.«

»Sagst du mir noch kurz, warum du so schnell hier warst?«, gab Hannah nicht auf.

»Mein alter Studienfreund Thilo Heinz, der Klinikleiter, hat mich angerufen und mich darüber informiert, dass du unverhältnismäßig ermittelst. Die wollen hier natürlich keine unnötige Unruhe riskieren. Mehr war es nicht.«

»Aha«, sagte Hannah, als sie die Tür endgültig hinter sich zuzog und irgendwie nicht fassen konnte, was sie schon wieder angerichtet hatte. Das Private war nicht gerade ihre Stärke. Trotzdem befand sie, dass sie sich ganz gut aus der Affäre gezogen, Zeit gewonnen und jetzt erst mal einen Fall zu lösen hatte.

***

Dr. Wolfram von Köhnen rückte im Gehen seine Krawatte zurecht. Es war mehr eine kontrollierende Angewohnheit denn eine Notwendigkeit, die ihn in Spannung versetzte. Er mochte das Adrenalin, das mit jedem weiteren Schritt in Richtung kleiner Konferenzraum durch seine Adern floss, bevor er eine Bombe platzen ließ. Genau diese angenehme Erregtheit brauchte er, denn sonst würde sein Auftritt wirkungslos bleiben. Ihm selbst genügte es schon zu wissen, dass er einen entscheidenden Vorsprung vor den Jungen hatte. Ihre Jugend und all ihre Intelligenz nutzten ihnen nichts, denn er war Partner – und sie wollten es werden. Das immer wieder zu spüren, war Labsal auf seiner alternden Seele.

Schwungvoll öffnete er die Tür zum Konferenzraum: »Meine Herren, bleiben Sie sitzen. Keine Floskeln, wir kommen zur Sache.«

Sofort verstummten die Männer in dem Raum, und es machte sich eine konzentrierte Stille breit. Nur die leisen Schritte Dr. von Köhnens waren zu hören, die im weichen Teppich versanken. Er glitt an den Kopf des großen Tisches, zu dessen beiden Seiten die vier Männer saßen. »Ich sage es Ihnen so, wie es ist: Waldhoff hat uns alle, jeden Einzelnen von uns, im Stich gelassen. Zuerst hat er sich wegen eines Burn-outs einweisen lassen und sich somit seiner Verantwortung entzogen. Und gestern hat er sich umgebracht. Diese Feigheit ist nicht nur eine Todsünde, sie ist eine Schande. Unsereins ist nicht am Ende. Unsereins lässt seine Kollegen nicht im Stich. Auf uns kann man sich verlassen, immer.«

Dr. von Köhnen setzte sich und holte tief Luft, bevor er weitersprach: »Philipp Waldhoff war ein Fehler. Ich verspreche Ihnen hiermit, Ihnen nie wieder solch einen schmerzlichen Fehler zuzumuten. Ich muss mich bei Ihnen allen entschuldigen. Erst jetzt begreife ich, was ich Ihnen zugemutete habe. Ab sofort, meine Herren«, von Köhnen sah einen nach dem anderen an, »will ich Ihnen allen wieder ein Partner sein, wie Sie ihn verdienen. Jetzt heißt es, zusammenstehen wie ein Mann. Gemeinsam werden wir von der CAP Mannheim diese Zeit durchstehen und gestärkt aus ihr hervorgehen. Schonen Sie mich nicht, ich bin immer für Sie da. Wir werden gemeinsam jede Aufgabe meistern, die man uns überantwortet. Die Candon, Peymour & Partner braucht jeden Einzelnen von uns. Die Gesellschaft braucht Männer wie uns. Männer, die ihre Arbeit tun, Männer, auf die man zählen kann.«

* * *

»Nicht von schlechten Eltern«, sagte Moritz, als sie vor der Villa am Berghang standen. Unter ihnen breiteten sich im Dunkeln die Lichter Bruchsals über die kleinen Ortschaften bis nach Karlsruhe aus.

»Glaubst du, sie weiß es schon?«, fragte Hannah ihren jungen Kollegen.

»Ich fürchte, ja. Es ist immerhin schon neun Uhr. Wir werden es gleich wissen«, antwortete Moritz.

Die Ermittler gingen die Stufen hoch und besahen sich die beiden Klingelschilder. Unten stand *Fam. Franz Koch*, auf der oberen *Marlene Koch*.

»Ach, sie wohnt über den Eltern. Das hätte ich nie gewollt«, bemerkte Hannah.

»Auch nicht in dieser Lage? Wenn man schätzungsweise 160 Quadratmeter umsonst zur Verfügung gestellt bekäme, wäre das vielleicht schon eine Option«, meinte Moritz beleidigt.

»Entschuldige, ich hab nicht daran gedacht, dass du über deinen Eltern wohnst. Tut mir leid. Nur bei meiner Mutter wäre so was echt nicht machbar gewesen. Bei meinen Großeltern wäre ich wahrscheinlich auch lange geblieben«, versuchte Hannah, ihren Kollegen zu besänftigen.

»Du hast Eltern und Großeltern? Ich dachte, du hattest nur eine Band und ...«

»Halt die Klappe und klingle endlich«, lachte Hannah.

Sie mussten nicht lange warten, bis die Tür geöffnet wurde.

Vor ihnen stand eine mondäne Frau mittleren Alters, die roten Locken offen über einem tiefbraunen Seidenkostüm.

»Sie sind wohl die Polizeibeamten. Darf ich mich vorstellen, Angelique Koch, ich bin die Mutter. Weisen Sie sich doch bitte aus, man weiß ja nie, heutzutage.«

Hannah und Moritz taten, wie ihnen geheißen, und beeilten sich, Angelique Koch in den oberen Teil des Hauses zu folgen. Schon das Treppenhaus verriet, dass das Anwesen größer war, als es von außen schien.

»Bitte warten Sie einen Moment. Ich werde meine Tochter kurz auf Ihr Kommen vorbereiten.« Mit diesen Worten war die Rothaarige ins Innere der oberen Wohnung verschwunden.

»Ich hoffe wirklich, dass deine Unterredung mit Georg wichtig war«, flüsterte Moritz Hannah zu.

Hannah zuckte nur kurz mit den Schultern. Dann wurden sie zu Marlene Koch vorgelassen.

»Es tut uns sehr leid, Sie stören zu müssen«, begann Hannah.

Die junge Frau saß auf einem großen Landhaussessel, der sie beinahe wie ein Kind wirken ließ. Bevor sie etwas sagen konnte, mischte sich die Mutter ein: »Sie tun zwar nur Ihre Arbeit, aber wir hätten uns sehr gewünscht, Sie hätten ein wenig mehr Pietät gezeigt.«

»Mein Name ist Hannah Henker, und das ist mein Kollege Moritz Schmidt«, trat Hannah einige Schritte näher. »Glauben Sie, wir können uns über Ihren Ex-Verlobten unterhalten?«

»Was heißt Ex-Verlobten? Meine Tochter und Philipp Waldhoff wollten im Frühjahr heiraten. Die Vorbereitungen laufen bereits auf Hochtouren. Also, ich muss Sie dringend bitten, dergleichen nicht zu wiederholen.«

»Frau Koch, können wir mit Ihnen unter vier Augen reden?«, unternahm Hannah einen erneuten Versuch, mit der jungen Frau in Kontakt zu kommen.

Sie hob kurz die Augen, als sie wieder unterbrochen wurde: »Meine Tochter hat eben erst ein starkes Beruhigungsmittel genommen. Sie ist wohl kaum in der Lage …«

»Mutter, bitte lass uns einen Moment allein. Du hast sicherlich recht damit, dass ich müde bin. Aber ich komme zurecht. Danke.«

Hannah war erstaunt über den tiefen, angenehmen Alt. Sie hatte ein dünnes Stimmchen erwartet, so schmal und unscheinbar wirkte die junge Frau. Ohne ein weiteres Wort verließ die Mutter die Wohnung.

»Bitte, setzten Sie sich doch«, forderte Marlene Koch die Beamten auf. »Also, fangen Sie an. Was wollen Sie wissen?«

Hannah und Moritz nahmen auf einer Ledercouch gegenüber dem Sessel, in dem Marlene Koch selbst saß,

Platz. Erst jetzt fielen Hannah die tiefen Augenringe auf, die die junge Frau schon länger haben musste. Er hat sich tatsächlich von ihr getrennt, dachte Hannah.

»Wann haben Sie Philipp Waldhoff das letzte Mal gesehen?«, begann Moritz.

»Dieses Wochenende. Am Freitagnachmittag, um genau zu sein, haben wir uns um 16 Uhr im Schlosscafé getroffen. Umso absurder, dass er sich ... Ich verstehe es einfach nicht.«

»Wie haben Sie eigentlich von Philipp Waldhoffs Tod erfahren?«, fragte Moritz weiter.

»Mutter ist mit Thilo Heinz, dem Klinikleiter, befreundet. Er hat sie angerufen. Warum ist das wichtig?«

»Hatten Sie noch mal Kontakt mit Philipp?«, fragte Hannah, statt die Frage zu beantworten.

»Eben am Freitagabend. Philipp kam, wir tranken gemeinsam einen Kaffee und das war es.«

»Haben Sie nicht noch mal miteinander gesprochen? Haben Sie nicht versucht, irgendwie mit ihm in Kontakt zu treten?«, fragte Hannah verwundert nach.

»Nein, habe ich nicht«, antwortete Marlene Koch.

»Was haben Sie stattdessen getan?«, fragte Moritz.

»Ich war am Samstag auf dem Markt. Sonst war ich nur hier.«

»Aber Sie haben doch bestimmt mit jemandem telefoniert. Oder etwas anderes unternommen?«, überspielte Moritz seine Überraschung.

»Nein, ich habe mit niemandem telefoniert. Ich habe nur meine nächste Arbeitswoche vorbereitet.«

»Wo arbeiten Sie eigentlich?«, blieb Moritz routiniert.

»Ich arbeite wie Philipp bei der CAP Mannheim.« Marlene Koch verstummte auf ihrem Sessel und besah sich ihre Hände.

»Haben Sie am Freitag irgendetwas bemerkt, das Ihnen anders vorkam?«, fragte Hannah vorsichtig.

Marlene Koch schüttelte den Kopf: »Ich habe nichts geahnt. Ich bin völlig überrascht. Andererseits war es auch überraschend, dass er überhaupt im Krankenhaus war. Auch noch in Bruchsal, auf der psychosomatischen Station. Wenn das überhaupt sein musste, dann hätte er sich auch diskreter verhalten können. Er hätte in die Schweiz gehen können. Das hätte ich rechtfertigen können. Irgendein wichtiges Projekt. Schon das habe ich nicht mehr verstanden. Diesen Egoismus habe ich nicht an ihm gekannt. Das war neu.«

Hannah tat sich schwer, der jungen Frau zu folgen: »Verstehe ich es richtig, dass Sie es für egoistisch halten, dass er sich nicht diskreter, wie Sie es ausdrücken, verhielt, als er den Burnout hatte?«

»Ein Burn-out«, seufzte Marlene Koch, »Und wenn schon? Musste er das unbedingt hier zu Markte tragen? Wie sollte ich das meiner Mutter erklären? Nein, das war untypisch. Das war, als würde er uns alle provozieren wollen.«

Hannah musste den Bogen kriegen, denn es fiel ihr auf, dass Marlene Koch sich tatsächlich schwer tat, die Augen offenzuhalten: »Hatte er denn Feinde? Wissen Sie etwas darüber?«

»Feinde? Aber nein. Jeder mochte Philipp. Ich bin jetzt wirklich müde. Aber wie kommen Sie denn darauf, dass er Feinde gehabt haben könnte? Und was spielt das jetzt überhaupt noch für eine Rolle?«

»Ruhen Sie sich besser erst einmal aus. Wir reden morgen weiter. Lassen Sie einfach Ihr Mobiltelefon an, wir melden uns dann bei Ihnen.«

»Ja, das können wir so machen. Das ist mir sehr recht«, antwortete Marlene Koch.

»Eine Frage habe ich noch«, sagte Hannah im Aufstehen. »Haben Sie sich nicht gefragt, wie wir darauf gekommen sind, dass sich Philipp von Ihnen getrennt haben könnte?«

»Nein, ich dachte, das sei irgendwie ... Wie sind Sie denn darauf gekommen?«

»Er hat das angekündigt, auch gegenüber seinen Therapeuten. Ihnen gegenüber hat er also nichts angedeutet?«

Marlene Koch stand auf und ging einige Schritte auf Hannah zu, bis sie ihr direkt in die Augen sehen konnte. »Ist das wahr? Ist das sicher? Oder nur irgendwie ein Gerücht? Ich höre zum ersten Mal davon.« Marlene Koch fasste Hannah am Arm: »Das können Sie nicht einfach so behaupten! Das ist grausam. Ich kann ihn ja nicht einmal mehr fragen!«

Hannah führte Marlene Koch zu ihrem Sessel zurück und drückte die junge Frau sanft hinein: »Regen Sie sich nicht auf. Wir stellen einfach unsere Fragen, das ist Teil unserer Arbeit. Wir klären das alles morgen.«

* * *

Es war spät, als Hannah an diesem Abend nach Hause kam. Sie öffnete den Whisky, den sie eigentlich mit

Philipp hatte trinken wollen, um den Abend ausklingen zu lassen. Einen badischen Whisky hatte sie besorgt, mehr aus Witz als aus Neugierde. Hannah schenkte sich lächelnd ein: »Auf dich Philipp!« Für einen Moment schloss sie die Augen und versuchte sich den Geschmack vorzustellen, der sich gleich auf ihrer Zunge ausbreiten würde. Doch der Whisky schmeckte besser, viel besser, als es Hannah erwartet hatte. Warm und rund, herb und kraftvoll. Sie hatte eine echte Entdeckung gemacht und hätte genau diese Entdeckung gerne mit Philipp geteilt.

Sie hatten sich gegenseitig gelobt, ihre alten Baustellen anzugehen. Er wollte an seinem Job etwas ändern und sich von seiner Verlobten trennen. Jetzt wünschte sie sich, sie hätten über die Gründe gesprochen. Aber das hatten sie vermieden. Sie hatten dieses ständige Gerede über Gefühle und tiefere Gründe beide satt. Genau das hatte sie überhaupt zusammengeschweißt. Und sie, Hannah, hatte sich vorgenommen sich endlich der Beziehung zu ihrer Mutter zu stellen. Sie leerte ihr Glas und nahm sich vor, ihr Wort zu halten. Sie sah auf die Uhr: kurz nach elf, da konnte man ihre Mutter noch anrufen. Das war eine gute Uhrzeit. Sie stand selten vor Mittag auf und ging nie vor zwei Uhr morgens ins Bett. Allein bei dem Gedanken schüttelte Hannah den Kopf. Sie konnte ihre Mutter vor ihrem inneren Auge sehen, in ihrem entweder dunkelroten oder schwarzen Rollkragen, die Haare zu einem strengen Pagenkopf geschnitten, den Mund dunkelrot geschminkt. Sie hatte immer eine Zigarette im Mundwinkel, immer eine Rotweinflasche geöffnet und immer wartete sie. Auf Paul,

Hannahs Halbbruder, der vor ein paar Jahren verschwunden war. Auf ein paar Zeilen von ihm, einen Anruf oder auf irgendein Zeichen von ihm, dass er lebte. Hannah hatte immer schon wenig Kontakt zu ihrer Mutter gehabt. Aber dass sie aus Konstanz weggegangen war, ohne sich persönlich zu verabschieden, sondern nur per SMS die neue Adresse mitgeteilt hatte, das war nicht die feine Art. Und umso länger das alles zurücklag, desto schwerer wog dieses erste Gespräch. Aber leichter würde es nicht werden, also wählte Hannah die Nummer.

»Hannah! Endlich meldest du dich!«

Hannah entging es nicht, dass ihre Mutter müder klang, als sie es erwartet hatte. »Hab ich dich geweckt? Ich kann auch ein anderes Mal anrufen?«

»Bist du verrückt? Wenn das noch mal so lange dauert, werde ich wahnsinnig, Hannah!«

»Die Telefonleitung funktioniert in beide Richtungen. Du hättest dich ja auch mal melden können, wenn es dir wichtig gewesen wäre.« Hannah biss sich auf die Lippen. Eigentlich hatte sie sich entschuldigen wollen. Immer bei sich bleiben, das hatte sie in der Therapie gebetsmühlenartig zu hören bekommen.

»Das stimmt. Aber was würdest du denken, wenn deine Tochter umzieht, dich nur per SMS darüber informiert. Eindeutiger hättest du dich nicht verhalten können, Hannah.«

»Du hättest doch auch auf die Idee kommen können, dass es mir einfach schlecht ging und ich deswegen nicht angerufen habe. Weißt du, manchmal denkt man, dass die eigene Mutter das irgendwie mitkriegt und sich Sorgen macht und von ganz alleine nachfragt. Andere Mütter sollen so was häufig machen, sogar ganz ohne Vorwurf.«

»Das ist mal wieder typisch für dich, Hannah. Du benimmst dich daneben und die anderen sind schuld. Das nenne ich praktisch.«

Wenn sie jetzt damit kommt, dass ich eine Mitschülerin verprügelt habe, weil ich damals in Latein …

»Das ist doch genau wie die Sache mit deiner Lateinarbeit. Da hast du die arme Myriam verprügelt, weil du in Latein eine Fünf geschrieben hast. Nur weil sie die Tochter des Lehrers war. Hannah, das war schon mit zwölf ziemlich kindisch, aber mit über vierzig?«

Irgendwie musste Hannah es loswerden. Schließlich sollte man mehr auf sein Bauchgefühl hören, erinnerte sie sich an Dr. Niemahls Worte. »Weißt du, Mama, wenn man als Kind nicht schlafen kann, weil die Mutter mal wieder im Zimmer nebenan ziemlich lauten Sex hat, dann ist das für ein Kind verwirrend. Und der Typ röhrte ununterbrochen ›mein Mädchen, mein Mädchen‹. Erst am nächsten Tag habe ich bemerkt, dass es der Lateinlehrer war, mit dem du Sex hattest, weil ich seine Stimme beim Austeilen des Arbeitsheftes erkannt habe. Und prompt hatte ich einen Blackout. Aber als seine Tochter mich in der Pause als Hurenschiss bezeichnet hat, weil wirklich jeder in meiner Schule wusste, dass du das Lehrerzimmer mit einer Fußballmannschaft verwechselt hast, da bin ich eben ausgerastet. Eigentlich wusste ich da noch gar nicht, dass ich eine Fünf hatte und, ehrlich gesagt, haben mich Fünfen auch sonst nie besonders gestört.«

Das war zwar kalter Kaffee, aber Hannah wollte, dass ihre Mutter wusste, dass sie es wusste. Plötzlich fiel es Hannah auf, dass es in der Leitung still geworden war.

»Mama, bist du noch da?«

»Aber dann hast du es ja eigentlich gut gemacht.«

»Was, gut gemacht, Mama?«

»Jedenfalls muss ich mich wirklich bei dir entschuldigen.«

Hannah war sprachlos. Vielleicht war das mit dem Reden doch keine so schlechte Idee. Offensichtlich verstand ihre Mutter endlich, wie schlimm das alles für sie war.

»Wegen dieser alten Geschichte musst du dich bei mir doch nicht entschuldigen.«

»Dass ich dich damals auch noch geschimpft habe, Hannah. Aber du hättest ruhig mal was sagen können. Na, wenigstens hast du dieser Göre Prügel verpasst. Hoffentlich hat es ihr lange wehgetan. Wie kam dieses kleine Ekel dazu, mich Hure zu nennen? Ich kann es drehen, wie ich will, in diesem Fall hast du es richtig gemacht. Hannah, ich bin wirklich stolz auf dich, dass du für mich eingetreten bist.«

»Ich wollte doch nicht für dich eintreten. Weißt du, ich habe mich gefühlt, als …« Hannah stockte, kämpfte mit sich, suchte nach den richtigen Worten.

»Mhm, also dann, mein Engel, melde dich bald mal wieder. Ich bin ganz schön müde. Schlaf schön.«

Hannah saß einfach da, den Hörer in der Hand.

Mit einem Mal war sie sich nicht mehr so sicher, ob sie in der Therapie alles richtig verstanden hatte. Immerhin hatte sie es versucht. Und eins war jetzt klar: Manche Dinge änderten sich nie.

»Wenn das kein Griff ins Klo war«, murmelte Hannah, bevor sie die Augusta in den Arm nahm, ihre geliebte Jazz-Gitarre des Augsburger Gitarrenbauers Sonntag, deren warmer Klang sie schon so oft getröstet hatte. Vorsichtig schlug Hannah einen Akkord an: Die Augusta war verstimmt.

* * *

Der Mann ohne Träume war wieder im Takt. Trotz aller Widrigkeiten, die dieser Abend mit sich gebracht hatte, ließ er sich nicht aus dem Rhythmus bringen. Er war ganz bei sich und dem Herrn näher, als er es jemals gewesen war.

Seine geliebten Zeitmesser hatten den Durchbruch gebracht. In diesem Bewusstsein hatte er sie ausgewählt, einzeln und gewissenhaft. Es war eine Herausforderung für seine Geduld gewesen, nicht doch einmal irgendein Gerät zu kaufen, nur um einen Schritt weiterzukommen. Aber das durfte er eben nicht. Er musste sich ganz dem Herrn anvertrauen, damit es gelingen konnte. Er würde ihn leiten. Denn so stand es in Jesaja geschrieben:

48/17 So spricht der HERR, dein Erlöser, der Heilige in Israel: Ich bin der HERR, dein Gott, der dich lehrt, was nützlich ist, und leitet dich auf dem Wege, den du gehst. 18 O daß du auf meine Gebote merktest, so würde dein Friede sein wie ein Wasserstrom, und deine Gerechtigkeit wie Meereswellen.

Und es war wahr. War er hier, fühlte er den Frieden in sich. Fühlte, wie er ihn wärmte, denn der Herr war gerecht. Und er suchte sie schon so lange, dachte schon, Gerechtigkeit gefunden zu haben, und hatte sie wenige Jahre später wieder verloren geglaubt. Doch nichts war verloren, denn der Herr war gerecht, und wer seinen Wegen folgte, der fand Frieden und Gerechtigkeit. Und er war der lebende Beweis dafür, wie groß die Macht des Herrn war. Der Herr hatte an ihm ein Wunder vollbracht.

Die Nächte, die Träume, das Leben gehörten wieder ihm. Der Herr hatte ihm einen Weg gezeigt, seine Träume zu beherrschen, keinen Unfrieden mehr in sein Inneres zu lassen. Nichts brachte ihn dazu, vom Wege des Herrn wieder abzukommen, denn der Herr war mit ihm, und mit ihm die Gerechtigkeit.

3. Kapitel

Im Morgengrauen des 10. November wurde er aus dem Schlaf gerissen. Es hatte eine Weile gedauert, bis Moritz verstanden hatte, dass er nicht träumte. Nicht der Wecker hatte ihn geweckt, sondern die Türklingel. Wer konnte am Montagmorgen kurz nach fünf an seiner Haustür klingeln? Einem Instinkt folgend, beeilte sich Moritz. Unten an der Haustür angekommen, erkannte er schon durch das Sichtfenster, dass Gianni Hauser sturzbesoffen war. Wie der überhaupt zu dieser Uhrzeit in die Waldstadt nach Karlsruhe gekommen war, wurde Moritz beim Öffnen der Tür klar, als er das Taxi mit laufendem Motor sah. Nicht nur besoffen, sondern auch noch pleite, dachte Moritz. Er beeilte sich, Gianni in seine Wohnung zu bugsieren, und bedeutete dem Taxifahrer, mit hochzukommen, damit er ihn bezahlen konnte. Alleine hätte Moritz den stämmigen Kollegen ohnehin nicht nach oben in seine Dachwohnung verfrachten können. Mit sechzig Euro gab sich der Taxifahrer zufrieden und fuhr dem Ende seiner Schicht entgegen.

Gianni suchte indessen in den Küchenschränken nach Schnaps: »Moritz, mein Junge! Einem beschissenen Morgen muss man mit einem ordentlichen Schluck in den Hintern treten«, verkündete er lautstark.

»Du kriegst keinen Schnaps mehr, aber du kannst duschen gehen. Du stinkst, als wärst du in Klausis Puff eingezogen.«

»Klausi ist ein guter Freund. Und seine Nutten sind mir lieber ...«

»Das kannst du mir nach dem Duschen erzählen«, schob Moritz den schimpfenden Mann in das Badezimmer.

Als sie wenig später in der Küche saßen und Kaffee tranken, versuchte Moritz herauszubekommen, wie es zu dem frühmorgendlichen Besuch kam.

»Ich hab dem nur mal gehörig die Fresse poliert. Und jetzt macht der da 'ne Nummer draus! Das glaubst du nicht.«

»Gianni, ich verstehe kein Wort. Fang einfach mal von vorne an zu erzählen. Wem hast du eine Abreibung verpasst?«

»Na, dem Krusche.«

»Dem Typ vom Rauschgiftdezernat aus Baden-Baden?«

»Sag ich doch.«

»Ist ja gut. Aber warum bist du jetzt hier?«

»Weil ich ganz schön in der Scheiße sitze und nur du mich aus der Schusslinie bringen kannst«, antwortete Gianni resigniert.

Es dauerte eine Weile, bis Moritz herausbekommen hatte, was vorgefallen war. Krusche hatte sich mehrmals in Klausis Puff, den der Jugendfreund von Gianni seit vielen Jahren betrieb, danebenbenommen. Und so weigerte sich Angelina, Krusche weiterhin zu bedienen. Aber der ließ sich nicht so einfach abweisen: Er schob der Frau Drogen unter und drohte ihr mit einer Anzeige, wenn sie ihn nicht mehr bediente. In dieser Nacht machte Krusche mal wieder Krawall, und Gianni beschloss, das Ganze auf dem direkten Wege zu klären. Nun lag Krusche mit gebrochenen Rippen und einer schweren Gehirnerschütterung im Krankenhaus.

Dummerweise hatte Gianni mit seinem alten Schulfreund Klausi und anderen Größen aus der Szene im Puff gepokert, war schon ordentlich betrunken gewesen und hatte sich natürlich aus dem Staub gemacht, bevor Polizei und Krankenwagen auftauchten. Was die Sache nur noch schlimmer machte.

Zu allem Übel gab es keine Beweise dafür, dass Krusche ein Kunde Angelinas war und ihr Drogen untergeschoben hatte. Und natürlich war die Freundschaft zwischen Gianni und dem Zuhälter seinen Vorgesetzten ohnehin ein Dorn im Auge.

In einem hatte Gianni recht: Manchmal beruhigten sich die Dinge von alleine. Also musste Gianni erst mal verschwinden, dachte Moritz und beschloss, ihn mit nach Bruchsal aufs Revier zu nehmen. Er würde nur noch Georg informieren und einen Grund finden müssen, warum sie Gianni dringend in ihrem Team brauchten.

»Ich gehe duschen und wenn ich zurückkomme, fahren wir nach Bruchsal«, entschied Moritz. »Du kannst uns bei unserem neuen Fall helfen. Ich arrangiere das mit dem Staatsanwalt. Aber keinen Kontakt zu Klausi oder zu seinen Damen, noch zu sonst irgendjemandem! Du wohnst so lange bei Hannah.«

»Die ist so ein super Typ, die Hannah«, schwärmte Gianni.

»Hoffentlich findet sie dich auch so toll. Aber zuvor holen wir dir ein paar Sachen von dir zu Hause. Klar?«

»Schon klar. Aber du redest mit meiner Frau, ich pack das nicht, okay? Sie mag es nicht, dass ich so oft bei Klausi bin.«

»Na, das denk ich mir«, grinste Moritz.

»Moritz, warte mal kurz!«

»Was denn. Wir müssen uns echt beeilen, wenn mein Plan aufgehen soll.«

»Ich glaub, ich hab heute um neun Uhr mein Beurteilungsgespräch«, erinnerte sich Gianni, den Kopf in die Hände gestützt.

Moritz starrte Gianni entsetzt an: »Aber du kannst da nicht besoffen erscheinen. Das ist doch Wahnsinn. Das sagst du mir erst jetzt?«

»Hab's vergessen«, brummte Gianni schuldbewusst in seinen Schnauzer.

»Verdammt. Dann müssen wir eben schneller sein. Ich verzichte auf das Duschen. Wir fahren, sofort.«

»Ich glaub mir wird schlecht«, stöhnte Gianni und rannte zum Klo.

Besser als im Auto, dachte Moritz und ließ sich ergeben auf den Küchenstuhl fallen.

* * *

Am Montag, den 10. November, betrat Hannah zum ersten Mal das Gebäude der Kriminalpolizei in Bruchsal, wo sie und Moritz für die Dauer des Falls Waldhoff untergebracht waren. Es war einer dieser grau verhangenen Wolkentage, die nach Lust und Laune ihr kaltes Nass über der Stadt ausspucken. Das Gebäude der Kripo Bruchsal lag an einer stark befahrenen Linkskurve, unweit des Bruchsaler Schlosses. Es fügte sich nahtlos in das dreckig graue Wetter, und schon beim Öffnen der schweren Eingangstür zerbarst jede Hoffnung, das Gebäude wäre innen ansprechender, als es die Fassade androhte. Auch das Büro selbst wollte nicht einladend auf die Hauptkommissarin wirken, doch es war in jeder Hinsicht gut ausgestattet. Insbesondere der große Besprechungsraum auf dem Gang gegenüber verfügte über eine technische Ausstattung, wie sie es auch in Karlsruhe vorfand. Hoffentlich würden sie den Raum gar nicht brauchen, dachte sich Hannah, als Moritz ihr Büro betrat.

»So, lass mal hören«, sagte er.

»Wir brauchen Akten über die CAP, alles, was wir über die Familie Koch, insbesondere über die Waldhoffs und natürlich über Philipp finden können. Die Patientenaussagen haben wir hier schon auf dem Tisch.«

»Also ist mal wieder Aktenarbeit und Recherche angesagt. Hast du das schon vergeben?«, fragte Moritz, der sich nicht entscheiden konnte, auf welchem der Bürostühle er besser saß.

»Hey, ich bin noch nicht viel länger hier als du.«

»Ich kann mir sogar beim Autofahren Gedanken machen.«

»Na dann, mein junger Kollege, lässt du mich teilhaben an deinen Gedanken?«

»Wieso, was für Gedanken, Hauptkommissarin?«

»Na die, die du dir während des Autofahrens über die Recherchearbeit gemacht hast.«

»Ich habe mir keine Gedanken über die Recherchearbeit gemacht, sondern darüber, wer sie machen soll. Natürlich nur, weil da wahrscheinlich wieder besonders viel anfallen wird.«

»Und?«

»Nachdem das beim letzten Fall so gut mit dem Gianni lief, hab ich mir gedacht, wir könnten ihn doch ...«

»Gianni Hauser? Aber der sitzt doch in Rastatt!«, unterbrach Hannah ihren jungen Kollegen, der zusehends nervöser wurde, wie Hannah registrierte.

»Hannah, das ist eigentlich keine große Sache. Also der Gianni, und du magst ihn ja auch, der Gianni hat mal wieder einem seiner Kollegen ...«, begann Moritz zögerlich.

»Was hat er einem seiner Kollegen?«

»Er hat sich halt einen zur Brust genommen. Tja und da haben wir uns gedacht, der Gianni und ich, dass wir ihn hier gut brauchen könnten. Und dort wäre er aus der Schusslinie.«

»Ja, das ist doch eine gute Idee. Ich werde mal mit Georg reden.«

»Das ist nicht mehr nötig«, antwortete Moritz matt.

»Wie, nicht mehr nötig?«

»Ich hab ihn schon angerufen. Er hat auch sofort zugestimmt, alles zu regeln. Das erklärt er dir dann bestimmt beim Mittagessen.«

»Beim Mittagessen? Ich habe weder Zeit noch Geduld, mit Georg mittagessen zu gehen.«

»Ich hab ihn angerufen und ihn in deinem Namen darum gebeten, uns den Gianni an die Seite zu stellen. Es hätten sich neue Fakten ergeben, die das nötig machen. Du würdest ...«

»Was würde ich?«, fragte Hannah leise.

»Du würdest ihm das alles beim Mittagessen erklären.«

Hannah sah ihren Kollegen fassungslos an. Die feinen Gesichtszüge waren angespannt, die blonden Haare hingen ihm strähnig ins Gesicht. Er wartete.

Es war schon richtig, auch Hannah mochte Gianni Hauser. Der Kriminalhauptmeister hatte seine Gewohnheiten, und eine davon war, alles ganz genau wissen zu wollen. Unschätzbar, wenn es um Recherchen ging. Außerdem sorgte der Endfünfziger mit seinem gezwirbelten Schnauzbart, den lachenden, braunen Augen immer für gute Stimmung. Auch wichtig, dachte Hannah.

»Warum hast du mich nicht einfach gefragt? Ich meine, das ist doch völlig unnötig gewesen, so über meinen Kopf hinweg.«

Moritz stöhnte auf. »Also das lag daran, dass er nicht zum Dienst erschienen ist, und die Zeit echt gedrängt hat. Ich musste ganz schnell dafür sorgen, dass jemand seine Dienststelle informiert, weil ...«

»Was soll das denn jetzt? Es ist erst kurz nach neun, und Gianni hat erst um neun Dienstbeginn. Du hast wahrscheinlich um halb neun mit Georg telefoniert. Wie konntest du denn da schon wissen, dass er nicht pünktlich bei der Arbeit sein würde?«

»Weil er besoffen in meinem Auto liegt«, antwortete Moritz leise.

Hannah starrte Moritz an. Er schien hinter seiner Brille zu verschwinden, und irgendwie war er blass um die Nase, denn seine Sommersprossen stachen stärker hervor, als sie es sonst taten.

Das Ganze war ihr grundsätzlich sympathisch. Aber jetzt mussten sie sich beeilen. Schließlich hatte sie eine Verabredung zum Mittagessen. Hannah sprang auf.

»Was ist?«, rief Moritz.

»Wir müssen los. Schließlich muss ich Georg noch irgendwelche Gründe liefern, die uns den Gianni im Team rechtfertigen. Mal ganz abgesehen von der Kleinigkeit, dass wir bis jetzt keinen stichhaltigen Beweis für einen Mord haben. Da hat Mathias schlicht gelogen. Hoffentlich warst du wenigstens klug genug, mein Mittagessen mit Georg auf ein Uhr zu legen. Sonst sind wir geliefert!«

»Zum Glück hast du beste Beziehungen und auch sonst gute Argumente«, sagte Moritz.

»Ich bin 43 und auch sonst nicht für so ein Geschleime empfänglich.«

»Aber bevor es zum Äußersten kommt, könntest du doch für uns bei Georg ein gutes Wort einlegen«, tastete sich Moritz vorsichtig vor.

Abrupt blieb Hannah stehen und drehte sich langsam zu ihrem Kollegen um: »Darauf hast du doch nicht etwa spekuliert?«

»Nein. Also nicht so direkt.«

»Gianni und du greifen ein bisschen den Ermittlungen vor, um Gianni aus der Schusslinie zu bekommen.

Mathias hatte mal eben Lust, Georg ans Bein zu pinkeln, und ich soll dafür …«

»… ein bisschen weniger raubeinig sein«, kam Moritz der Kommissarin zuvor.

»Süßholz raspeln und mit Georg essen gehen«, korrigierte Hannah und zog die schwere Tür zum Hof auf. »Und überhaupt, ich bin nicht raubeinig!«

Die Wetterlage hatte sich nicht verbessert, mittlerweile war zu dem Grau noch ein ordentlicher Wind gekommen.

»Wohin soll es denn jetzt gehen?«, rief Moritz gegen den Wind an.

»Nach Mannheim. Wir wollen mal hören, was die von der CAP zu Philipp Waldhoffs letztem Mandat zu sagen haben und wie die Herrschaften die Sache mit der Anzeige Waldhoffs einordnen.«

»Aber zu der kam es doch gar nicht mehr.«

»Das können die Herrschaften noch nicht wissen«, erwiderte Hannah und wollte die Beifahrertür von Moritz' Dienstwagen aufziehen. »Was ist? Lässt du mich vielleicht einsteigen?«

Moritz stand vor der Fahrertür, die Kapuze über den Kopf gezogen: »Es gibt da noch eine Kleinigkeit, im Auto. Auf der Rückbank, um genau zu sein.«

»Ach du Scheiße, den hab ich ja total vergessen«, drückte Hannah ihre Nase an das beschlagene Fenster und versuchte durchzuschauen.

* * *

»Dr. von Köhnen, es tut mir leid, dass ich Sie stören muss. Draußen warten zwei Herrschaften von der Polizei, wegen Philipp Waldhoff.«

Dr. Wolfram von Köhnen seufzte, setzte seine Tasse behutsam auf der Untertasse ab, als könnte sie beim bloßen Abstellen zerbrechen. Er liebte dieses fragile Porzellan, durch das man beinahe durchsehen konnte. »Fräulein Vogel, wissen Sie, was das Schlimmste ist?«

Erschrocken trat die grauhaarige Endfünfzigerin näher an den überdimensionierten Schreibtisch aus Walnussholz und sah ihren Chef fragend an. Die Schultern gestrafft, stand sie da, hielt den Atem beinahe an und wartete.

»Treue und mir teure Mitarbeiter fühlen sich schlecht, weil ein Mitarbeiter uns alle in eine missliche Lage gebracht hat. Liebes Fräulein Vogel, ich habe es verpasst, uns vor den Abwegen Philipp Waldhoffs zu schützen. Aber jetzt werde ich uns alle zu schützen wissen. Bringen Sie die Polizisten ruhig herein. Und bringen Sie noch zwei Cappuccino für die beiden Beamten, aber vorsichtshalber in den einfachen Bechern.«

Zufrieden registrierte Dr. von Köhnen, wie sich auf den Gesichtszügen der Sekretärin Erleichterung abzeichnete. Man musste die Mitarbeiter in Atem halten, selbstverständlich ohne Radau. Schließlich waren sie hier nicht beim Straßenbau. Ohnehin liebte er die leisen Töne. Feine Nadelstiche, die kaum zu sehen waren, aber umso fester hielten.

Kaum hatte die Privatsekretärin das Büro verlassen, stellte sich Dr. von Köhnen mit auf dem Rücken verschränkten Händen an das Panoramafenster und beobachtete das Treiben auf dem Bahnhofsplatz.

»Dr. von Köhnen, die Herrschaften von der Polizei«, kündigte Frau Vogel die Polizisten an.

»Nehmen Sie Platz«, sagte Dr. von Köhnen, ohne sich umzudrehen. Er genoss den Moment. Den Eintretenden den Rücken zugewandt, konnte er spüren, wie mit deren Verunsicherung die Spannung stieg. In diesen stillen Momenten der Macht fühlte er sich ruhig und stark.

Plötzlich spürte er einen leichten Luftzug neben sich. Irritiert wandte er seinen Blick nach rechts. Eine Frau stand ungefähr drei Schritte vor ihm und musterte ihn unverwandt. Sie hatte ihm seinen Moment genommen. Das gelang nur wenigen. Das wird interessant, dachte er.

»Eine wirklich gute Aussicht haben Sie hier. Beruhigend, das Getümmel auf dem Bahnhofsplatz«, sagte Hannah Henker und sah ihrem Gegenüber direkt in die Augen. Sie hatte sich den Chef einer Wirtschaftsprüfungsgesellschaft noch nie vorgestellt, aber als sie jetzt vor ihm stand, dachte sie sich, dass er genau dem entsprach. Er war zwar nicht besonders groß, aber er hatte Charisma.

»Dr. von Köhnen? Ich bin Hannah Henker, das ist mein Kollege Moritz Schmidt. Irgendwie überschätzt, finden Sie nicht? Die Aussicht, meine ich.«

Anstelle einer Antwort ging von Köhnen hinter seinen Schreibtisch und machte es sich in seinem Sessel bequem. »Was kann ich für Sie tun, Frau Henker?«

Hannah setzte sich einfach hin, Moritz blieb stehen.

»Wie ich von Frau Vogel gehört habe, sind Sie über den Tod von Philipp Waldhoff informiert.«

»Ja, das ist eine tragische Sache.« Von Köhnen wandte sich mit einem Lächeln an Moritz: »Aber bitte, nehmen Sie doch Platz.«

Kaum hatte er sich hingesetzt, kramte Moritz seinen Notizblock hervor.

Hannah wollte gerade zu einer Frage ansetzen, als sie die Privatsekretärin mit dem Capuccino unterbrach. Wie gerufen, dachte Hannah, und beeilte sich, ihren ersten Pfeil zu schießen: »Seit wann wussten Sie von der Anzeige gegen Ihr Unternehmen?«

Der Cappuccino auf Frau Vogels Tablett kam ins Wanken. Doch die Privatsekretärin fasste sich schnell. Nach einem strafenden Blick in Richtung Sekretärin begann von Köhnen zu sprechen: »Philipp Waldhoff war zur Behandlung auf einer psychosomatischen Station gewesen. Sagt das nicht genug über seinen Zustand aus?«

»Wie kommen Sie auf Philipp Waldhoff? Ich habe nicht gesagt, dass er das Unternehmen angezeigt hat.«

»Wir haben zuvor über ihn gesprochen. Daraus habe ich meine Schlüsse gezogen«, erklärte von Köhnen gelassen.

»Tja, sehen Sie, so ist das mit den Schlüssen, die man zieht. Ich könnte aus Ihrer Antwort den Schluss ziehen, Sie wussten von der Anzeige Philipp Waldhoffs gegen die CAP. Woher sollten Sie sonst wissen, von wem Ihnen eine Anzeige droht? Wer noch nichts davon gehört hat angezeigt zu werden, fragt immer erst einmal nach der Anzeige und ihrem Inhalt. Sie aber versuchen sofort, die Anzeige selbst zu schmälern, indem Sie den Ankläger diskreditieren.« Hannah nahm einen Schluck von ihrem Cappuccino.

»Aber was hat denn das alles mit dem Suizid von Herrn Waldhoff zu tun?«, fragte von Köhnen. »Mir scheint es, wir kommen ein wenig vom Thema ab.«

»Nur für den Fall, dass wir von einem Suizid reden«, antwortete Hannah.

»Tun wir das denn nicht?«

»Wir ermitteln in alle Richtungen, Herr Dr. von Köhnen.«

»Oh, ich verstehe. Selbstverständlich ist es unser Bestreben, Sie bei Ihrer Arbeit so gut als möglich zu unterstützen.«

Mit dieser Stimme könnte man einen Diamanten schleifen, dachte Hannah.

»Das freut mich, Herr Dr. von Köhnen. Das wird auch nötig sein, denn wir brauchen Einblick in die Arbeit Philipp Waldhoffs der letzten Monate. Mit welchen Kollegen er in den letzten drei Monaten zusammengearbeitet hat, bei welchen Unternehmen, welche Verträge und so weiter.«

»Sie wissen sicherlich, dass wir gegenüber Dritten der Schweigepflicht unterliegen. Auch in diesem Fall …«

»In diesem Fall ermitteln wir«, fiel Hannah ihrem Gegenüber ins Wort, »weil einer Ihrer Mitarbeiter tot ist.«

»Ja, das ist eine traurige Sache. Nur ist mir noch immer nicht klar, wonach genau Sie suchen.«

»Das wiederum ist ganz in unserem Sinn«, lächelte Hannah freundlich.

* * *

Ein messerscharfer Schmerz durchfuhr seinen Kopf, Übelkeit kroch die Kehle hoch. Nur nicht bewegen, sagte er sich. Alles ist gut, versuchte er sich zu beruhigen.

Vorsichtig ertastete er mit den Händen seine Umgebung. Glatt und kalt. Leder, kombinierte er. Dann wusste er es. Er war in einem Auto. Hatten ihn die Schweinehunde etwa ...?

Nein, er erinnerte sich, dass er zuletzt bei Moritz gewesen war. Im Morgengrauen, so war es. Der Junge hatte versprochen, ihm zu helfen. Das war schon was. Was genau sie besprochen hatten, das wusste er nicht mehr. Aber Hut ab, der Junge war ein netter Kerl. Er würde ihm schon noch einiges beibringen können. Zum Beispiel, wie man lebt. Es gab mehr als Arbeit, mehr als Ordnung und vor allem mehr als Polizeiarbeit. Aber wo sollte man da anfangen? Der Junge ernährte sich gesund, das sagte alles. In seiner Jugend, da war man frei! Vor allem frei. Man freute sich des Lebens, nahm nichts so wichtig wie sich selbst und fand dann doch irgendwann eine Arbeit.

Aber vor allem liebte man das Leben. Und die Frauen. Und den Rausch. Was hatte er gefeiert, nachts an Baggerseen, bis in den Morgen. Er erinnerte sich an den Sommer nach der Schule, da war er mit zwei anderen Kumpeln mit einem Rucksack und einem Interrail-Ticket durch Europa gezogen. Geld hatten sie nicht viel, aber zu helfen wussten sie sich. Und das hatte damals gereicht. In Spanien hatten sie in einer Bar bedient, in Portugal bei der Ernte geholfen, in Griechenland Schafe gehütet, und überall hatten sie mit Frauen Sex. Beinahe zwei Jahre waren sie unterwegs gewesen – und diese Zeit, diese zwei Jahre bedeuteten für ihn Freiheit und Freundschaft. Und heute waren sie alle in ihren Rollen festgelegt: Der eine von ihnen war Arzt, der andere war Puffbesitzer, und er eben Polizist.

Doch jetzt war er hier, in einem Auto, wo auch immer abgestellt, dickbäuchig, beinahe sechzig Jahre alt, hatte eine Frau, die er mochte, Kinder, die er nicht verstand. Und den einen jovialen Jungen, der sein Kollege war und der ihm aus der Patsche geholfen hatte oder es zumindest versuchte. Das wusste er zu schätzen, und das wollte er Moritz danken.

Er würde schon dafür sorgen, dass Moritz ein Sabbatjahr einlegte und mal richtig lebte. Vorsichtig setzte sich Gianni auf. Ging ja. Erst stillhalten, dann die Augen auf. »Die haben mich in einer Tiefgarage abgesetzt und eingeschlossen«, fluchte Gianni vor sich hin. »Die können mich doch nicht einfach abstellen, und schon gar nicht sperrt man mich ein. Irgendwie verspannt, der junge Kollege.«

Also gut, das mit dem Sabbatjahr schien insgesamt notwendiger als gedacht, grübelte Gianni.

Er würde sich darum kümmern, sobald das hier überstanden war. »Aber vorher kriegt er noch was hinter die Ohren.«

* * *

»Was sollte man über ihn wissen?«, fragte Hannah.

»Da sollten Sie mit Marlene Koch sprechen. Ich bin als Privatsekretärin nur für Dr. von Köhnen da. Die Fachlichen Mitarbeiter fragen hin und wieder bei mir nach einem Termin, ansonsten habe ich wenig Kontakt.«

»Wer genau gehört zu den Fachlichen Mitarbeitern und wer zu den Prüfern?«

»All diejenigen Akademiker, die noch nicht die Prüfung zum Wirtschaftsprüfer abgelegt haben, sind Fachliche. Aber auch bei ihnen gibt es Unterschiede. Manche von ihnen sind immerhin Steuerberater oder Prüfungsleiter. Das ist hierarchisch alles streng geordnet. Dazu kommen die jährlichen Beurteilungsgespräche, die für das Einkommen der Fachlichen verantwortlich sind.«

»Auch ganz klar organisiert?«

»Aber natürlich.

»Was verdienen die denn so.«

»Bei uns steigen die mit 50.000 bis 60.000 im Jahr ein und als Prüfungsleiter ist man etwa bei 75.000, 80.000.«

»Boni gibt es keine?«, fragte Hannah vorsichtshalber nach.

»Für die Senior Manager und Partner natürlich. Aber die haben ohnehin ein wesentlich höheres Jahreseinkommen. Die Boni derjenigen, die M&A-Geschäfte machen, sind die höchsten. Sie richten sich nach dem Kaufpreis des jeweiligen Unternehmens.«

Hannah zog die Brauen zusammen. Sie wollte nicht wissen, was da alles auf sie zukam: »M&A-Geschäfte, was heißt das?«

Frau Vogel sah die Kommissarin irritiert an: »Mergers and Acquisitions, Firmenan- und verkäufe. Darin sind selten Prüfer involviert. Aber Philipp Waldhoff war da tatsächlich eine Ausnahme. Soll ich Frau Koch benachrichtigen, dass Sie mit ihr sprechen wollen?«

»Danke, Frau Vogel, das wäre nett. Stellen Sie so lange alle Unterlagen für meinen Kollegen Herrn Schmidt zusammen?«

»Aber natürlich. Sobald er aus der Personalabteilung zurück ist«, erwiderte die Sekretärin.

Hannah schlenderte zu einer Sitzgruppe, die etwa fünf Meter von Frau Vogels Arbeitsplatz entfernt war. Einer plötzlichen Eingebung folgend blieb sie stehen, drehte sich langsam um und beobachtete die Sekretärin einen Moment lang, bevor sie ihre Stimme erhob: »Sagen Sie mal, finden Sie es nicht ein wenig altmodisch, um nicht zu sagen despektierlich, dass Herr von Köhnen Sie ›Fräulein‹ nennt?«

Energisch hob Frau Vogel ihr Kinn: »Dr. von Köhnen«, begann sie, bevor sie nochmals leiser ansetzte, »Dr. von Köhnen steht es frei mich anzusprechen, wie er es für richtig hält. Wenn er Fräulein sagt, mag es Ihnen unhöflich oder altmodisch vorkommen. Ich gehe davon aus, dass er eben nur korrekt sein will.«

»Korrekt, na denn«, bemühte sich Hannah, die Stimmung nicht kippen zu lassen. Statt einer Antwort erntete die Kommissarin nur ein kurzes Kopfnicken.

Kaum hatte sich Hannah in der Sitzgruppe eingerichtet, ging die Tür in Hannahs Rücken auf und sie vernahm leise Schritte, die im Teppich versanken. Marlene Koch ging an Hannah vorbei, trat vor Frau Vogel, sah die Sekretärin nur an, folgte ihrem Blick und ging dann ohne große Eile auf die Kommissarin zu. In ihrem Kostüm, in dieser Umgebung wirkte Marlene Koch plötzlich wie eine Frau, die weiß, was sie will. Auch wenn sie dünn und schmal war, wirkte sie trotzdem nicht schwach.

Marlene Koch ließ zwischen sich und Hannah einige Schritte Abstand, bevor sie ihre Hand ausstreckte: »Guten Tag, Frau Henker, am besten gehen wir an meinen Arbeitsplatz.«

Einige Gänge und Türen später hatten sie noch immer kein Wort gewechselt, und Hannah hatte den Eindruck, dass es Marlene Koch nicht störte. Als sie sich dann aber an einem Konferenztisch gegenübersaßen, kam Marlene Koch sofort auf den Punkt: »Es hat mir keine Ruhe gelassen. Wie sind Sie darauf gekommen, dass er sich von mir trennen wollte?«

Hannah konnte es kaum glauben. Gestern war Marlene Koch erschüttert, heute, nur vierundzwanzig Stunden später, war sie gefasst.

»Philipp hat das nicht nur seinem Therapeuten gegenüber angekündigt, er hat es auch mit Ihnen geplant.«

Marlene Koch verzog keine Miene, blickte auf ihre Hände, die sie vor sich auf den Tisch gelegt hatte. Sie schüttelte leicht den Kopf, bevor sie weitersprach: »Warum erzählen Sie es mir nicht? Dass Sie ihn kannten?«

»Weil es für die Ermittlungen keine Rolle spielt.«

Es war gespenstisch still in dem Raum. Plötzlich fühlte sich Hannah zurückversetzt in die vielen Momente, in denen sie mit Philipp Waldhoff schwieg. Das konnte sie gut mit Philipp, und wie sie jetzt bemerkte, konnte sie es auch gut mit Marlene. Vor ihrem inneren Auge konnte sie die beiden vor sich sehen, wie sie einträchtig miteinander schwiegen. Warum dann die Trennung? So sehr sie ihre Erinnerungen wieder durchforstete, sie konnte sich einfach nicht daran erinnern, dass sie jemals mit Philipp darüber geredet hatte, warum er sich von Marlene trennen wollte. Es ging immer nur darum, ob er das Recht hatte, sich zu trennen, eigene Wege zu gehen.

»Eigentlich stimmt das nicht«, nahm Hannah das Gespräch wieder auf. »Wir waren gemeinsam auf der Station. Und deswegen weiß ich einfach, dass er sich nicht umgebracht hat. Ich weiß nicht, warum er sich von Ihnen trennen wollte. Aber ich weiß, dass er es wollte. Ich weiß, dass er vor allem seinen Job nicht mehr wollte. Und ich will beweisen, dass er umgebracht wurde. Wir haben Hinweise, die das belegen. Und jetzt will ich wissen, was genau passiert ist. Und dafür brauche ich Sie.«

Marlene Koch stand auf und ging zum Fenster. Hannah wurde schon unruhig und fragte sich, ob ihre Offenheit richtig war.

»Danke für Ihre Ehrlichkeit, das weiß ich zu schätzen. Ich wusste, dass Sie Philipp näher kennen. Kannten.«

»Von Thilo Heinz, dem Klinikleiter?«

»Genau. Aber ich wusste wirklich nicht, dass Philipp sich von mir trennen wollte. Aber ich weiß, wie die CAP funktioniert. Und ich weiß, womit wir es hier zu tun haben. Ich habe Philipp in Schwierigkeiten gebracht.« Marlene unterbrach sich und wandte sich Hannah zu: »Ich habe einen schweren Fehler bei einem Mandanten gemacht. Es gibt ein Video davon. Meine Tage sind hier ohnehin gezählt. Ich werde nicht mehr auf Prüfung geschickt. Na ja, vielleicht können Ihre Leute nachverfolgen, von welchem Account mir das Video gemailt wurde.«

Hannah hielt es nicht mehr auf dem Stuhl: »Sagen Sie mir am besten ganz konkret, was auf dem Video zu sehen ist und welche Folgen das hatte.«

»Philipp wurde erpresst. Von Dr. von Köhnen persönlich. Es existiert ein Video, auf dem zu sehen ist, wie ich Papiere aus dem Data-Room der Kaufhauskette Hellmann stehle. Der Witz daran ist, dass ich von Dr. von Köhnen dazu genötigt wurde.«

»Ich kapiere gar nichts. Erklären Sie mir, was ein Data-Room ist? Und können Sie uns das Video mailen?«

Marlene Koch lachte kurz auf: »Sie haben ja echt keine Ahnung. Und natürlich maile ich Ihnen das Video. Und natürlich erkläre ich Ihnen gerne alles Fachliche. Aber das ist eigentlich nebensächlich.«

»Was ist dann wichtig?«

»Die eigentliche Frage ist doch, wozu die Philipp erpresst haben.?«

* * *

»Und was ist jetzt so ein Data-Room?«, fragte Moritz, der sichtlich bemüht war, keine Ordner oder Papiere zu verlieren.

»Das ist eine Art Büro bei dem jeweiligen Mandanten, in dem die Mitarbeiter der Wirtschaftsprüfungsgesellschaft eingeschlossen werden, um den Wert des Unternehmens festzustellen und ein Gutachten anzufertigen«, keuchte Hannah auf dem Weg zum Parkhaus.

»Die werden eingeschlossen?«

»In einen Raum, in dem sich alle wichtigen Geschäftsunterlagen befinden, die man eben für eine Bilanz braucht. Und niemand darf Unterlagen mitnehmen oder fotokopieren. Die Mitarbeiter werden jedes Mal beim Rein- und Rausgehen untersucht. Also das ist echt brisant. Denn wenn da geheime Informationen in Umlauf kämen, könnte so manches Unternehmen dichtmachen.«

»Da scheint ganz schön was auf uns zuzukommen«, stellte Moritz fest.

Hannah war erleichtert, nur noch ein paar Schritte bis zum Wagen gehen zu müssen, um endlich die Akten ablegen zu können.

»Da hast du recht. Wie gut, dass wir durch glückliche Umstände unseren Gott der Recherche bei uns haben.«

Moritz blieb neben der Fahrertür stehen: »Den hatten wir bei uns!«

»Was ist los?«, fragte Hannah, die vor dem Kofferraum stand.

»Schau doch, der ist weg! Mal ganz davon abgesehen, dass der Wagen unverschlossen ist. Ein Polizeiauto macht der von innen auf und verkrümelt sich! So besoffen kann er doch gar nicht mehr sein.«

»Aber du hast doch abgeschlossen«, bemerkte Hannah und sah sich in dem Parkhaus um. Vielleicht wollte sich Gianni nur mal ordentlich den Wind um die Nase wehen lassen, überlegte sie und ließ ihren Blick in Richtung Bahnhofseingang wandern.

»Keine Sorge, hier bin ich schon wieder«, rief Gianni von Weitem. »Mir geht es schon viel besser. Die frische Luft hat jetzt wirklich gutgetan.«

»Und der Wagen? Du kannst doch nicht einfach den Wagen offen hier stehen lassen«, beschwerte sich Moritz.

»Ach Junge, die Parkgarage ist doch videoüberwacht, und ich habe das Auto nicht aus den Augen gelassen. Aber jetzt«, ging er auf Hannah zu, »will ich mal unsere Hauptkommissarin in den Arm nehmen.«

»Wahnsinn, du riechst wie eine Schnapsfabrik«, wehrte sich Hannah.

»Danke, dass ihr beide mir aus der Patsche helft. Ich bin euch wirklich dankbar.«

»Verdammt, es ist schon zehn vor halb eins! Und ich bin um eins mit Georg zum Essen verabredet. Und das habt ihr mir eingebrockt«, erinnerte Hannah ihre Kollegen und stieg ein.

»Es gab Zeiten, da wolltest du gerne mit Georg …«, setzte Moritz an.

»Leute, das ist nun aber echt vorbei. Und übrigens muss ich Georg gar nicht mit meinem Charme davon überzeugen, dass wir unseren Recherche-Gianni bei den Ermittlungen brauchen.«

»Da bin ich aber mal erleichtert«, atmete Moritz auf und startete den Motor.

»Wieso?«, fragten Hannah und Gianni wie aus einem Munde.

»Weil unsere liebe Hannah noch nicht weiß, dass unser Recherche-Ass bei ihr wohnt.«

»Das wüsste ich aber!«, wehrte sich Hannah.

»Ich hab ja nichts dagegen. Aber man hätte ja mal drüber reden können«, warf Gianni ein.

»Genau«, bekräftigte Hannah.

»Zu spät«, beendete Moritz das Thema. »Oder hat jemand eine bessere Idee?«

4. Kapitel

Heute war das schon eine merkwürdige Sache mit dem Mittagessen. Nachdenklich sah er in den Himmel. Die Wolken hingen tief und ließen erahnen, dass es an diesem Tag nur ein Mal regnen würde. Einerseits wollte Hannah unbedingt, dass sie sich diskret verhielten. Andererseits ließ sie durch Moritz ausrichten, dass sie sich zum Mittagessen beim Italiener in Bruchsal treffen sollten. Komische Sache das. Und warum war es eigentlich so wichtig, dass Gianni Hauser noch vor seinem morgendlichen Dienstbeginn bei seiner Dienststelle entschuldigt wurde, um ihn zur Soko nach Bruchsal zu überstellen?

Welche neuen Informationen konnte Hannah über Nacht erhalten haben, die das notwendig machten? Und warum hatte sie das nicht direkt mit ihm geklärt? Es wäre ihm lieber, er wäre besser informiert gewesen. Der Revierleiter hatte auf seine Anfrage zumindest irritiert reagiert und noch irritierter, als er nichts Genaueres verlauten lassen wollte. Hoffentlich lieferte sie ihm gute Gründe dafür, dachte Georg, als er vom Parkplatz zum Restaurant schlenderte. Da gab es noch eine Sache, die ihn beschäftigte. Hatte er sich durch das Mittagessen ködern lassen?

»So ein Quatsch. Wenn ich mich nicht mehr auf die Polizeibeamten verlasse, kann ich einpacken«, sagte Georg zu sich selbst und ging die wenigen Stufen zum Restaurant hinauf. Er wurde schon erwartet.

Hannah winkte ihm zu. »Hallo Georg, schön dich zu sehen. Ich bin auch eben erst gekommen. Danke, dass du es dir einrichten konntest«, sagte sie zur Begrüßung.

Der Kellner kam mit dem Wasser, schenkte ihnen ein, nahm die Bestellung auf und verschwand sogleich.

Es entging Georg nicht, dass Hannah angespannt war, denn dann zog sie immer die Ober- über die Unterlippe. Hielt sie die Spannung gar nicht mehr aus, nagte sie auf der Unterlippe. In diesen Momenten wirkte sie weich und wild zugleich. Die dunklen Locken, die so eigenwillig in alle Richtungen abstanden, taten ihr Übriges. Doch heute tat sie ihm beinahe leid. Offenbar wusste sie nicht, wie sie anfangen sollte.

»Erklär es mir am besten ohne große Umschweife. Eigentlich kann ich nur das Drumherumreden nicht ausstehen.«

Hannah checkte die anderen Tische, aber sie saßen ein wenig abseits. Also begann sie, sprach aber ziemlich leise. Georg musste sich leicht vorbeugen, um sie zu verstehen.

»Also gut! Gianni hat ordentlich Mist gebaut. Aber keine Sorge, nicht so schlimm, dass es strafrechtlich relevant wird. Doch wäre es besser, wenn er für ein paar Tage aus der Schusslinie gerät. Umso weniger wir über die Sache wissen, desto besser. Immerhin erledigen sich ja viele Dinge von selbst.«

»Willst du mir gerade erklären, dass es keinen Grund für die Mitarbeit von Gianni in diesem Fall gibt?«

»Ich gebe nur zu, dass es heute Morgen keine zwingenden Erkenntnisse gab, die es notwendig gemacht hätten. Aber jetzt geht es ohne ihn überhaupt nicht mehr, und ich bin froh, dass wir ihn bei uns haben.«

»Dann lass mal hören.«

»Wir haben ein Video, das Marlene Koch beim Datenklau in einem Data-Room zeigt. Weißt du, was das ist?«

»Hannah, ich bitte dich.«

»Und jetzt wird es interessant. Marlene Koch sagt aus, dass sie dazu aufgefordert wurde. Und jetzt rate mal von wem?«

Georg hob fragend die Hände.

»Von Dr. von Köhnen!«

»Bist du verrückt!«, zischte Georg. »Keine Namen, mitten im Restaurant. Wir reden über den Chef-Partner von der CAP Mannheim?«

»So ist es!«, wurde Hannah wieder leiser. »Aber es kommt noch besser. Unser Philipp wurde von genau diesem feinen Herrn erpresst. Auch das ist Marlene Koch bereit auszusagen.«

»Solche Aussagen nehmen deren Anwälte vor Gericht normalerweise auseinander. Aber wir würden mit so einer Aussage einen enormen Ansehensverlust auslösen. Hannah, wir würden eine Lawine lostreten!«

»Das ist mir bewusst. Aber was wollten die wirklich von Philipp? Zu was wurde Philipp Waldhoff erpresst?«

»Das ist genau die richtige Frage. Mit Gianni alleine werden wir da keine Antworten finden. Aber ihr werdet schon noch was ausgraben.«

Sie suchte seinen Blick. Sie wollte wissen, ob er das ernst meinte, dachte Georg und sah Hannah direkt in die Augen. Sofort wich sie seinem Blick aus.

»Was ist los?«, fragte Georg.

»Was soll sein?«

»Du weichst meinem Blick aus.«

»Mensch, Georg. Das hab ich gar nicht gemerkt. Du bringst mich ganz raus.«

»Hannah, sei ehrlich. Eigentlich willst du doch nicht mehr.«

»Wie kommst du denn jetzt darauf? Wir wollten nach dem Fall darüber reden.«

»Nein, Hannah. Wir wollten nach dem Fall unsere ... Beziehung wieder aufnehmen. Das ist der letzte Stand.«

»Beziehung wiederaufnehmen? Ich dachte, es hätte dir so Spaß gemacht, weil wir eben keine Beziehung hatten.«

»Hannah, ich habe doch schon zugegeben, dass es mir leid tut.«

Er wartete. Aber sie machte keine Anstalten zu reagieren.

Doch plötzlich sah Hannah auf ihre Uhr: »Ich hab jetzt wirklich Hunger. Wie lange warten wir denn jetzt schon?«

Er hatte es geahnt. Und trotzdem erwischte es ihn jetzt. Irgendwie hatte er es gewusst. Für sie war es vorbei. Etwas in ihm wollte nachfragen. Wollte wissen, was sie denn sonst verabredet hatten, im Krankenhaus.

Aber eine andere Stimme riet ihm, es gut sein zu lassen. Es mit sich auszumachen. Von Hannah würde er ohnehin nichts mehr hören. So war das eben. Er hatte seine Chance vertan.

»Da kommt das Essen schon«, sagte er stattdessen.

Und plötzlich hatte er den Faden verloren. Irgendwie gelang es ihm nicht, zuzuhören. Stattdessen kaute, schluckte und trank er und brummte wechselweise ein »Mhm« und »Hm«.

Nicht, dass ihm die Situation unangenehm gewesen wäre, er wusste nur nicht, wie er sie auflösen sollte. Doch dann, sie hatten schon fast aufgegessen, klingelte Hannahs Telefon.

»Ich glaube, das ist meine Mutter. Komisch, sie ruft sonst nie an. Ich geh nur kurz ran«

»Mhm.«

»Mama, ist was passiert? ... Aber Mama, das ist doch jetzt … Du ich bin beim Essen, ich verabschiede mich nur kurz. Bleib bitte kurz dran …«

»Kein Problem. Ich zahle. Geh du ruhig«, schlug Georg vor.

»Ich lass dir heute noch von Gianni alle Ermittlungsschritte und Ergebnisse mailen. Wer weiß, womit wir es wirklich zu tun haben. Bis später!«

»Hm. Mhm.«

Hannah nickte ihm kurz zu, im Umdrehen das Handy schon wieder am Ohr.

Dann war sie weg.

* * *

»Jetzt bin ich da. Entschuldige Mama, ich musste wenigstens noch Tschüss sagen.«

»Seit wann isst du denn zu Mittag? Früher hast du das nie gemacht. Da konnte man dir hinstellen, was man wollte.«

»Echt? Aber ich erinnere mich daran, dass ich oft mit Opa …«

»Natürlich, für deinen Opa hast du alles gemacht. Na, das ist ja gut, wenn dein Leben in Karlsruhe regelmäßiger geworden ist.«

Hannah musste lachen. »Das kann man so auch nicht sagen. Ich hatte gerade eine Art Geschäftsessen.«

»Geschäftsessen? Ich dachte, Polizisten haben Verhöre und Besprechungen und eine schlechte Kantine.«

»Ich war nur mit dem Staatsanwalt essen. Wir hatten etwas zu besprechen. Aber weswegen rufst du eigentlich …«

»Der Staatsanwalt, mit dem du zusammen bist? Oder wegen dem du nach Karlsruhe gezogen bist? Seid ihr wieder ein Paar!«

Hannah überlegte, welche der Fragen sie zuerst beantworten wollte.

»Wir sind nicht mehr zusammen. Das war nur ein Arbeitsessen.«

»Na klar, im Restaurant. Mich würde es ja freuen, wenn du mal so etwas wie ein normales Leben hättest. Mit Enkeln kann ich ja nicht mehr rechnen. Hast du eigentlich Eier von dir einfrieren lassen?«

»Wie jetzt?«

»Eier einfrieren. Du bekommst auch gar nichts mit, mein Schatz. Dann kann man Kinder bekommen, wann immer man will. Ich glaube, man braucht gar keinen Mann mehr dazu. Oder vielleicht doch? Das wäre dann natürlich wieder schwieriger. Also ich meine, in deinem Fall.«

Hannah war schon kurz vor dem Revier und lief sicherheitshalber auf einen Parkplatz, der etwas abseits der Straße lag. »Die Methode gibt es noch nicht so lange. Für mich ist das zu spät.«

»Aber du wirst doch noch ein paar brauchbare Eier haben.«

»Mama, das sind Keimzellen, also Gameten, die eingefroren werden. Sozusagen duploide Zellen.«

»Oder bist du schon in den Wechseljahren? Aber da geht bestimmt trotzdem noch was. Ich kann mich für dich erkundigen, mein Schatz.«

»Mama, ich wollte noch nie Kinder.«

»Jetzt willst du ja vielleicht doch.«

»Nein, jetzt auch nicht. Warum hast du eigentlich angerufen?«

»Na das ist mal wieder eine Frage, Kind. Weil ich mit dir telefonieren wollte.«

»Gibt es denn einen speziellen Grund?«

»Du hast doch gesagt, dass ich anrufen soll. Aber gut, wenn das auch wieder nicht recht ist. Manche Leute telefonieren eben miteinander, wenn sie sich schon nicht sehen können. Das ist normal, oder nicht?«

»Natürlich! Ich freu mich ja auch.«

»Dann ist ja gut. Ach so, Hannah. Ich habe geplant, dich bald einmal zu besuchen. Man möchte ja schließlich wissen, wie du jetzt so lebst.«

Hannah biss sich auf die Lippe.

»Das ist mitten in einem Fall nicht so praktisch, da hab ich kaum Zeit. Wenn du schon kommst, würde ich dann eben auch gerne Zeit mit dir verbringen. Vielleicht sogar ein paar Tage freinehmen.«

Ihre Mutter kicherte. »Wusste ich es doch. Du hast doch was mit dem Staatsanwalt. Das kannst du ruhig sagen. Das verstehe ich doch. Ich erkundige mich erst einmal bei der Bahn, wegen der Verbindungen. Also bis bald, mein Schatz.«

Hannah schüttelte den Kopf. Kinder – das würde ihr noch fehlen. Sie wurde ja nicht einmal mit ihrer Mutter fertig.

Die Vorstellung, dass ihre Mutter während ihres zweiten Falls tatsächlich in Bahnbrücken auftauchen und in ihrem kleinen Bungalow festsitzen würde, brachte sie zum Schmunzeln. Aber wie Hannah ihre Mutter kannte, würde sie binnen kürzester Zeit Bahnbrücken ganz schön aufmischen. Das wäre vielleicht gar nicht so verkehrt.

»Ich hab ja schon einen neuen Mitbewohner! Den hätte ich jetzt beinahe vergessen.«

Gianni würde die nächsten Wochen auch bei ihr wohnen, bis sich die Dinge auf seinem Revier in irgendeiner Weise geklärt hätten. Das wäre dann vielleicht doch zu viel.

* * *

Auf dem Präsidium vertiefte sich Hannah in die Akten. Philipp Waldhoff hatte ein kleines Appartement in einem der Mietshäuser seiner Eltern in Bruchsal, die wie jedes Jahr den November auf Lanzarote verbrachten. Philipp übernachtete aber nur in Bruchsal, wenn er am nächsten Tag mit der Bahn verreisen musste. Vor ein paar Jahren hatte er dann in Oberöwisheim die Etage eines großen Gutshauses am Ortsrand gekauft und saniert. Er hatte Wirtschaft in Mannheim studiert, war einige Semester in Oxford gewesen, hatte nach einem Trainee-Programm bei einer Londoner Investment Bank bei der CAP Mannheim begonnen.

»Was weißt du eigentlich über ihn als Mensch? Wie würdest du ihn mit einem Wort beschreiben? Oder mit einigen wenigen?«, fragte Moritz, als er mit Hannah auf dem Weg zu Philipp Waldhoffs Adresse war.

»Distanziert. Ich glaube deswegen mochte ich ihn so sehr. Er war in gewisser Weise altmodisch zurückhaltend – und gleichzeitig war er mir nah. Er konnte von seinen Problemen berichten, ohne zu weit zu gehen. Er fragte nie nach, wenn man selbst erzählte. Nicht, dass er desinteressiert gewesen wäre, er war einfach taktvoll.«

»Das klingt eher unpersönlich«, gab Moritz zu bedenken.

»Nein, das war er nicht. Wenn man mit ihm Zeit verbrachte, war das wirklich angenehm, und man konnte sich ihm nah fühlen. Bei Spaziergängen machte er einen auf so vieles aufmerksam. Das waren häufig gute Momente.«

»War er ein Womanizer?«

»Er sah gut aus, aber ein Womanizer war er wirklich nicht«, erwiderte Hannah und musste bei der Erinnerung an eine Anekdote ein wenig lachen. »Einmal saßen wir im Eiscafé. Wir waren wirklich ins Gespräch vertieft und lachten viel. Mir fiel eine blöde Pointe nach der anderen ein und wir platzten fast vor Lachen. Wir hauten immer wieder mit den Händen auf den Tisch. Bis schließlich die Bedienung kam und fragte, ob es uns gut gehe. Philipp verstummte auf der Stelle und entschuldigte sich. Es war ihm unangenehm, aus der Rolle gefallen zu sein. Jedenfalls zahlten wir und machten uns anschließend auf den Rückweg. Ich wollte ihn besänftigen und hakte mich bei ihm unter. Und da hat sich gezeigt, wie unangenehm ihm das war. Ich konnte sehen, wie sich die Haare an seinen Unterarmen aufstellten. Das war ihm zutiefst peinlich, so viel kann ich sagen.«

»War das nur dir gegenüber so?«

Hannah dachte einen Moment lang nach. Sie wühlte in ihren Erinnerungen, besah sich verschiedene Ereignisse von allen möglichen Seiten und wurde melancholisch, wie man es immer wird, wenn man an Vergangenes zurückdenkt.

»Das war grundsätzlich so. Er vermied Berührungen jeder Art. Wenn er jemandem die Hand gab, fiel ihm das nicht schwer. Aber er wollte nicht mehr. Ich hatte nicht das Gefühl, dass er verklemmt war, aber er mochte es nicht, wenn man ihm zu nahe kam. Gleichzeitig war er ein Freund, der einem unauffällig ein Taschentuch gab, der einem aus der Klemme half und der einen einfach ablenkte, wenn man es brauchte. Und du kannst mir glauben, das hatte ich in diesen sechs Wochen oft nötig. Und ich war verdammt froh, dass er mich nicht gedrängt hat, über Dinge zu reden, über die ich nicht reden wollte.«

»Ein feiner Mensch?«, fragte Moritz.

»Ein feiner Mensch.«

Es war dunkel und verregnet. Hannah war traurig, und das wollte sie einfach nicht mehr sein. Sie hatte als Kind ihren Vater verloren, als sie noch im Kindergarten war. Sie hatte ihren Opa verloren, den sie so sehr geliebt hatte und von dem sie sich nie hatte vorstellen können, dass er eines Tages nicht mehr da sein würde. Ihr Bruder Paul war vor vier Jahren verschwunden, und letztes Jahr hatte sie sich von ihrer Band getrennt und dadurch mehr verloren, als sie in Worte fassen konnte. Auch wenn sie Philipp noch nicht lange gekannt hatte, war er ihr nah gewesen. Und Annika. Annika hatte Krebs.

»Manchmal denke ich, man sollte nicht so viel suchen. Wozu es finden, wenn man es doch wieder verliert? Ich scheine immer gleich alles zu verlieren«, sagte Hannah leise.

Moritz sah auf die Straße, als würden dort die Antworten auf die großen Fragen liegen. »Ich glaube, ich hätte Philipp auch gerne kennengelernt, was ich von dir so mitkriege. Gut, im Sommer war das erst mit Georg. Und das mit deiner Band war vorbei. Aber das sind doch bestimmt coole Erinnerungen. So was bleibt doch. Wahrscheinlich bin ich einfach zu jung, um das zu verstehen.«

»Moritz, wenn du nicht so frech wärst, wärst du ganz schön weise für dein Alter! Und jetzt sei endlich ruhig, ich mach kurz die Augen zu.«

»Zu spät, wir sind gleich da.«

Sie fuhren in den kleinen Ort, der in einer Talsenke lag. Das Gutshaus stand am höchsten Punkt der Ortschaft. Hanna war beinahe enttäuscht. Sie hatte es sich herrschaftlicher vorgestellt. Doch das sogenannte Gutshaus sah eher aus wie ein riesiger Bauernhof. Zwar mit einem großen, kubischen Gebäude, aber doch ziemlich mitgenommen.

Kaum waren sie ausgestiegen, kam eine stämmige Frau mit den Wohnungsschlüsseln auf sie zu. Die Kollegen von der Streife hatten sie schon befragt, aber ihr sei die letzten Wochen nichts Besonderes aufgefallen. Sowieso sei es kaum möglich gewesen, von Philipp etwas mitzubekommen, denn dessen Zugang zu seiner Wohnung lag auf der Rückseite des Hauses, wie Frau Seithel erzählte, bevor sie sich in den hinteren Teil des Hauses zurückzog.

Als die Beamten die Außentreppe hochgestiegen waren, empfing sie ein schmuckloses Namensschild. Helligkeit flutete einen großen Flur, der sich in weitere Räume verzweigte. So geblendet, blieben sie wie angewurzelt stehen. Ein wunderschöner Dielenboden knarrte unter ihren Füßen, die Fenster waren breit und gingen bis zum Boden. Türen gab es keine. Nur wenige Möbel, wodurch die Wohnung in ihrer Größe beinahe einschüchternd wirkte.

Hannah stellte sich in die Mitte des Wohnzimmers und drehte sich um die eigene Achse: »So habe ich mir das vorgestellt. Das passt genau zu ihm. Kein Schnickschnack, alles funktional und klar strukturiert.«

»Schränke gibt es ja nicht gerade viele. Dann sind wir wenigstens ziemlich schnell durch. Falls die Aussicht uns nicht immer wieder ablenkt. Mann ist das schön!«, bemerkte Moritz.

»Lass uns nach persönlichen Dingen wie Fotos, Briefen und Erinnerungsstücken suchen. Ich fang mal mit dem Regal an.«

»Gut, dann gehe ich in das Schlafzimmer«, sagte Moritz und schlenderte davon.

Hannah merkte schnell, dass sie in Regal und Wohnzimmerschränken nicht finden würde, wonach sie suchte. Nirgendwo etwas Persönliches.

Die Küche war mit allem ausgestattet, was man sich wünschen konnte, doch im Kühlschrank waren nur zwei Flaschen Weißwein, verschiedene Senf- und Marmeladengläser.

Es dauerte einen Moment, bis Hannah hinter dem mannshohen Kühlschrank eine Tür entdeckte. Sie führte zu einer kleinen, mit Wein gefüllten Vorratskammer, an deren Ende sich eine weitere Tür befand. Hannah durchquerte den kleinen Raum mit wenigen Schritten und öffnete die Tür zu dem hinteren Raum. Als wäre sie geblendet, wich sie zurück.

Das Zimmer war gut zwanzig Quadratmeter groß, hatte zwei Fenster, nur ein Schreibtisch stand in der Mitte. Die Wände waren tapeziert mit Landschaftsfotos. Immer ein und dasselbe Motiv zu verschiedenen Tageszeiten und jeweils zu verschiedenen Jahreszeiten. Hannah trat näher an eines von den zwei professionellen Fernrohren heran, die auf einem Stativ befestigt waren, und sah hindurch. Schon wieder wich sie zurück. Ihr war schwindelig; sie hatte das Gefühl, plötzlich im Wald zu stehen. Was hatte das zu bedeuten? Was hatte es mit diesem Motiv auf sich?

»Wahnsinn, gleich zwei Zeiss-Spektive«, rief Moritz, der plötzlich hinter ihr stand. »Das gleiche Modell. Ganz schön teuer!«

Moritz sah an die Wand. »Was ist das denn? Das ist ja immer nur ein und dasselbe Motiv, das sich Philipp an die Wand gehängt hat!«

»Das glaube ich auch. Weißt du, wo das ist? Schließlich kommst du von hier.«

»Wir sind hier in Kraichtal im Ortsteil Oberöwisheim, und ich komme aus Karlsruhe. Da kenne ich doch nicht jeden Wanderweg. Aber das ist auf jeden Fall ein Hohlweg.«

Hannah sah ihren Kollegen stirnrunzelnd an.

»Ein Hohlweg«, erklärte Moritz bereitwillig, »hat sich durch jahrhundertelange Nutzung abgesenkt.«

»Wie soll ich mir denn eine jahrhundertelange Nutzung vorstellen?«, fragte Hannah nach.

»Beispielsweise seit dem Mittelalter als Wanderweg. Mit Fuhrwerken und Vieh, um von Ortschaft zu Ortschaft zu kommen. Und durch die jahrelange Nutzung senkt sich der Weg ab. Regenwasser schneidet die Wege immer tiefer in die Landschaft ein und nach vielen Jahren können Tiefen von bis zu sechs Metern entstehen. Auf beiden Seiten des Weges geht die Böschung steil hoch, und Bäume und Büsche schützen die Wege vor Regen und Sonne. Die sind romantisch, diese Wege, und man findet sie hier in der Gegend häufig.«

Hannah betrachtete die Bilder an der Wand: »Ich hätte nicht gedacht, dass das hier in der Gegend ist. Das sieht so wild und verwegen aus.«

»Mittlerweile sind diese Hohlwege unter Wanderern richtig beliebt. Es gibt ausführliche Hohlweg-Wanderberichte im Netz und so«, erzählte Moritz.

»Dann googeln wir jetzt einfach Hohlwege Kraichtal. Vielleicht können wir dann unsere Fotografien an der Wand im Vergleich mit den Fotos aus dem Netz identifizieren. Dann lohnt es sich wenigstens, dass du immer dein Pad mit dir rumträgst«, schlug Hannah vor.

Unzählige Fotografien erschienen unter dem Schlagwort. Doch sie waren sich alle ähnlich. Es dauerte eine Weile, bis sie ein Foto von der Wand einem im Internet abgebildeten Foto zuordnen konnten.

»Galgenhohle!«, rief Moritz fassungslos aus.

»Das kann doch kein Zufall sein. Ausgerechnet die Galgenhohle. Und wir finden Philipp erhängt. Und hier sind lauter Fotos dieser Hohle in einem versteckten Zimmer«, überlegte Hannah laut.

»Das wird wirklich viel Arbeit für Gianni«, warf Moritz ein.

Hannah nickte: »Vielleicht kann uns Marlene Koch etwas darüber erzählen. Wo ist die denn genau, diese Galgenhohle?«

»Das glaub ich jetzt nicht! Nur ein paar Meter von hier, hinter Oberöwisheim bergauf. Die Hohle ist sechs Kilometer lang.«

Die beiden sahen sich an. Beinahe gleichzeitig machten beide ein paar Schritte nach vorne. Moritz sah durch das rechte, Hannah durch das linke Spektiv.

»Meines ist auf einen Feldweg eingestellt. Deins auch?«, fragte Moritz.

»Ich habe das Gefühl, mitten im Wald zu stehen. Schau selbst, ich hab überhaupt keine Orientierung.«

Moritz trat näher, sah durch Hannahs, dann wieder durch sein Spektiv. Dann verglich er das, was er gesehen hatte, mit dem, was mit bloßem Auge zu sehen war und verglich wieder mit dem Blick durch das Spektiv.

»Schau mal, Hannah! Siehst du den Apfelbaum dort kurz vor dem Eintritt in den Wald?«

»Ja, den kann ich sehen.«

»Jetzt sieh durch das Spektiv. Aber nichts verändern. Was du am rechten Bildausschnitt siehst, das könnte ein Ast von diesem Apfelbaum sein. Wir sehen also durch das rechte Spektiv einen vergrößerten Abschnitt des Feldweges, der dort in den Wald führt.«

Hannah nickte.

»Und mit dem anderen, sehen wir genau diese kleine Lichtung oberhalb des Feldweges. Dort scheint der Wald sozusagen unterbrochen zu sein und der Weg weiterzugehen«, fuhr Moritz fort.

»Philipp hat genau diese Ausschnitte beobachtet«, hielt Hannah fest. »Aber warum?«

Moritz ließ seinen Gedanken freien Lauf: »Kann das nicht auch ganz harmlos sein? Die Fotos sehen so aus, als würde ihm dieses Motiv einfach gefallen. Er hat es zu allen Tageszeiten fotografiert. Bestimmt hängen hier nur die besten Fotografien. Wahrscheinlich finden wir auf dem Laptop noch mehr Bilderdateien.«

»Kann schon sein«, erwiderte Hannah. »Was glaubst du eigentlich, wie lange es dauert dort hochzulaufen? Bis zu dem Apfelbaum könnte man es vielleicht in zehn bis fünfzehn Minuten schaffen.«

Moritz winkte ab: »Nein, Hannah, das kommt überhaupt nicht infrage! Es regnet. Diesen Weg müssen wir jetzt nicht ablaufen. Die Lösung liegt nicht im Weg selbst, sondern im übertragenen Sinne! Glaube ich.«

Hannah grinste: »Unter Druck wirst du ja zu einem richtigen Philosophen, junger Kollege. Hast du eigentlich den Laptop gefunden?«

»Hab ich.«

»Sonst noch was Interessantes?«

»Nein, sonst nichts. Als wenn das nicht genug wäre«, bemerkte Moritz und nahm vorsichtig zwei Fotografien von der Wand ab und verließ damit das Zimmer.

Hannah blieb zurück und versuchte sich Philipp in diesem Raum vorzustellen. Sie hockte sich erst auf den Schreibtisch, bis sie sich dann doch auf den Stuhl setzte. Automatisch fasste sie unter das schöne Möbel, um festzustellen, ob es nicht Schubladen hatte. Hatte es nicht. Dabei kam ihr ein Gedanke. Hier gab es weder ein Regal noch einen Laptop noch einen Block. Was also hatte Philipp an diesem Tisch getan? Saß er hier und betrachtete die Fotografien? Aber hätte man in diesem Fall nicht einen Sessel oder ein Sofa hingestellt? Wozu also einen Tisch?

Während ihres gemeinsamen Krankenhausaufenthaltes hatte Hannah nie beobachtet, dass Philipp mit seinem Handy spielte, an seinem Laptop saß oder gar in einen Notizblock schrieb oder zeichnete. Häufig fand sie ihn in seinem Krankenzimmer an dem kleinen Tisch sitzend vor. Er hatte immer etwas vor sich gehabt. Aber was? Hannah durchforstete ihre Gedanken, es wollte ihr nicht einfallen. Darüber würde sie nachdenken müssen. Und zwar so lange, bis sie es wieder wusste. Hannah verließ den Raum, den sie in Gedanken bereits »Galgenhohlen-Zimmer« nannte.

* * *

Das war er nicht gewohnt. Und damit wollte er auch nicht anfangen. Wenn die Dinge verrutschten, stellte er sich an seine Aussichtsplattform, ließ den Blick schweifen, und schon waren die Verhältnisse wiederhergestellt. Er stand oben und die anderen waren so weit unter ihm, dass er nur ihre Laufrichtung erkennen konnte. Und das genügte ihm auch. Mehr wollte er nicht wissen.

Er wollte sich nicht in die Niederungen der anderen begeben. Er hatte lange genug daran gearbeitet, sich von seinen Mitmenschen abzusetzen.

Als er sich wieder in seiner Mitte fühlte, beschloss er, sich zu stellen. Er wusste, wo man ihn jetzt erwarten würde. Man musste sich nicht erst besprechen. Sie wussten alle, wann es notwendig wurde, und sie wussten auch, wo sie sich treffen würden. So mochte es Dr. von Köhnen.

* * *

»Gut, dass ihr endlich da seid. Da wartet jemand auf dich, Hannah. Scheint wichtig zu sein«, sagte Gianni statt einer Begrüßung.

»Worum geht es denn?«, fragte Hannah.

»Das weiß ich nicht. Jedenfalls sitzt er jetzt schon seit beinahe einer halben Stunde im Sekretariat, aber er wollte nur mit dir sprechen. Ich hab dir seine Karte auf deinen Schreibtisch gelegt.«

»Oh nein«, rief Moritz entsetzt, »wo kommen diese ganzen Akten und Dossiers her? Gianni, du bist erst seit heute Mittag hier. Wie kannst du so schnell ...«

»Jetzt mal langsam. Ihr habt doch schon einen Stapel von der CAP mitgebracht, und ich habe in den zwei Stunden, in denen ihr weg wart, ein paar Dossiers zusammengestellt zum Thema Wirtschaftsprüfungsgesellschaften, Bilanzen und allem, was dazugehört. Wir sollten uns zumindest einen Überblick verschaffen. Ich meine, ich verstehe halt gern, worum es geht«, erklärte Gianni.

»Gianni, sag mal, was will dieser Kerl von mir? Hier auf der Karte steht *Dr. Heinrich Blume, Steuerberater*«, fragte Hannah irritiert.

»Er hat wohl wichtige Informationen zum Fall Philipp Waldhoff. Irgendwie kennt er ihn und seine Familie. Dr. Blume verwaltet wohl das Vermögen seiner Eltern und scheint insgesamt wichtig zu sein. Der Typ telefoniert ununterbrochen. Also tu unserer Frau Mahler den Gefallen und rede einfach mit dem Mann.«

»Und wer ist jetzt Frau Mahler?«, fragte Hannah.

»Stefanie Mahler ist die gute Seele der Kripo Bruchsal. Von mir aus kann man auch Sekretärin sagen. Also bitte sei nett zu ihr.«

»Steht der Kaffeeautomat denn in ihrem Büro?«, folgerte Hannah, ein breites Grinsen auf dem Gesicht.

»Das tut er«, gab Gianni zu. »Aber was soll's. Ich bin verdammt froh, überhaupt hier zu sein. Danke. Vielleicht habe ich das noch nicht gesagt.«

»Hast du«, setzte prompt der Chor ein, und Hannah verließ die beiden, um mit dem Steuerberater zu sprechen.

Schon vor der Tür konnte sie Heinrich Blume hören: »Es ist aber wirklich äußerst wichtig. Kann denn niemand diese Kommissarin ...«

»Hauptkommissarin«, korrigierte eine schrille Frauenstimme, die wahrscheinlich Frau Mahler gehörte.

Hannah öffnete die Tür, nickte der Frau zu, die ihr auf Anhieb sympathisch war: »Hallo Frau Mahler, wir haben bestimmt nachher Gelegenheit, uns kennenzulernen. Herr Dr. Blume, ich bin Hannah Henker, kommen Sie bitte mit.«

Hannah hatte einen älteren Herrn im Anzug erwartet. Stattdessen kam ein Mann Mitte dreißig auf sie zu. Er war etwa 1,75 Meter groß, drahtig, trug einen dunkelblauen Rollkragenpullover, Jeans und einen schwarzen Wollmantel.

»Es ist höchste Zeit, dass Sie kommen. Ich habe in einer halben Stunde einen wichtigen Termin. Da darf ich auf keinen Fall zu spät kommen. Das wäre ein Desaster. Trotzdem, wir sollten uns dringend unterhalten. Das werden Sie gleich sehen. Sie müssen wissen, ich bin mit der Familie schon seit Jahren befreundet. Aber vielleicht können wir unter vier Augen ...«

»Wenn Sie mit mir kommen, bekommen wir das sogar ziemlich schnell hin.«

»Frau Henker, Sie kommen gleich zur Sache. Das gefällt mir. Das wird gut mit uns beiden. Das merkt man gleich, wenn man auf einer Wellenlänge ist.«

Hannah hielt Herrn Dr. Blume die Tür auf und konnte es sich nicht verkneifen, die Augen zu rollen, womit sie mit einem Schlag in Stefanie Mahler eine Verbündete gewonnen hatte.

Als sie in dem kleinen Besprechungszimmer Platz genommen hatte, wollte Hannah eine Frage stellen, doch dazu kam sie nicht.

»Sie sind nicht von hier, stimmt's, Frau Henker, sonst wären wir uns bestimmt schon mal begegnet. Deswegen möchte ich Ihnen weiterhelfen.«

»Das ist sehr freundlich von Ihnen. Selbstverständlich ermittle ich nicht alleine, sondern im Team. Darunter auch Beamte, die hier aufgewachsen sind. Aber wie kommen Sie darauf, dass das für die Aufklärung von Bedeutung sein könnte?«

»Aber das ist doch immer wichtig«, antwortete Dr. Blume.

»Sie wollten etwas melden. Ich höre.«

Dr. Blume schien sich unwohl zu fühlen, er rückte ein wenig unruhig auf dem Stuhl herum: »Sie wissen ja bestimmt, dass Philipp Waldhoff nicht irgendwer war.«

Hannah machte keine Anstalten zu reagieren, hielt dem Blick von Dr. Blume stand, bis er schließlich weitersprechen musste.

»Da steckt viel Geld dahinter, müssen Sie wissen. Wie schon bei seinen Eltern, das ist ja klar. Alleine an Immobilien bestehen da ganz wesentliche Werte. Also versteht es sich ja von selbst, dass da auch eine beträchtliche Erbschaft besteht.«

»Aha.«

»Einige Immobilien, müssen Sie wissen, sind bereits auf den Sohn, also auf Philipp Waldhoff, überschrieben worden. Und jetzt wird es interessant. Das fällt wieder an die Eltern zurück, sofern es keine Enkel gibt. Und da gibt es ja keine.«

Hannah ließ ihr Gegenüber keine Sekunde aus den Augen. Bildete sie sich das ein, oder wurde der Typ immer mehr, umso mehr der redete? Hannah schwieg weiter.

Dr. Blume rutschte mit seinem Stuhl näher an Hannah heran und senkte die Stimme: »Und jetzt müssen Sie eines wissen.« Wieder schwieg er, um die Spannung zu steigern, wie Hannah vermutete. Bedeutungsvoll richtete sich der Steuerberater wieder auf, bevor er weitersprach: »Der junge Herr ist in Ungnade gefallen. Die Eltern konsultierten mich und andere Spezialisten, um die Schenkung rückgängig zu machen.«

Hannah war plötzlich hellwach: »Die Schenkung rückgängig machen? Geht das denn?«

»Nur in ganz besonderen Fällen, und nur dann, wenn gewisse Vorkehrungen zum Zeitpunkt des Überschreibens getroffen worden sind.«

»Und? Wurden diese Vorkehrungen getroffen?«

»Das fällt unter mein Berufsgeheimnis. Dazu darf ich gar nichts sagen.«

»Aber den Rest, den dürfen Sie erzählen?«

»Aber liebe Frau Henker, Sie können ganz unbesorgt sein. Ich lasse Sie nicht hängen.«

»Nein, natürlich nicht.«

»Vielleicht könnten Sie mir in einer anderen Sache weiterhelfen, dann könnte ich mir vorstellen ....«

»In welcher Sache, Dr. Blume? Nur damit ich verstehe, wovon wir sprechen.«

»Das ist delikat. Und ich würde nicht, wenn ich einen anderen Weg ...«

»Dr. Blume«, begann Hannah bemüht gelassen, »erklären Sie bitte einfach, worum es geht. Sie müssen wissen, ich habe wirklich viel Arbeit. Sonst muss ich Sie an einen Kollegen verweisen. Ich denke ohnehin ...«

Erschrocken ließ der Mann die Arme sinken: »Um Himmels willen. Alles, was ich Ihnen sage, muss unter uns bleiben. Wir dürfen auf gar keinen Fall irgendetwas riskieren. Versprechen Sie mir das?«

Hannah fuhr sich mit den Händen durch die Locken und fasste einen Entschluss: »Gut, das habe ich verstanden. Aber Sie müssen eines wissen: Ich habe als Beamtin einen klar vorgegebenen Spielraum, den ich nie verlasse. Also, wollen Sie mir sagen, was ich für Sie tun kann?«

Dr. Blume stand auf und ging langsam zum Fenster, schaute hinaus, verschränkte die Arme ineinander, wippte auf den Füßen und rang ganz offensichtlich mit sich.

Hannah sah auf ihre Armbanduhr. Mittlerweile war es bereits halb fünf. Hörbar atmete sie aus.

»Also, ich will Ihnen vertrauen«, begann Dr. Blume und ging dann zu seinem Stuhl zurück. »Ich brauche Polizeischutz.«

»Polizeischutz?«, wiederholte Hannah. »Das müssen Sie mir schon genauer erklären. Was ist passiert?«

»Ich werde gestalkt. Seit zwei Wochen schon. Und das ist derartig unheimlich.«

Hannah nahm sich einen Block von der Tischmitte und begann, sich Notizen zu machen.

»Kennen Sie die Person?«

»Welche Person?«

»Die Person, die Sie stalkt?«, blieb Hannah ruhig.

»Ach so. Ja, die kenne ich.«

»Nennen Sie mir den Namen, bitte.«

»Das kann ich nicht!«, rief Dr. Blume erschrocken aus.

»Herr Dr. Blume, wie kann ich Ihnen helfen, wenn Sie mir die Antwort auf diese grundlegende Frage verweigern?«

»Ich brauche einfach Polizeischutz.«

»Das ist nicht so einfach, wie Sie sich sicher vorstellen können. Dafür müsste ich schon mehr Informationen haben.« Hannah lehnte sich zurück und wartete ab. Sie konnte sich keinen Reim auf die ganze Sache machen und klopfte ungeduldig mit den Fingern auf die Tischplatte. Sie verfluchte sich, dass sie noch keine ihrer Gitarren mitgebracht hatte. Die Fingerübungen halfen ihr, den Faden nicht zu verlieren.

»Frau Henker«, setzte Dr. Blume an, »es ist doch so, dass ich Ihnen auch entgegenkomme.«

»Wir sind nicht in einem amerikanischen Film, wo man Deals aushandeln kann. Dr. Blume, als Polizistin muss ich Ihnen dringend anraten, mit der Polizei zusammenzuarbeiten, wenn Sie bedroht werden. Ohne Informationen können wir nicht tätig werden. Wir brauchen Fakten. Ich kann Ihnen aber zusagen, dass wir uns ausgesprochen diskret verhalten und professionell mit solchen Fällen umgehen können. Mehr kann ich Ihnen leider nicht sagen.«

Dr. Blume nickte: »Aber das verstehe ich ja. Nur, das ist eben höchst brisant. Ich ...«

Hannah schüttelte den Kopf: »Ich gebe Ihnen meine Karte. Sie können mich jederzeit erreichen. Dr. Blume, ich muss jetzt weiter.« Hannah stand auf und streckte dem Mann ihre Hand entgegen.

»Sie wissen aber schon, dass ich bereits in Vorleistung getreten bin!«

Hannah spürte, wie das Adrenalin in ihren Adern langsam Fahrt aufnahm: »Nichts, was wir nicht bereits wussten. Vermögensverhältnisse klopfen wir immer als Erstes ab. Mir ist zwar der Name des Steuerberaters der Familie nicht mehr geläufig, aber Dr. Blume war es nicht, soweit ich mich erinnere«, pokerte Hannah.

»Da haben Sie recht. Im Sommer hat die Familie in eine andere Kanzlei gewechselt. Das war im Grunde eine ganz unkomplizierte Sache, aber das sprengt jetzt vielleicht den Rahmen. Wir können das gerne besprechen, ich bin jederzeit gerne bereit ...«

Hannah zuckte mit den Schultern: »Ich glaub, wir belassen es dabei. Und in Ihrer Sache kennen Sie meinen Standpunkt. Melden Sie sich bei mir, Sie haben ja meine Karte. Ich will in keinem Fall schuld daran sein, wenn Sie zu spät zu Ihrem Termin kommen.«

Hannah schob Dr. Blume beinahe zur Tür des Besprechungsraums hinaus. Im Treppenhaus angelangt, reichte sie ihm noch mal kurz die Hand und blieb am Absatz stehen, bis die schwere Pforte hinter dem Steuerberater ins Schloss gefallen war.

* * *

Das waren Geschichten, wie er sie mochte. Gianni zwirbelte seinen Schnauzer. Er erinnerte sich an die 1200-Jahrfeier der Stadt Kraichtal, die nicht lange zurücklag und anlässlich derer es ein Jahrbuch gab. Nur einen Anruf später hatte er es auf dem Rechner, und natürlich interessierte sich Gianni vor allem für die Galgenhohle und insbesondere den Galgenberg.

Seit 771 existierte Oberöwisheim, und natürlich fand damals das Hochgericht am Galgenberg statt. Die genaue Bestimmung des Standorts war deswegen möglich, weil 1893 ein Mann namens Karl Rick beim Anlegen eines Weinbergs auf die Überreste eines Galgens stieß: Die zwei eichenen Stümpfe lagen einen halben Meter unter der Erde. Außerdem fand man 1905 genau an dieser Stelle beim Umroden fünf menschliche Skelette.

Ein Schauer durchlief Gianni. Er konnte nicht aufhören, in diesem Dokument zu stöbern. War Philipp Waldhoff ein Freak? Warum sonst war ein Raum in seiner Wohnung voll mit Bildern genau dieser Hohle? Er musste einfach wissen, wer die Erhängten waren und was sie verbrochen hatten. Wie er bald herausfand, ließ sich das nicht mehr feststellen, denn das Rathaus in Oberöwisheim brannte 1902 ab, und mit ihm verbrannten die meisten Unterlagen und Dokumente. Aber dann fand er doch noch etwas Interessantes.

Oberöwisheim teilte sich den Galgen mit der kleinen Gemeinde Zeutern, und beide waren dem Bistum Speyer unterstellt. Nein, das würde zu weit führen, überlegte Gianni. Er musste herausfinden, warum sich Philipp Waldhoff so sehr dafür interessierte. Denn immerhin wurde er auf diese Weise getötet. Das konnte doch beim besten Willen kein Zufall sein, dieses ausgeprägte Interesse, um dann so zu enden. Leise pfiff Gianni vor sich hin. Da würde er ordentlich recherchieren können. War das nicht immer auch ein Fest gewesen, so eine Hinrichtung? Wenige Klicks später fand Gianni einen Hinweis auf genau diesen Zusammenhang. Tatsächlich gab es eine Anordnung.

Plötzlich wurde die Türe aufgerissen, und Hannah stand vor ihm: »Wo ist Moritz?«

»Der ist kurz rüber zum Finanzamt. Er besorgt die Steuererklärung, damit wir mehr über die Vermögensverhältnisse der Familie Waldhoff wissen.«

»Sehr gut«, antwortete Hannah gedankenverloren.

Gianni blickte von seinem Rechner auf. War es ihr eigentlich entgangen? Es war ein so verdammt makabrer Zusammenhang.

Philipp und Hannah waren sich während des Aufenthalts auf der Psychosomatischen Station ganz offensichtlich nähergekommen. Gut, Hannah war ein paar Jahre älter als Philipp. Aber sie war ein Männertyp. Cool, irgendwie herb und trotzdem feminin. Sie war so unangestrengt. Sein Typ wäre sie, so viel stand fest. Vielleicht war sie auch Philipps Typ? Hatte er sich ernsthaft in Hannah verliebt? Könnte Marlene Koch eifersüchtig gewesen sein? Auf Hannah Henker?

»Wie guckst du mich denn an, Kollege?«

»Nix für ungut.«

»Spinnst du? Ich dachte, du willst die nächste Zeit bei mir unterkriechen.«

»Ich hab mir halt so meine Gedanken gemacht. Ich fürchte, du kriegst oft so einiges nicht mit. Sozusagen hast du an der wichtigsten Stelle einen blinden Fleck.«

Gianni konnte sich sein breites Grinsen nicht verkneifen und hoffte inständig, sie würde das nicht falsch verstehen.

»Grins doch nicht so blöd!«

Wäre ja auch zu einfach gewesen, dachte Gianni und wollte aufstehen. Grimmig überging er den schmerzenden Rücken und machte ein paar Schritte auf Hannah zu. »Mensch, Hannah, ich grins dich doch nicht anzüglich an! Ich denk doch nur darüber nach, ob der Waldhoff nicht in dich verschossen war. Wenn ja, hätte die Marlene Koch echt ein Motiv und dazu hätte sie eine Tötungsart mit symbolischem Charakter gewählt. Passt bestens zur Eifersucht.«

»Ich versteh kein Wort! Wo ist der symbolische Charakter beim Erhängen?«

»Du heißt Hannah Henker.« Gianni hätte wetten können, dass sie eine Spur blasser wurde.

»Aber, wie soll denn eine Frau ...? Ach so, die Spuren im Zimmer, die vom Bett. Es wurde rumgeschoben in Richtung Badezimmertür. Du meinst, er wurde mithilfe eines Lastenzugs hochgezogen?«

»Wäre möglich«, antwortete Gianni.

Hannah legte die Stirn in Falten und lief auf und ab. Schließlich blieb sie stehen und sah ihn an: »Und wo hab ich jetzt meinen blinden Fleck?«

»Du kannst andere gut beobachten, dir entgeht nichts. Das ist deine Stärke«, setzte Gianni vorsichtig an.

»Na, und? Was weiter?«

»Du blickst einfach nichts, wenn du selbst involviert bist. Also wenn es um dich als Frau geht«, beendete Gianni seinen Gedanken.

Sie starrte ihn fassungslos an. Das war jetzt doch nicht verletzend, überlegte Gianni und bastelte gerade an einem weiteren Satz, als die Tür aufging und Moritz reinplatzte: »Leute, das glaubt ihr nicht. Das ist absolut …«

»Wart mal kurz«, sagte Hannah, ohne Gianni aus den Augen zu lassen. »Würdest du sagen, Moritz, dass ich absolut nichts blicke, wenn es um mich als Frau geht?«

»Ja natürlich, das ist doch wohl keine Frage. Warum?«, antwortete Moritz beiläufig und breitete seine Unterlagen auf dem Schreibtisch aus. »Ihr glaubt es einfach nicht«, begann Moritz von Neuem, »die haben sich verzockt. Die haben ihre Vermögenswerte auf Philipp überschrieben. Und zwar komplett.«

5. Kapitel

Annika, hast du das Klopfen nicht gehört?«, fragte Hannah.

»Doch, schon.«

»Magst du lieber alleine sein?« Hannah setzte sich auf den Hocker, der neben dem Pult mit den vielen Farben stand: »Ich wollte nur mal sehen, wie es dir geht.«

»Es geht mir gut«, sagte sie leise zu der leeren Leinwand. »Es geht mir wieder gut«, wiederholte sie und nahm den Pinsel in die Hand.

»Willst du einen Wein? Ich habe eine Flasche dabei. Und zwei Gläser. Bei mir sind wir nämlich nicht allein. Stell dir vor, der Gianni ist bei mir vorübergehend eingezogen.« Hannah verstummte.

»Blau, ich will Blau.« Annika tauchte den Pinsel in die Farbe.

Draußen nahm der Wind Fahrt auf, und der Regen prasselte gegen den Wintergarten, der ihr Atelier geworden war. In den dunklen Monaten brannte immer ein Feuer im Schwedenofen.

Nach und nach wurde das Weiß auf der Leinwand weniger und das Blau übernahm die Regie.

»Und? Wie kam es dazu?«, bemühte sich Annika schließlich.

Nicht, dass Annika besonders krank ausgesehen hätte. Sie wirkte so leer, als wäre nur noch eine funktionierende Hülle ihrer Freundin übrig, dachte Hannah. Um ihre Gedanken zu verbergen, öffnete sie den Wein, reichte ihrer Freundin das Glas und begann zu reden. Eine halbe Stunde lang hielt sie sich an ihrer eigenen Stimme fest, an den kleinen, unverfänglichen Geschichten des Tages. Erzählte davon, dass sie am Abend mit Gianni auf dem Heimweg in einer Kneipe haltgemacht habe. Dass dort alles angestaubt und von vorgestern gewirkt habe. Doch durch die Bar, die das halbrunde Zentrum bildete und um die die Tische angeordnet waren, seien die Gäste zwangsläufig miteinander ins Gespräch gekommen. Nicht zuletzt deswegen erinnere die Dorfkneipe an einen Pub. Gerade als Hannah erzählen wollte, dass sie beim Zahlen bemerkt habe, dass sie wieder mal den ganzen Tag ohne Geldbeutel unterwegs gewesen sei, fiel ihr Annika ins Wort: »Ich bin jetzt müde, Hannah.«

»Es hat dich gar nicht interessiert, oder?«

»Doch, schon. Aber ich will jetzt einfach meine Ruhe. Ich bin müde.«

»Du brauchst doch Freunde, gerade jetzt.«

Annika seufzte: »Ich kann auch noch fünf Minuten sitzen bleiben, wenn es sein muss.«

»Es muss nicht sein. Obwohl! Weißt du was? Ich habe es mir überlegt: Doch, es muss sein. Du kannst dich doch nicht einfach so verkriechen. Jeden einfach so wegstoßen, nur weil du Krebs hast!«

»Nur weil ich Krebs habe. Das ist mal ein Satz!«, wiederholte Annika ausdruckslos.

»Aber ich bin doch da. Rede doch mit mir, bitte! Zusammen schaffen wir das. Sag mir, was ich tun kann, Annika!«

Sorgfältig säuberte sie ihre Pinsel in Terpentin. Die von grauen Strähnen durchzogenen Haare fielen ihr ins Gesicht: »Du kannst mich endlich ins Bett gehen lassen. Das habe ich schon vor fünf Minuten gesagt.«

Hannah ließ sich wieder auf ihren Hocker sinken: »Aber ich bin doch hier. Ich will dir helfen, das alles durchzustehen.«

Annika machte ein paar Schritte auf Hannah zu: »Das sagst du jetzt schon zum zweiten Mal«, begann sie tonlos. »Aber das ist nicht wahr. Ich muss da durch, alleine. Und wenn du mir helfen willst, Hannah, dann lass mich in Ruhe. Ich will nicht reden. Ich will nicht denken. Ich will einfach nur meine Ruhe. Und wenn du ehrlich bist, willst du darüber reden. Du hast das Bedürfnis. Ich habe es nicht.« Mit diesen Worten ging sie zur Tür, die vom Wintergarten ins Hausinnere führte. »Weißt du, was ich mir wünsche?«, fragte sie, die Tür in der Hand, »einen perfekten Pinselstrich. Einmal soll es aufgehen. Und dabei hast du mich gestört. Mach bitte das Licht aus, wenn du gehst.«

Das war das Letzte, was Hannah an diesem Abend von ihrer Freundin hörte.

Philipp hatte sie verloren, endgültig. Und Annika?

* * *

Reglos saß er da, spürte, wie die Müdigkeit in ihm hochkroch und sich in allen Organen einnistete. Oder hatte er nur Hunger?

Moritz rieb die Hände aneinander und klatschte sich auf seinem Beobachtungsposten wach. Es war nur eine Frage der Zeit, bis der letzte Freier aus dem Bordell gegangen sein würde. Vor allem wollte er sichergehen. Viele Versuche würde er in dieser Sache nicht haben. Wenn er zu häufig mit dem Wagen hier stand, würde sich das Risiko, entdeckt zu werden, erhöhen. Und dann würde er einen anderen Weg wählen müssen.

Etwa zehn Minuten später öffnete sich die Tür, und ein offenbar älterer Mann beeilte sich, auf die andere Straßenseite zu kommen. Moritz hoffte inständig, dass die Frauen keinen Hinterausgang benutzen würden. Zwar hatte er das überprüft und keinen gefunden, doch das musste nichts heißen.

Eigentlich hatte er nicht damit gerechnet, dass an einem Montag um diese Uhrzeit noch Freier unterwegs waren.

Plötzlich bemerkte er, wie sich die Silhouette einer Frau vor der Tür abzeichnete und sich auf den Weg in Richtung Innenstadt machte. Moritz fixierte das Gebäude. Hinter den Fenstern blieb es ruhig, niemand schien die Frau im Auge zu haben, niemand ihr nachzugehen. Sie war schon gut hundert Meter weiter, an der nächsten Straßenecke.

Moritz stieg aus dem Wagen, schloss vorsichtig die Tür und musste sich anstrengen, nicht loszurennen.

Nur einen Moment später konnte er die Gestalt der Frau nicht mehr sehen. Wahrscheinlich war sie an der Straßenecke abgebogen. In welche Richtung?

Er konzentrierte sich, wollte ein letztes Mal seine Gedanken sammeln. Wo ging sie hin? Wo würde er nach ausgiebigem Sex mitten in der Nacht in Baden-Baden hingehen?

Plötzlich wusste er, wo er hingehen würde. Es gab nur einen Laden in der Stadt, wo er um diese Uhrzeit bekäme, was er in einem solchen Fall wollte. Nur ein Kilometer war es noch bis zum Busbahnhof. Mit einem Mal war er sich nicht mehr sicher, ob die Frau nicht doch in eine andere Richtung unterwegs war. Er beschleunigte seine Schritte, doch er konnte niemanden entdecken.

Als er durch die Scheibe des Döner-Ladens schaute, war niemand mehr da, außer dem alten Türken, der schon immer auf demselben Stuhl saß und darauf wartete, dass doch noch jemand kam und einen seiner Döner wollte. Freilich brauchten die Leute, die nachts zu ihm kamen, nicht nur einen Döner. Sie brauchten ihn, den Türken, der immer auf demselben Stuhl saß. Moritz öffnete die Tür: Er jedenfalls brauchte ihn. Oder Gianni. Das machte keinen Unterschied.

* * *

Der Mann ohne Träume spürte seine Knie nicht mehr. Es spielte keine Rolle, wie lange er schon kniete und wie lange er es noch tun würde. Denn auch er war einst ein Sünder, war nicht immer auf dem rechten Weg gewesen. Doch es war nur wichtig, dass er seine Schwäche überwand. Und das ging nur, wenn er sich ganz dem Herrn verschrieb. Und so würde er seine Schwäche überwinden. Überdies machte der Herr den stark, der seine Schwäche überwand, sich dem Herrn ganz verschrieb. Versetzte seinen treuen Diener in Amt und Würden. Und heute war er stark.

Denn so stand es schon geschrieben bei Timotheus 1:12 *Ich danke unserm HERR Christus Jesus, der mich stark gemacht und treu geachtet hat und gesetzt in das Amt, 13 der ich zuvor war ein Lästerer und ein Verfolger und ein Schmäher; aber mir ist Barmherzigkeit widerfahren …*

Der Herr selbst hatte ihm Amt und Würden verliehen. Und nun würde er alles, was ihm der Herr geschenkt hatte, verteidigen müssen.

Der Mann ohne Träume wusste nur allzu genau, was der Herr in diesen Stunden von ihm erwartete: Er wollte, dass er kämpfte. Und so würde er ins Feld ziehen, zu verteidigen, was der Herr ihm verliehen hatte.

Erst hatte er die Träume besiegt, nun würde er die Menschen besiegen. Alle die, die sich ihm und dem Herrn in den Weg stellten. Alle die, die ihn zurückdrängten in die Welt seiner Vergangenheit. In die Welt der schwarzen Träume. Er war der Mann, der die Träume hasste. Und er hatte sie vernichtet, im Namen des Herrn. Denn ohne den Herrn vermochte der Mensch nichts zu tun.

So stand es im Evangelium nach Johannes, Kapitel 5, Vers 30 geschrieben. Jesus spricht:

Ich kann von mir aus nichts tun. Wie ich höre, so richte ich, und mein Gericht ist gerecht, weil ich meinen Willen nicht suche, sondern den Willen dessen, der mich gesandt hat.

Der Mann ohne Träume beschloss, bis in die Morgenstunden auf den Knien im Gebet zu verweilen. Voller Dankbarkeit über die Gnade des Herrn, die ihn aus dem Dunkel seiner Träume geführt hatte.

* * *

»Gib es doch einfach zu!«, insistierte Hannah vor ihrer Müslischüssel. »Was ist das überhaupt?«

Gianni drückte ungerührt die letzte Orange aus: »Ich wollte mich nur bei dir bedanken, dafür dass du mich aufgenommen hast. Und deswegen habe ich dir dieses wunderbare, basische Frühstück gemacht.«

»So ein Quatsch! Keine der Zutaten war gestern Abend im Haus, als ich zu Annika rüber bin. Ich habe keinen Quark, keine Orangen und Äpfel und schon gar nicht«, Hannah besah sich die Packung der Haferflocken genauer, »Bio-Dinkelflocken. So was gibt es in meinem Haushalt nicht. Nie! Du warst heimlich beim Rewe. Das ist nämlich der einzige Laden, der bis 22 Uhr offen hat.«

Gianni verteilte den Orangensaft auf zwei Gläser: »Natürlich war ich einkaufen. Du hast doch gar nichts da.«

»Ich habe alles, was ich brauche. Wir haben Kaffee. Das reicht morgens, verdammt noch mal. Und übrigens, wenn du mich noch einmal morgens um sieben weckst, dann schmeiß ich dich hier raus. Du kannst aufstehen, wann es dir gefällt, aber lass mich gefälligst in Ruhe!«

Unwillig rührte Hannah in ihrer Müslischüssel und probierte schließlich einen Löffel: »Das schmeckt ja furchtbar. Hast du da Leinöl reingetan?«

»Klar. Das ist richtig gesund, werte Kollegin.«

»Sag, dass das nicht wahr ist.«

»Was soll nicht wahr sein?« Gianni trank unschuldig ein Schlückchen Orangensaft.

»Du hast mit meiner Mutter telefoniert!«

Gianni zuckte mit den Schultern und versuchte selbst von dem Quark, bevor er antwortete: »Das Leinöl hat mich verraten. Das hab ich schon befürchtet. Aber in dem Punkt hat sie nicht mit sich reden lassen.«

Hannah holte tief Luft und wollte schon loslegen, doch Gianni kam ihr zuvor. »Sie hat mehrmals auf deinem Handy angerufen. Ich bin einfach ran, um zu sagen, dass du später zurückrufst. Wahrscheinlich hat sie sich Sorgen gemacht. Sie war froh, dass ihr überhaupt wieder in Kontakt wart. Und sie hatte das Gefühl, dass sie dich vielleicht wieder erschreckt hat, mit dieser Geschichte mit den Enkeln. Und deswegen war es ihr wichtig, mit dir zu reden.«

»Und deswegen machst du mir jetzt ihr furchtbares Öko-Frühstück?«

»Na ja, sie will eben, dass du gesund lebst. Es hat mich ja selbst interessiert, und deswegen habe ich es ausprobiert. Wenn du mich fragst, schmeckt es doch ganz gut.«

»Geriebener Apfel mit Quark, Leinöl, Honig, einem Esslöffel Dinkelflocken und Mineralwasser zum Verdünnen. Das ist schon …«

»Basisch. Mir schmeckt es«, unterbrach sie Gianni.

»Wenn ich noch einen Kaffee bekomme, esse ich davon. Aber ab morgen will ich kein Frühstück mehr, kapiert? Egal, was du meiner Mutter versprochen hast.«

Hannah beschloss, ins Bad zu gehen, doch sie machte noch einmal kehrt: »Wie sie das nur immer wieder macht?«

»Wenn es ihr eine Freude macht, kann man es ja mal versuchen. Gestern war bestimmt kein leichter Tag für sie.«

»Wieso?«, blieb Hannah irritiert stehen.

»Gestern vor vier Jahren ist dein Bruder Paul verschwunden.«

Hannah nickte: »Stimmt, am 10. November. Aber eigentlich war das nur der Tag, an dem wir diesen seltsamen Brief bekommen haben. Wir hatten ihn schon eine Weile nicht mehr gesehen. Arme Mama.«

Und dann, nachdem sie sich wieder hingesetzt hatte, erzählte Hannah, wie ihre Mutter immer auf die Besuche ihres Sohnes wartete, der in der Regel bei seinem Vater in Frankreich lebte, der einmal die große Liebe in ihrem Leben gewesen war. Doch er hatte sich nie von seiner Frau getrennt, dafür aber ihren gemeinsamen Sohn in seinem Haushalt aufgenommen und ihrer Mutter in Paris eine Wohnung zur Verfügung gestellt. Aber es kam der Tag, an dem Hannahs Mutter nicht mehr die lästige Geliebte sein wollte, und so zog sie an den Bodensee. Auch wenn sie den Vater von Paul vermisste, kam die Welt in Ordnung, wenn ihr Sohn zu Besuch kam. Nach einigen Jahren am See lernte sie Hannahs Vater kennen, der nur wenige Jahre später tödlich verunglückte. Hannah lebte weiter mit ihrer Mutter und den Großeltern in dem Haus am See – und so verging die Zeit. Die Sommer jedoch, die Paul noch immer in Konstanz verbrachte, waren ohne Schatten. Und dann, es war an einem 10. November, kam der Brief, in dem Paul sich endgültig von seiner Mutter und von Hannah verabschiedete. Er verkündete, für immer verschwinden zu wollen, ohne dass er einen Grund nannte. Niemand wusste, wo er war, niemand hatte jemals eine Spur von Paul finden können. Auch nicht der mächtige Vater, der in Frankreich großen Einfluss in Politik und Wirtschaft hatte.

»Deine Mutter hat mir erzählt, dass du sehr an ihm gehangen hast.«

Hannah lächelte: »Das stimmt. So ein acht Jahre älterer Bruder aus Frankreich ist schon toll. Aber an dem Tag, als ich diesen ominösen Brief gelesen habe, da habe ich ihn aufgegeben. Anders hätte ich es nicht gekonnt, immer weiter zu hoffen. Seitdem hab ich auch nicht mehr so viel Kontakt zu meiner Mutter. Ständig redet sie über ihn. Sie hofft immer noch, dass er eines Tages vor ihrer Tür steht.«

»Das Warten halten nur Mütter aus.«

»Jedenfalls danke, dass du mit ihr gesprochen hast. Also ich dusche jetzt, du machst endlich Kaffee und danach fahren wir los. Die Sache mit der Übertragung der Vermögenswerte von Philipp Waldhoffs Eltern auf ihren Sohn habe ich gestern echt nicht mehr kapiert. Aber wir haben ja dich, Gianni. Du kriegst ja immer was bei deinen Recherchen raus.«

Der seufzte und machte sich mit Hannahs Kaffeeautomat vertraut. »Wenigstens weiß man sicher, was aus so einem Automaten rauskommt«, sagte Gianni.

* * *

»Warum haben die das gemacht? Und was bedeutet das jetzt, wo Philipp tot ist?«, fragte Hannah entnervt. Offensichtlich brachte der Dienstagmorgen am 11. November nicht von allein Licht in die Aktenlage. Während sich Gianni und Moritz gleich am Morgen an die Telefone gehängt und versucht hatten, so viel wie möglich in Erfahrung zu bringen, war es an Hannah, die verschiedenen Ansatzpunkte zu skizzieren.

Hannah war es nicht im Geringsten ersichtlich, warum Philipps Eltern beinahe die gesamten Vermögenswerte auf ihn überschrieben hatten.

»Das ist im Grunde nur diesem Erbschaftsteuergesetz geschuldet, das im Januar 2015 in Kraft tritt. Darauf haben viele reagiert. Es ist jetzt in Philipps Fall nur heikel, weil er verstorben ist. Deswegen habe ich versucht rauszukriegen, wer das Erbe antritt.«

»Die Waldhoffs haben sich doch bestimmt abgesichert. Ich kann mir nicht vorstellen, dass für den eventuellen Tod von Philipp keine Vorbereitungen getroffen waren«, warf Moritz ein.

»Das ist jetzt der Witz an der Sache«, begann Gianni und setzte sich auf die Tischkante: »Die Waldhoffs haben den Termin zur Regelung der Erbfolge Philipp Waldhoff erst im Februar. Durch die Gesetzesänderung war es schwer, in diesem Kalenderjahr noch einen Termin beim Notar zu bekommen. Also haben die einfach entschieden, bis dahin zu warten.«

»Und? Wer erbt jetzt?«, fragte Hannah wie elektrisiert.

»Zuerst musste geklärt werden, ob es bei einem so jungen Mann wie Philipp Waldhoff überhaupt ein Testament gibt.«

»Und?«, wurde Moritz ungeduldig.

»Gibt es. Wurde heute vorgelegt.«

»Bei wem vorgelegt?«, fragte Hannah nach.

»Beim Amtsgericht. Vorgelegt von Dr. Blume.«

»Von meinem Dr. Heinrich Blume?« Hannah sah fassungslos ihren Kollegen an.

»Genau von dem. Und jetzt kommt's: Marlene Koch, die Verlobte von Philipp Waldhoff, ist die Erbin. Die Alleinerbin!«

Für einen Moment wurde es still in dem Raum.

»Ob sie davon weiß?«, fragte Hannah.

»Ganz sicher. Denn sie waren gemeinsam bei Dr. Blume, um sich gegenseitig einzusetzen«, klärte Gianni seine Kollegen auf. »Die Frage ist, ob sie weiß, dass Philipp sämtliche Vermögenswerte von seinen Eltern übertragen bekommen hat. Und vor allem, ob sie weiß, dass sie nur noch bis Februar Alleinerbin gewesen wäre.«

»Wie sollen wir das rauskriegen und es ihr nachweisen? Das wird nicht einfach«, stellte Moritz nachdenklich fest und legte sich seinen Notizblock bereit.

»Wir müssen auch noch in Erfahrung bringen, was Marlene über die Galgenhohle weiß. Vielleicht haben die beiden ja mal darüber gesprochen. Ich frage mich, ob er diese Manie vor ihr verborgen hat. Das war schon extrem«, warf Hannah ein.

»Nicht zu vergessen, dass wir heute noch den Kollegen von Philipp bei der Kaufhauskette Hellmann einen

Besuch abstatten wollen. Das war übrigens sein letztes Mandat. Das Verwaltungsgebäude hat ihren Sitz zu allem Elend auch noch in Frankfurt. Hilft nichts: Schließlich suchen wir eine Antwort auf die Frage, warum Philipp Waldhoff erpresst wurde. Was kann Dr. von Köhnen von ihm gewollt haben?«, rief Moritz seinen Kollegen in Erinnerung. Moritz hatte nebenher sämtliche Unterlagen auf seinem Schreibtisch durchgesehen: »Wer hat eigentlich den Bericht aus der Pathologie?«

Moritz und Gianni fixierten Hannah so lange, bis sie damit begann, sich das Chaos auf ihrem Schreibtisch vorzunehmen: »Ja, tatsächlich. Der Bericht liegt schon hier.«

Hannah begann zu lesen: »Also, wie ich das verstehe, ist das eindeutig Mord, denn um den gesamten Hals finden sich Hämatome. Allerdings sind sie am Kehlkopf stärker ausgeprägt. Wäre er durch das Erhängen selbst gestorben, wären die Hämatome ausschließlich am Kehlkopf vorhanden. Aber jetzt wird es undurchsichtig. Es ist nicht klar, ob er vor dem Erhängen tot oder nur ohnmächtig war. Der Tathergang lässt sich nicht eindeutig rekonstruieren, doch wissen wir jetzt mit Sicherheit, dass Fremdverschulden vorliegt. Das bedeutet schlicht und ergreifend, dass sich durch die Tötung selbst keine Rückschlüsse auf den Täter ergeben. Aber Gianni, lies selber mal nach, hier steht was von einem Flaschenzug und irgendwelchen Druckspuren am Oberkörper.«

Gianni nahm den Bericht und vertiefte sich darin, während Moritz sich zu Stefanie Mahler aufmachte, um Kaffee zu holen.

Hannah war froh, heute ihre Stratocaster dabei zu haben. Sie ließ die Finger laufen, das beruhigte sie. Es wollte ihr nicht gefallen, dass Marlene Koch immer mehr ins Zentrum der Ermittlungen rückte. Ihr Gespür sagte ihr, dass sie bei der CAP suchen mussten. Dieser von Köhnen war ihr nicht geheuer, aalglatt und leise, wie er war. Eine kalte Intelligenz, der Marlene Koch erst zu einer Straftat anstiftet, um anschließend Philipp zu erpressen. Außerdem war die Sache mit der drohenden Anzeige gegen die CAP nicht zu unterschätzen.

Sie hatte Philipp als jemanden kennengelernt, der niemandem etwas Böses wollte. Schon allein deswegen konnte Hannah sich kaum vorstellen, dass ihm jemand aus persönlichen Gründen schaden wollte und erst recht nicht töten wollte. Sie musste wieder daran denken, dass sie ihn gerade wegen seiner Zurückhaltung und Distanziertheit gemocht hatte.

Und wie ging das mit diesem Ausmaß kalter Gewalt zusammen? Diese kaltblütige und gut überlegte Tat passte nicht zu der Beziehung von Philipp und Marlene. Letzten Endes gehörte eine organisatorische Meisterleistung dazu, ihn im Krankenzimmer außer Gefecht zu setzen, einen Flaschenzug dabei zu haben, um ihn dann zu erhängen. Außerdem musste der Täter gewillt sein, das Risiko, im Krankenhaus entdeckt zu werden, einzugehen. Kalte Intelligenz, professionelle Ausführung, das waren Attribute, die zur CAP passten. Natürlich hatte Marlene Koch ein Motiv. Vielleicht hatte sie sogar mehrere Motive, aber sie hätte diesen Weg nicht gewählt. Es wollte einfach nicht passen. Es sei denn, sie wäre Teil einer größeren Sache.

Moritz balancierte drei Becher Cappuccino zur Tür herein: »Also die Stefanie Mahler ist ja eine Nette. Sie hat gesagt, sie bringt uns jederzeit unseren Kaffee. Wir sollen nur kurz durchklingeln. Ich glaube, unsere Kriminalkommissarin hat mal wieder gepunktet.«

»Sie ist sehr sympathisch«, stimmte Hannah zu. »Außerdem habe ich ihr eine Portion von meinem basischen Frühstück mitgebracht. Das hat Gianni heute Morgen nach dem Rezept meiner Mutter zusammengerührt. Nicht, dass ich es ihm übel nähme.«

»Eure WG scheint ja bestens zu funktionieren«, sagte Moritz und lachte.

»Sieht man mal davon ab, dass die Hauptkommissarin eher einem Reibeisen, denn einer Fee gleicht«, beschwerte sich Gianni.

»Gianni dagegen hat schon morgens allerbeste Qualitäten«, entgegnete Hannah. »Ich meine, in Sachen früher Vogel. Und deswegen werde ich auch schon um sieben geweckt.«

»Na, hör mal, wir hatten das mit dem regelmäßigen Lebensstil besprochen. Deine wilden Zeiten sind ab jetzt vorbei. Das hoffe ich zumindest.«

»Gianni, meine wilden Zeiten gehen dich nichts an. Erzähl uns lieber, wie sich das mit diesen Druckspuren auf der Leiche verhält.«

»Es finden sich Abdrücke auf dem Oberkörper und wie eine Schlaufe, rum um die Oberschenkel herum, nahe der Leisten. Wahrscheinlich sind die erst nach Eintritt des Todes entstanden. Die Maserung der Spuren könnt ihr auf diesem Foto sehen.«

Moritz war vor Hannah hinter Gianni getreten, die zuerst ihre Stratocaster zur Seite legte.

»Sieht aus wie der Abdruck eines Klettergurts«, überlegte Moritz.

Gianni nickte: »Sehr richtig. Das vermutet Mathias, laut pathologischem Bericht, auch. Jetzt gilt es, kleinste Partikel zu finden. Dann brauchen wir nur noch das richtige Klettergurt-Fabrikat, und wenn man das dann den gefunden Partikeln zuordnen könnte, hätten wir einen handfesten Beweis für unsere Theorie über den Tathergang. Aber, ihr ahnt es, das kann wie immer dauern. Zumindest passen diese Klettergurt-Abdrücke zu der Theorie mit dem Lastenzug. Die Reifenspuren auf dem Boden nicht zu vergessen.«

Moritz eilte zu seinem Schreibtisch: »Angenommen, das war so, wie soll das im Krankenhaus gehen? Da muss jemand unauffällig hereingekommen sein. Dann muss derjenige Philip außer Gefecht gesetzt haben, seinen Lastzug dabeigehabt und montiert haben, anschließend dem Toten oder Ohnmächtigen den Klettergurt angelegt haben, ihn im Krankenbett zu dieser Kletterstange geschoben haben und dann mithilfe des Lastzugs hochgezogen haben.«

»Und anschließend so gelöst haben, dass es zum Genickbruch gekommen ist?«, unterbrach Hannah die Ausführungen.

Gianni zwirbelte seinen Schnauzer: »Nicht so schnell. Also, er wurde hochgezogen, irgendwie fixiert, dann wurde dem Besinnungslosen eine Schlinge um den Hals gelegt und erst dann wurde der Mann aus seiner Fixierung gestoßen. Dadurch kommt es dann zum

Genickbruch. Danach wird der Leiche der Klettergurt entfernt, der Lastzug abgebaut, das Bett zurückgefahren, alle Utensilien wieder verpackt und Abmarsch. Und das Ganze nach Möglichkeit ohne jeden Lärm«, führte Gianni zu Ende.

»Das muss nicht leise gewesen sein«, warf Hannah ein. »Aus eigener Erfahrung weiß ich, dass Philipps Zimmer über dem Kreißsaal liegt. Du kannst mir glauben, ruhig ist es in den darüber und darunter liegenden Räumen nicht.«

»Das müsste dem Täter also bekannt gewesen sein«, notierte Moritz.

Hannah kehrte langsam zu ihrem Tisch zurück, um die Stratocaster in den Ständer zu stellen, und hielt plötzlich in der Bewegung inne: »Das hört sich irgendwie nach einem KSK-Einsatz an.«

»Wieso? Was meinst du damit?«, fragte Gianni.

»Ich will damit nur sagen, dass diese Aktion irgendwie trainiert auf mich wirkt. Militärisch trainiert, zumindest routiniert«, führte Hannah aus.

Die beiden Kollegen wirkten nachdenklich. Moritz fasste sich als Erster: »Also müssen wir überprüfen, ob es zur Tatzeit eine Entbindung gab. Falls nein, halte ich unsere Theorie für sehr gewagt.«

»Du vergisst, dass außerdem fast alle Patienten der Psychosomatischen Station das Wochenende zu Hause verbringen. Gianni, du bist doch die Aussagen der Mitpatienten durchgegangen«, wandte sich Hannah an Gianni.

»Bin ich. Und von den beiden, die über das Wochenende stationär waren, ist niemandem zur Tatzeit irgendetwas aufgefallen. Die ältere der beiden Damen nimmt ohnehin Schlafmittel, die jüngere hat ihr Zimmer am anderen Ende des Flurs. Da kommen wir beim besten Willen nicht weiter.«

»Gut, dann schlage ich Folgendes vor. Ich fahre mit Moritz erst nach Frankfurt zu Philipps Kollegen zum Kaufhaus Hellmann und am Abend zu Marlene Koch wegen dieses Galgenhohlen-Zimmers. Gianni, wir müssen dringend mehr über die Eltern von Philipp rauskriegen. Kannst du mal sämtliche Kontaktmöglichkeiten abklopfen? Vereine, Nachbarn und so weiter. Außerdem müssen wir uns mit allem beschäftigen, was unsere Leute über Philipps Computer rausgefunden haben. Und noch was, Gianni, dieser Dr. Blume, der gefällt mir nicht.«

»Warum nicht?«

»Zuerst behauptet er, dass er gestalkt wird, will aber keine näheren Angaben machen. Das war irgendwie so unglaubwürdig. Und wieso hat er mir nicht gleich von Philipps Testament erzählt? Warum diese Anspielungen. Also, wenn du noch Zeit hast ...«

»Na klar habe ich Zeit, wenn du mir so wenig auflädst, Hannah! Ich fang einfach mal an, und dann werden wir sehen. Ach, was machen wir mit Dr. von Köhnen?«

»Gut, dass du es sagst, Gianni. Den hätte ich fast vergessen«, seufzte Hannah. »Am besten kontaktierst du Georg. Der hat sicher einen guten Kontakt zum Wirtschaftsdezernat. Vielleicht kann er uns da weiterhelfen. Wir brauchen schnell und auf dem kleinen Dienstweg Auskunft.«

»Mach ich. Ist euch klar, was da auf uns zukommt?«

Moritz und Hannah waren zwar schon dabei, sich die Jacken überzuziehen, hielten aber noch mal kurz inne.

»Arbeit«, schlug Moritz schließlich vor.

»Das ist ja immer so. Wir kratzen am Lack von Leuten, die das nicht nur nicht mögen, sondern von Leuten, die Beziehungen haben. Und die wissen, welche Strippen sie ziehen müssen, wenn es eng wird. Und deswegen brauchen wir dieses Mal die volle Rückendeckung von Georg. Wir sollten uns warm anziehen.«

* * *

»Wie lange sind wir denn schon unterwegs?«, fragte Hannah und rieb sich die Augen, die ihr während der Autofahrt wie von alleine zugefallen waren.

»Anderthalb Stunden.« Moritz konzentrierte sich darauf, den Anweisungen des Navis zu folgen, schlängelte sich auf der zweispurigen Straße an der Skyline der Hochhäuser vorbei und war froh, als er schließlich den Wagen im Parkhaus unter der Alten Oper abstellen konnte.

Zu Fuß machten sich die beiden Polizisten auf den Weg zum Kaufhaus Hellmann. Hannah genoss das Gefühl, Großstadtluft zu atmen. Männer und Frauen in Businesskleidung sprachen englisch, aßen Bagels und tranken arabischen *Coffee to go* in Plastikbechern.

»Frankfurt ist international, das muss man sagen.«

Moritz schüttelte den Kopf: »Für mich sehen alle Fußgängerzonen irgendwie gleich aus. Die immer gleichen Geschäfte befinden sich nur an einer anderen Straßenecke«, stellte Moritz fest.

»So ein Quatsch! Bei uns gibt es vielleicht einmal im Monat ein Jazz Act, aber hier habe ich schon unzählige Plakate gesehen.«

»Heißt ›bei uns‹ Bahnbrücken?«

»Ich meine natürlich nicht Bahnbrücken! Ich meine schon Bruchsal und Umgebung. Auch Karlsruhe«, antwortete Hannah.

»Weißt du eigentlich, dass jedes Jahr im September in Bahnbrücken ein Jazz-Festival stattfindet? Das ist in der Region mittlerweile Kult! Mal abgesehen vom Tollhaus in Karlsruhe.«

Hannah sah sich das Glasgebäude an, vor dem sie mittlerweile standen. Es wirkte exklusiver als die anderen Kaufhäuser, wozu auch die beiden Portiers, die den Eingang flankierten, beitrugen.

»Gibt es da etwa nur Luxusartikel?«, fragte Hannah schlecht gelaunt.

»Na ja, zumindest keine Billigware. Die werben mit exklusivem Lifestyle. Aber keine Angst, wir fallen bestimmt nicht unangenehm auf.«

Hannah versetzte dem jungen Kollegen einen Klaps, war aber froh, sich heute für einen Mantel entschieden zu haben. Das hatte sich seit ihrem ersten Fall in Karlsruhe geändert, fiel ihr auf. Sie sah nicht mehr so fertig aus. Keine Augenringe mehr, keine verkaterte Stimmung mehr. Es ging ihr besser.

Die Portiers öffneten ihnen die Tür. Kaum eingetreten wehte ihnen ein Duft von knusprigen Waffeln entgegen, und sofort war in Hannah die Gier geweckt.

»Schnell weiter, sonst geh ich denen schon im Eingangsbereich ins Netz.«

Ein paar Schritte später wurden sie von einem Duftgemisch aufdringlicher Parfüms überfallen, gefolgt von grell geschminkten Frauenhaien, die Hannah sofort als Beute identifizierten. Die Ermittler schlugen einen Haken und lenkten ihre Schritte in Richtung Rolltreppe. Als sie das Schild mit dem Wegweiser studierten und einen Hinweis auf die Verwaltung suchten, trat ein verkabelter Mitarbeiter auf die beiden zu: »Kann ich den Herrschaften weiterhelfen?«

»Wir suchen die Räumlichkeiten der Verwaltung«, antwortete Moritz und holte seinen Ausweis hervor. Der Mann nickte und ging voraus. Erst fuhren sie mit dem Aufzug in den ersten Stock, dann wechselten sie über einen Gang in ein angrenzendes Gebäude, fuhren wieder Aufzug und fanden sich plötzlich in einem Bürogebäude wieder.

Nachdem sie sich vorgestellt und ausgewiesen hatten, dauerte es einen Moment, bis der Geschäftsführer erschien und die beiden in sein Büro bat: »Sie sehen mich einigermaßen irritiert. Die Herren von der CAP befinden sich im Data-Room, um eine sogenannte *Vendor Due Diligence* durchzuführen. Wir planen, eine unserer Tochtergesellschaften zu verkaufen und wollen uns zuvor selbst ein klares Bild machen.«

Hannah stöhnte leise auf: »Was ist eine *Vendor Due Diligence*?«

»Ein Unternehmenswertgutachten, das vonseiten des Verkäufers beauftragt wird. Und genau deswegen ist es eigentlich nicht möglich, dass Sie mit den CAP-Leuten sprechen. Die Herren sind wirklich mit vertraulichen Dokumenten befasst. Der Data-Room ist tabu!«

»Das wissen wir. Aber wir ermitteln in einem Mordfall. Und es ist für uns von größter Wichtigkeit, die Kollegen Philipp Waldhoffs in ihrem Arbeitsumfeld zu sprechen. Den Zutritt zum Arbeitsplatz eines Ermordeten können Sie uns tatsächlich auch in diesem speziellen Fall nicht verwehren. Sie können froh sein, dass Philipp Waldhoff die letzten Wochen vor seiner Ermordung nicht mehr anwesend war. Sonst hätte die SpuSi Ihren Datenraum mitsamt der Unterlagen in Beschlag nehmen müssen.«

Der Geschäftsführer erschrak: »So gesehen haben wir sogar Glück im Unglück. Also dann, ich bringe Sie hin. Aber auch für Sie gilt, dass Sie sich einer Leibesvisitation vor und nach Betreten des Raumes unterziehen müssen. Wir müssen sichergehen, dass Sie Unterlagen weder fotografieren und schon gar nicht entwenden.«

Der Data-Room lag im obersten Stockwerk des Bürogebäudes, vor dem zwei wuchtige Männer hinter einem Tisch saßen und Zeitung lasen. Nachdem Hannah und Moritz ein Schließfach zugewiesen bekommen hatten, in das sie ihre Mäntel, Handys und Geldbeutel wegschlossen, ließen die Sicherheitsleute die beiden Beamten eintreten. Außer ihren Polizeiausweisen, den Waffen, den Handschellen und Moritz' obligatorischem Block behielten sie nichts bei sich.

Sie betraten den Raum, in dem sich drei Männer tagsüber für ihre Arbeit einschließen ließen. Hannah blieb schlagartig die Luft weg. Sie ahnte sofort, dass sich diese Männer keine Blöße geben würden. Und so wunderte sie sich nicht, dass keiner der Prüfer sie begrüßte oder auf sie zukam. Das Schweigen schien ihre Stärke zu sein.

»Meine Herren, ich bin Hauptkommissarin Hannah Henker und das ist mein Kollege Moritz Schmidt. Sie wissen in welcher Angelegenheit wir hier sind?«

Keiner der Anwesenden machte Anstalten zu antworten.

»Ihr Kollege Philipp Waldhoff wurde ermordet, wie Sie sicherlich bereits wissen. Können Sie dazu etwas sagen?«

Schweigen.

»Gut, dann machen wir das anders. Fangen wir einfach mit dem Herrn an, der am Tisch auf neun Uhr sitzt. Stellen Sie sich bitte vor. Sagen Sie, wie lange Sie Hellmann prüfen und ob Sie sich ein Motiv für diese Tat vorstellen können.«

Der füllige Mann mit dem blonden Haar und den Tränensäcken stellte sich vor: »Ich heiße Hinrich Berg und bin erst seit drei Jahren auf diesem Mandat. Ich kann beim besten Willen nichts zu den näheren Umständen dieser Sache sagen.«

»Wie würden Sie Ihr Verhältnis zu Philipp Waldhoff beschreiben?«

»Wir hatten ein gutes Verhältnis. Wir waren im Umgang loyal und kollegial.«

»Hatten Sie privaten Kontakt?«

»Nicht über das übliche Maß hinaus. Außer in der Mittagspause hat man in unserer Branche wenig Zeit für Privates. Wir sind ja den restlichen Tag gemeinsam im Data-Room eingesperrt. Die Wochenenden gehören dann meistens der Familie.«

»Sie sind also verheiratet?«

»Seit zwei Jahren. Unsere Tochter Emilie ist ein Jahr alt.«

Für einen Moment war nur Moritz' Bleistift zu hören. Dann sah Hannah auffordernd zu dem Mann, der auf zwölf Uhr saß.

»Marius John. Ich bin erst seit zwei Jahren auf diesem Mandat«, begann der Kollege Hinrich Bergs. »Philipp und ich hatten einen recht guten Kontakt. Unsere Eltern sind befreundet, also kennt man sich eben. Viel mehr kann ich im Grunde nicht beitragen. Ein Motiv für diese Tat finden Sie sicherlich nicht in seinem beruflichen Umfeld.«

»Warum nicht?«, hakte Hannah sofort nach.

Der Mann mit dem aschblonden Haar sah sie ausdruckslos an: »Weil das schlicht nicht vorstellbar ist. Wir arbeiten in einem seriösen Umfeld. Wie sollte sich da ein Motiv ergeben?«

Hannah und Moritz sahen sich vielsagend an und warteten ab. Nichts. Die drei Männer machten keine Anstalten, noch mehr zu sagen. Schließlich unterbrach der letzte Prüfer die Stille. Er war das, was sich Hannah unter »perfekt« vorstellte. Volles, braunes Haar, eine klassische Nase, ovales Gesicht, dunkle Augen. Und er war groß, das konnte Hannah erkennen, obwohl er saß.

»Mein Name ist Johannes von Hohenfels. Ich habe Philipp vor etwa einem Jahr kennengelernt, als ich zu diesem Team gestoßen bin. Auch ich kann mir nicht erklären, wie es zu diesem Vorfall kommen konnte. Philipp war bereits eine beträchtliche Zeit krankgeschrieben. Und deswegen hatten wir seit ungefähr acht Wochen keinen Kontakt mehr. In der Zeit davor ist mir nichts aufgefallen. Übrigens auch nicht daran, dass er sich überarbeitet gefühlt hätte. Dieses Burn-out ist etwas, das nicht zu einem wie uns passt.«

Hannah strich sich über die Augen und rückte sich ein wenig aus dem direkt einfallenden Licht. »Wir haben eine Aussage vorliegen, dass Philipp Waldhoff von Dr. von Köhnen erpresst wurde«, sagte Hannah.

Marius John lachte kurz auf: »Das kann ja wohl nur von Marlene kommen. Da reitet sie sich aber tief rein!«

Der Blonde, Hinrich Berg, nahm eine Cola von der Mitte des Tischs und schenkte sich ein.

»Wie kommen Sie darauf, dass es Marlene Koch war?«, fragte Hannah nach.

Er unterdrückte ein Aufstoßen und winkte ab: »Die Gute ist schon lange im Unternehmen abgeschrieben und sitzt nur noch in der Niederlassung. Das tut weh, wenn man auf dem Abstellgleis landet. Aber wer keine hundert Prozent bringt, den kann die CAP nicht brauchen. Hier spielen nur die Besten mit. Und dann gibt man ihr schon ein Gnadenbrot, und sie hat nichts Besseres zu tun, als von Köhnen anzuschwärzen. Kein guter Stil, sag ich da nur.«

Hannah hatte schon wieder das Bedürfnis, sich anders hinzusetzen. Irritiert sah sie aus dem Fenster. Genau gegenüber befand sich hinter einer komplett verglasten Fensterfront eine Art Kaufhaus-Lounge. Eine Bewegung weckte plötzlich Hannahs Interesse. Sie konnte eine Silhouette mit Fotoapparat ausmachen. Hatte sie der Blitz der Kamera oder die Bewegung irritiert?

Hannah stand auf, klopfte an die Tür und wartete, bis geöffnet wurde. Während sie sich der Leibesvisitation unterzog, flüsterte sie Moritz kurz eine Erklärung zu und rannte los. Einer der Männer von der Security lief mit ihr mit, damit sie den kürzesten Weg zur Feuertreppe fand. Hannah stürmte die vier Stockwerke nach unten, überquerte die Straße und rannte die Rolltreppe hoch. Unterwegs schwor sie sich, ab sofort wieder joggen zu gehen.

Die Cafeteria lag im fünften Stock. Oben angekommen musste Hannah zunächst zu Atem kommen. Sie wollte es vermeiden, unnötig aufzufallen. Langsam betrat sie die Cafeteria und lief die Tische der Fensterfront ab. Der Tisch, an dem die Person vermutlich gestanden hatte, musste sich in der Mitte befinden. Zum Glück waren nur wenige Tische besetzt. Automatisch tastete Hannah nach ihrer Waffe, während sie mit den Augen die Tischreihen absuchte, wo ihr sofort ein Stuhl auffiel. Auf einer zusammengeknautschten Jacke stand eine Fototasche. Ihr Besitzer konnte das Café nicht verlassen haben, war aber nirgends zu entdecken. Hannah machte einige schnelle Schritte in Richtung des Tisches und lehnte sich mit dem Rücken an eine Säule, so, als würde sie sich mit jemandem unterhalten. Wollte der Betreffende gehen, musste er an ihr vorbei. Die Fototasche würde den Unbekannten verraten.

Hannahs Puls hatte gerade begonnen, sich zu beruhigen, nahm aber schon wieder Fahrt auf. Instinktiv nahm sie die Handschellen in die Linke, damit die Rechte frei war, falls sie sie brauchte. Als sie schon meinte, die Spannung nicht mehr auszuhalten, konnte sie das dumpfe Geraschel hören, das entsteht, wenn sich jemand seine Jacke anzieht. Und dann Schritte.

Leichte Schritte. Hannah nahm in ihrem Gesichtsfeld eine blaue Jacke und die Fototasche wahr. Sie packte, kaum dass die Person vorbei war, von hinten den rechten Arm. Eine Frau, dachte Hannah überrascht.

»Polizei!«, zischte Hannah und drehte die Person mit einem Ruck zu sich um.

Sie sah in die grünen Augen, die sie schon eine Weile nicht mehr gesehen hatte.

6. Kapitel

Du tust mir weh, Hannah! Lass mich los. Du kannst mich doch nicht einfach so festhalten. Dazu hast du kein Recht.«

Hannah blieb für einen Moment die Luft weg. Mit Joe Baumann, Journalistin aus Baden-Baden, die sie bei ihrem ersten Fall kenngelernt hatte, hatte sie nicht gerechnet.

»Sag mir sofort, warum du mich …«

»Gefahr in Verzug«, unterbrach Hannah. »Und genau aus diesem Grund setzen wir beide uns jetzt an einen der Tische und du zeigst mir ganz brav die Fotos, die du gemacht hast.«

»Ich mache eine Story über Städte im Wandel und fotografiere Hochhausfronten.«

Hannah bugsierte Joe Baumann unnachgiebig zu einem Tisch und machte mit einer Kopfbewegung deutlich, dass sie sich setzen sollte.

»Ich hol uns was zu trinken, und danach erzählst du mir, was du hier wirklich machst. Und erzähl mir keinen Mist, sonst muss ich dich nachher mit aufs Revier nehmen. Haben wir uns verstanden?«

»Das war ja deutlich genug.«

Nach zwei Schritten in Richtung Selbstbedienungstheke fiel Hannah auf, dass ihr Geldbeutel noch im Schließfach vor dem Data-Room eingeschlossen war. Als Hannah sich zum Tisch hin umdrehte, hielt ihr Joe bereits zehn Euro hin: »Kein Problem.«

Hannah verzichtete auf Erklärungen, machte sich erneut auf den Weg zur Theke. Sie dachte daran, wie sie die Journalistin im Sommer kennengelernt hatte. Joe Baumann hatte ihnen bei der Aufklärung des Falls die entscheidenden Hintergrundinformationen geliefert. Sie war eine Journalistin, die über einen guten Spürsinn verfügte und ihre Informanten und Informationen mit größtem Respekt behandelte. Aber welcher Geschichte war sie hier auf der Spur, fragte sich Hannah, als sie zwei Johannisbeer-Schorlen zum Tisch jonglierte.

»Also, Joe, jetzt lass mal hören. Kanntest du Philipp Waldhoff?«

»Ich hab ihn einmal getroffen«, begann die Journalistin. »Aber er wollte nicht über diese Geschichte reden. Das scheint ein Riesending zu sein. Ich recherchiere in Sachen Hellmann schon ein gutes Jahr, aber bis jetzt bin ich noch nicht zum Durchbruch gekommen. Es gibt zu viele Unbekannte. Ich hab eine Vorstellung davon, wie es sein könnte. Und dafür suche ich Beweise. Oder genauer gesagt, ich muss die Variablen durch Namen und Fakten ersetzen.«

Hannah nickte: »Also gut, arbeiten wir wieder zusammen. Aber dein Bericht kommt natürlich erst raus, wenn wir dir grünes Licht geben. Einverstanden?«

»Einverstanden«, sagte Joe. »Alleine werde ich es sowieso nicht schaffen. Es geht um viel Geld. Dieses Mal haben wir es mit richtig komplizierten Zusammenhängen zu tun.« Joe kramte aus ihrer Fototasche einen kleinen Block hervor und suchte zwischen den unzähligen Notizen eine freie Doppelseite. Sie sprach leise vor sich hin, während sie mit der Zeichnung begann.

Hannah zog die fertige Skizze zu sich: »Ich versteh gar nichts.«

Joe setzte sich aufrecht hin: »Hör erst mal zu. Also, die Kaufhauskette Hellmann war bislang Eigentümer aller Kaufhaus-Immobilien. Und die befinden sich immer in 1A-Innenstadt-Lage.«

»Stimmt«, warf Hannah ein, »das ist eigentlich üblich.«

»Genau. Jetzt hat die Hellmann GmbH alle Immobilien an NewCo in Luxemburg verkauft und gleichzeitig für enorme Summen zurückgemietet. Diesen Vorgang nennt man *sale and lease back.*«

»Ist das denn legal?«, fragte Hannah nach.

»Sagen wir so: Es ist normal und unauffällig.«

»Wozu der Aufwand?«

»Aus zwei Gründen: Immobilien in Top-Lagen sind enorm viel wert, und insofern ist viel Geld im Unternehmen gebunden. Wenn jetzt also der Eigentümer lieber das Geld zur Verfügung hätte, verkauft er einfach die Immobilien und kann dann den erzielten Gewinn nach Steuern an sich ausschütten.«

»Gewinn nach Steuern?«, wiederholte Hannah.

»Das bedeutet nur, dass man den Verkauf ganz normal versteuern muss und sich der Gewinn eben danach berechnet.«

»Aber wozu das Ganze?«, fragte Hannah.

»Weil das Unternehmen den Verpflichtungen gegenüber seinen Mitarbeitern oder sonstigen Verpflichtungen nicht nachkommen kann, oder weil der Eigentümer das Geld zu seiner privaten Verfügung haben will.«

»Und wie hängt das mit der CAP zusammen?«, wollte Hannah wissen.

»Wenn die ein Wertgutachten schreiben, in dem der Wert möglichst gering gehalten wird, fällt weniger Gewinn an und somit fallen weniger Steuern an. Weil somit die Wertsteigerung der Immobilien geringer ist und somit wieder weniger Gewinn und Steuern anfallen.«

»Widerspricht sich das nicht? Wenn die Immos für wenig Geld verkauft werden, hat man doch auch weniger?«

»Stimmt, antwortete Joe, »aber das ist ja nicht der eigentliche Grund.«

»Sondern?«

»Eigentlich will der Eigentümer in Deutschland Gewinne und Steuern vermeiden und Geld im Ausland zur Verfügung haben. Durch die hohen Mieten schafft er das Geld steuerfrei ins Ausland, nämlich nach Luxemburg zur NewCo. Und jetzt kommt's!« Joe nahm einen großen Schluck von ihrer Johannisbeer-Schorle.

»Jetzt sag schon!«, forderte Hannah die Journalistin auf.

Joe zog den Block wieder zu sich und erweiterte das Schaubild.

»Sind das Zwischengesellschaften? Was soll das bringen?«

Joe schnippte mit den Fingern: »Die beiden Gesellschaften, die die NewCo besitzen, liegen in Steuerparadiesen. Auf den Kanalinseln und den Cayman Islands.«

»Sauerei«, bemerkte Hannah.

»Aber legal«, erwiderte Joe.

»Dann ist das doch völlig uninteressant für uns, oder etwa nicht?«

Joe klopfte mit den Stift auf das Schaubild: »Strafbar würde es erst werden, wenn der Eigentümer der Zwischengesellschaften seinen Wohnsitz in Deutschland hätte.«

»Warum?«

»Weil er dann in Deutschland uneingeschränkt steuerpflichtig wäre.«

»Verstehe. Aber irgendwo muss doch der Haken sein!«

Joe nickte: »Da hast du recht. Ich zeichne es dir auf.« Und schon zog der Stift der Journalistin seine Runden über das Papier.

»Joe, das blickt kein Mensch!«, fluchte Hannah.

»Und genau das ist der Sinn der ganzen Sache. Da soll kein Schwein drauf kommen.«

»Das musst du mir erklären«, bat Hannah.

Joe nickte bereitwillig: »Die beiden Zwischengesellschaften gehören einer Gesellschaft auf den Bahamas. Treuhänderisch werden die Anteile der Verwaltungsgesellschaft in Nassau durch eine Schwestergesellschaft der CAP, nämlich der PAC in London verwaltet.«

»Wieso Schwestergesellschaft? Und was soll das?«

»Weil die CAP als Verein Schweizerischen Rechts organisiert ist, heißt es nicht Tochter-, sondern Schwestergesellschaft. Und zu deiner zweiten Frage: Die Bahamas sind eine Drogenschleuse für die USA. Bezahlt werden die Drogen mit Diamanten.«

»Hellmann und Drogen?«, fragte Hannah matt.

Joe legte Hannah ihre Hand auf den Arm: »Hör erst mal zu. Es geht um die Diamanten. Die unversteuerten Gewinne aus den Mieten werden auf die Bahamas geschleust. Dort sind Diamanten billig und können beispielsweise in einem Bankschließfach verwahrt werden. Steuern fallen keine mehr an. Und zwar nie mehr.«

»Der ganze Aufwand, nur um ein paar Steuern zu sparen?«

Joe lachte kurz auf: »Bei 150 Kaufhäusern deutschlandweit mit einer Miete von je 3 Millionen jährlich, reden wir über einen Betrag von 50 Millionen Steuerersparnis pro Jahr.«

Hannah schüttelte den Kopf: »Ich hab den Faden verloren.«

»Die Verwaltungsgesellschaft auf den Bahamas, die die Tochter der CAP verwaltet, gehört dem Eigentümer von Hellmann«, begann Joe erneut. »Die brauchen nur Prüfer, die ab und zu auf die Bahamas reisen. Die verdienen ordentlich mit und müssen vor allem eines: Schweigen! Die CAP und die PAC tauschen eingeweihte Mitarbeiter aus. Philipp Waldhoff war häufig in London. Mir fehlt aber eine konkrete Spur nach Nassau.«

Plötzlich tauchte Moritz atemlos auf: »Hannah, rate mal, aus welchem Grund Philipp als Prüfungsleiter bei Hellmann nachgerückt ist?«

»Keine Ahnung.« Hannah bemerkte Moritz' fragenden Blick auf Joe. »Du kannst ruhig reden. Wir arbeiten mit Joe zusammen.

»Sein Vorgänger, Arnd Schumacher, wurde ermordet. Auf den Bahamas in Nassau.«

* * *

Das hatte es noch nicht gegeben. In all seinen Dienstjahren war noch nie eine Besprechung vom Amtsgerichtspräsidenten so kurzfristig einberufen worden. Als auch der Polizeipräsident erschienen war, bestand für Georg kein Zweifel mehr, dass in diesem Fall alles anders war.

Nun saß er in seinem Büro und versuchte sich einen Reim auf das Gehörte zu machen. Beide Präsidenten waren unter Druck geraten, so viel war klar. Man solle die Ermittlungen mit der gebotenen Vorsicht führen, in gar keinem Fall den Bogen überspannen. Die Herren wollten über das weitere Vorgehen genauestens informiert werden. Auf seine Nachfragen waren sie ihm ausgewichen. Er hatte die Stimme des Amtsgerichtspräsidenten noch im Ohr: »Machen Sie sich mal nicht unseren Kopf, Kaiser. Halten Sie sich einfach an unsere Absprache und halten Sie Ihre Ermittler im Zaum. Das ist auch im Moment schon alles.«

Und damit war er aus der Besprechung hinauskomplimentiert worden.

So war das also, dachte Georg und pfiff leise vor sich hin. Dieses Gefühl hatte er schon lange nicht mehr gehabt. Einen Namen hatte er noch gehört, als er die Tür langsam hinter sich schloss. Von Hamsdorf. Der also hatte sich mit den beiden in Verbindung gesetzt. Wenn der Hellmann-Eigentümer persönlich die beiden

Präsidenten kontaktierte, dann hatte er sicherlich etwas zu verbergen. Natürlich käme es Georg nicht ungelegen, wenn sich der Amtsgerichtspräsident bei dieser Geschichte die Finger verbrannte.

Er überlegte kurz, nahm den Hörer in die Hand und ließ sich mit dem Oberstaatsanwalt in Mannheim verbinden, der sich schon vor einigen Jahren an der CAP in Frankfurt die Zähne ausgebissen hatte. Die Ermittlungen wurden damals eingestellt, der Oberstaatsanwalt nach Mannheim versetzt. Ihm selbst, waren diese Vorgänge zu kompliziert. Er hatte schon eine halbe Ewigkeit gebraucht, bis er begriffen hatte, dass alle nationalen und internationalen Niederlassungen der CAP eigenverantwortlich organisiert waren, aber dennoch über einen Verein Schweizerischen Rechts zusammenhingen. Er bewunderte den Biss, mit dem Franz Rönne sich in dieses Thema eingearbeitet hatte.

»Georg, was kann ich für dich tun«, knurrte Franz Rönne in der ihm eignen Art ins Telefon.

»Du hast bestimmt schon von Philipp Waldhoff gehört. Es könnte sein, dass wir die CAP dieses Mal festnageln können. Wir bräuchten deine Hilfe. Machst du mit?«

»Ich warte schon lange auf diese Gelegenheit. Die letzten drei Jahre habe ich in dieser Sache genutzt. Ich habe mich ausgiebig mit den Akten und der CAP befasst. Eins kannst du mir glauben: Ich bin vorbereitet.«

* * *

»Also wussten Sie davon, dass Marlene Koch vorerst als Erbin eingesetzt war?«, fragte Gianni Hauser nach. Er saß nun schon eine halbe Stunde mit den Eltern Philipp Waldhoffs in dem kleinen Besprechungsraum im Präsidium.

»Aber ja, das war uns bekannt. Und wir hatten auch nichts dagegen. Unsere Familien sind schon seit vielen Jahren miteinander verbunden. Und Marlene ist ein so hochanständiges Mädchen. Das hat so schon alles seine Richtigkeit«, antwortete Gerold Waldhoff.

Caroline Waldhoff nickte zustimmend: »Philipp hatte sich die letzten Wochen so sehr verändert. Marlene war uns in dieser Zeit eine große Stütze.«

»Inwiefern?«, fragte Gianni nach.

»Sie ist mit uns in Kontakt geblieben. Sie hat uns besucht und uns berichtet, wie es Philipp so erging. Natürlich waren wir erschüttert, als wir gehört haben, dass sich der Junge wegen eines Burn-outs in Bruchsal hat behandeln lassen«, erklärte die vollschlanke Mitsechzigerin.

»Sie sagen, sie sei mit Ihnen in Kontakt geblieben. Heißt das, dass Sie selbst keinen Kontakt mehr zu Ihrem Sohn hatten?«

Das Ehepaar nickte.»Wie kam es dazu?«, fragte Gianni.

Gerold Waldhoff kam seiner Frau zuvor: »Da gibt es nicht viel zu reden. Philipp begann, uns Vorwürfe zu machen, was unsere Erziehung anbelangte. Wir empfanden das, gelinde gesagt, als undankbar. Wir haben unserem Sohn die besten Schulen und Universitäten ermöglicht. Davon können andere nur träumen. Und dann kommt er uns plötzlich damit, die Schule sei ein Ort des Grauens gewesen. Und all so ein Kram.«

»Wir haben uns nichts vorzuwerfen. Da bin ich ganz der Meinung meines Mannes.«

Gianni drehte an seinem Schnauzer: »Wem sagen Sie das. Man meint es gut, tut, was man kann, und dann kommen die Vorwürfe. Gab es denn einen konkreten Anlass für diese Auseinandersetzung?«

»Wir erfuhren von Marlenes Eltern, dass sich Philipp weigerte, die Hochzeitsfestivitäten im üblichen Rahmen zu feiern. Er wollte plötzlich eine kleine Feier im engsten Kreis, damit meinte er etwa zehn Personen. Man kann doch die Leute nicht derartig brüskieren!«

Gianni bemerkte rötliche Flecken am Hals der Mutter. Er beschloss, die Situation zu beruhigen: »Wie haben Sie denn reagiert?«

»Zuerst haben wir ihn gebeten, das noch mal zu überdenken«, begann Gerold Waldhoff. »Doch wir merkten schnell, dass er nicht mehr mit sich reden ließ. Er war ganz davon besessen, sich von allem und allen zurückzuziehen, die ihm lieb und teuer waren. Er zog sich immer mehr zurück, und schließlich hatten wir nur noch Kontakt zu Marlene.«

»Bedeutet das, dass es schon zum Zeitpunkt der Vermögensüberschreibung gewisse Veränderungen gab?«

»So ist es«, bestätigte Gerold Waldhoff. »Philipp war unser einziges Kind. Und so hätten wir ihm sowieso alles überschrieben. Vielleicht hätten wir uns durchsetzen müssen und ihn zu Spezialisten in die Schweiz bringen sollen. Dann wäre das alles nicht passiert.«

»Sie haben also keine Ahnung, wer einen Grund gehabt haben könnte, ihn umzubringen?«

»Nein. Dazu können wir nichts sagen. So etwas ist in unseren Kreisen unvorstellbar. Wenigstens bleibt uns Marlene.«

»Eine Frage noch«, beeilte sich Gianni, den beiden noch einen Moment abzuringen. »Ihr Sohn sammelte viele Bilder und Fotografien der Galgenhohle. Können Sie etwas dazu sagen?«

»Galgenhohle«, wiederholte Philipps Mutter, »das sagt mir nichts. Wo soll die sein?«

»In Oberöwisheim, in Richtung Zeutern hoch«, antwortete Gianni

Frau Waldhoff schüttelte den Kopf: »In den Ferien waren die Buben oft unterwegs, auch in Oberöwisheim. Sie spielten Räuber und Gendarm. Aber von der Galgenhohle höre ich heute das erste Mal.«

* * *

Es war der totale Krieg, das wusste sie. Und sie hatte nicht vor, ihn zu verlieren. Die Schwierigkeit war, Freund von Feind zu unterscheiden. Und so galt es, keine Angriffsfläche zu bieten. Sie würde es Dr. von Köhnen nicht abnehmen. Er würde ihr schon selbst kündigen müssen. Bestimmt wusste er bereits, dass die Koch, wie sie nur noch genannt wurde, geredet hatte.

Aber was konnte man ihr noch nehmen? Ihre Würde hatte sie längst verloren. Doch strafte sie sich nicht selbst? Was hatte sie davon hier auszuharren? Geld brauchte sie nicht mehr. Doch ob man mit ihr sprach oder nicht, ob man sie weiterhin übersah oder nicht, sie würde bleiben. Nachdenklich trat sie an die Fensterfront.

Das Wetter war auch an diesem Dienstagnachmittag nicht einladend. Sie sehnte sich nach den kalten Wintern in Colorado, nach dem Schnee, pulvrig und griffig, wie es ihn nur dort gab. Was tat sie hier noch?

Plötzlich hörte sie, wie die Tür sich öffnete. Für einen Moment dachte sie, sie hätte gewonnen, und Frau Vogel würde sie zu Dr. von Köhnen bitten.

Als sie wahrnahm, dass sich der Schlüssel in der Tür drehte, übernahm in ihrem Hirn der Hypothalamus die Regie, schüttete sogleich Adrenalin aus, und ihr wurde heiß. »Ich kann heut nicht«, flüsterte sie.

Er trat hinter sie, packte sie am Arm, drückte sie grob in Richtung Tisch.

»Ich will nicht. Heute wirklich nicht. Lass mich los.«

Statt einer Antwort schob er mit einer Bewegung ihren Rock hoch, zerriss ihre Feinstrumpfhose und fasste ihr zwischen die Beine. »Du lügst«, sagte er und gab ihr einen harten Schlag auf den Hintern.

»Du tust mir weh!«

Wieder schoben sich seine Finger in den Schritt, und sie wusste, dass er merken würde, dass es ihr gefiel. Er fasste sie an den Haaren, riss ihren Kopf zurück und drang gleichzeitig in sie ein. Sie wehrte sich, er stieß umso fester zu und sagte: »Sollst du Geheimnisse vor mir haben?«

»Nein.«

»Und was ist mit unserem kleinen Geheimnis?«

»Ich habe nichts gesagt. Und ich werde auch nichts sagen. Das weißt du.«

Als er wortlos gegangen war, war sie froh, Ersatzfeinstrümpfe dabei zu haben. Der Gedanke daran, dass Philipp etwas von ihren heimlichen Sex-Treffen gewusst haben könnte, ließ ihr keine Ruhe. Ach was, wischte sie diese Gedanken weg, niemand wusste davon.

* * *

»Georg? Ich wusste gar nicht, dass du ein Treffen einberufen hast«, sagte Hannah, als sie gegen sechzehn Uhr mit Moritz im Revier ankam.

»Ich wusste von Gianni, dass ihr jetzt kommt, und habe mich spontan dazu entschieden. Wir warten gerade mal ein paar Minuten.«

»Hat es Ärger von oben gegeben?«, fragte Moritz direkt.

»Das kann man wohl sagen. Wir scheinen in ein Wespennest gestochen zu haben. Also, was habt ihr?«

Nachdem sie ihre Informationen ausgetauscht hatten, waren sie verstummt. Nur das Rütteln des Windes am Fenster war zu hören. Hannah wollte sich nicht wegtragen lassen und unterdrückte ihren Impuls, sich vor Georg die Gitarre zu holen: »Gianni, hast du schon wegen des Vorgängers von Philipp Waldhoff, diesem Arnd Schumacher, der auf den Bahamas getötet wurde, etwas unternommen?«

»Ich hab sofort in Heidelberg nachgefragt. Bei der Zentrale für integrierte Auswertung, die für die operative Auswertung insgesamt zuständig ist, kam ich weiter. Ein Beamter konnte sich erinnern, dass ihnen Bildmaterial zugestellt worden ist. Er will es an uns weiterleiten, mitsamt Bericht. Der Kollege hat betont, dass es pro Jahr hundert Morde in Nassau gibt. Also kann es sich wirklich auch um einen der normalen Übergriffe gehandelt haben. Allerdings sind so gut wie nie Touristen involviert. Warten wir den Bericht und das Bildmaterial ab.«

Georg schien sich an einer anderen Geschichte festgebissen zu haben: »Diese Joe Baumann hat also behauptet, dass das ganze Prüfer-Team von der CAP, das Hellmann betreut, häufig nach London fliegt. Weil sich dort, ihren Recherchen zufolge, ein Ableger der PAC befindet und sie deswegen abwechselnd auf die Bahamas fliegen, um ganz normal die legalen Diamanten zu transportieren. Richtig?«

»Ja«, bestätigte Moritz, »das findest du doch hier auf diesem Schaubild. Und die Reiseunterlagen von den Prüfern, die wir von Frau Vogel erhalten haben, zeigen das auch.«

Georg sah sich die Skizzen an und dachte nach: »Da könnte was dran sein.«

Gianni schüttelte den Kopf: »Aber was soll das alles mit der Galgenhohle zu tun haben?«

»Immerhin wissen wir jetzt, worum es bei der Erpressung Philipps, auf Grundlage des Videos von Marlene Koch, ging«, warf Hannah ein.

»Das stimmt«, bemerkte Gianni. »Und außerdem waren Philipps Eltern tatsächlich sehr zufrieden damit, dass jetzt Marlene erbt. Auch wenn sie deswegen ihren Sohn verloren haben. Irgendwie seltsam.«

»Aber die CAP und London scheinen der Dreh- und Angelpunkt zu sein«, schaltete sich Hannah ein.

»Am besten du fliegst morgen mit dieser Baumann mit der ersten Maschine hin. Oder du nimmst die letzte Maschine um ...«

Das Mailsignal von Giannis PC unterbrach sie. Hannah trat schnell zum Schreibtisch ihres Kollegen.

»Da haben wir schon den Bericht und die Bilder«, sagte Gianni.

»Schauen wir uns erst einmal die Fotos an«, schlug Hannah vor.

Es kam ihr wie eine Ewigkeit vor, bis die Bilder endlich runtergeladen waren.

Die ersten Aufnahmen der Umgebung des Tatorts zeigten eine paradiesische Umgebung, Palmen und bunte Häuser im kolonialen Stil säumten die abgebildete Straße. Nur die Absperrung störte die Idylle, innerhalb derer die Leiche Arnd Schumachers lag.

»Als wäre er, einfach so, in einer anderen Welt erschossen worden. Kaum zu glauben, dass diese Tat mit unserem Fall zusammenhängt«, bemerkte Georg. »So wie das Opfer aufgefunden wurde, musste der Mann, wie bei einer Hinrichtung, vor dem Todesschuss gekniet haben. Dem Bericht entnehme ich, dass die Ermittler ansonsten keine Besonderheiten ausmachen konnten.«

Die Bilder hätten auch in der Pathologie Heidelberg aufgenommen werden können. Zuerst war die Schusswunde detailliert fotografiert worden, die einen Krater im Durchmesser von ungefähr einem Zentimeter zeigte.

»Sieht nach einem Großkaliber aus. Für eine Neun-Millimeter-Waffe ist die Wunde zu groß«, überlegte Hannah.

»Volltreffer«, bestätigte Gianni, der in der Zwischenzeit den Bericht ausgedruckt hatte. »Laut Bericht handelt es sich um das Kaliber .45 ACP. Ein offensichtlich typisches Kaliber im amerikanischen Raum.«

»Seht mal«, rief Moritz, »auf der Aufnahme des linken Arms! Ist da ein Stempel auf dem Handrücken? Oder sind das Buchstaben?«

»Die Qualität ist nicht besonders gut. Mit Vergrößern ist nicht viel, Hoffentlich haben die noch ein Foto von der Hand gemacht«, bemerkte Hannah.

Gespannt klickten sie das nächste Foto an. Auf dem linken Handrücken waren Buchstaben zu sehen. Den ersten Buchstaben konnte Hannah nicht entziffern. Der zweite war eindeutig ein A, dann ein L. Der dritte und der vierte waren wieder kaum leserlich, dann ein E, ein N, ein H und ein O

»Hab ich's doch gewusst!«, rief Gianni. »Galgenhohle! Auf seiner Hand steht Galgenhohle!«

7. Kapitel

Hannah steckte fest. Sie hatte es gleich gemerkt. Trotzdem gab sie zu viel Gas und grub sich immer tiefer ein.

»Verdammte Scheiße«, brüllte Hannah, als sie beim Aussteigen auch noch im Matsch versank. Trotzdem beschloss sie, erst die Galgenhohle zu begehen. Sie war ein paar Meter an einem Schützenhaus vorbei heraufgefahren und musste jetzt abwärts in Richtung Oberöwisheim etwa dreihundert Meter zur Hohle laufen.

Sie lief am Waldrand entlang. Kurz nachdem der Weg eine Rechtskurve machte, öffnete sich ihr der Blick auf die hügelige Landschaft in der Dämmerung, umgeben von tristen Äckern, die den schmalen Grünstreifen der Hohle dunkel einrahmten.

Am höchstgelegenen Punkt musste der Galgenberg gewesen sein. Wie eine Landkarte entrollte sich der Blick von hier über die Talsenke bis zu den Lichtern auf der gegenüberliegenden Hügelkette von Oberöwisheim hinauf.

Kurz vor dem Eingang in die Hohle zeichneten sich die Umrisse von einigen Rehen ab. Hannah blieb stehen und wartete. Sie sog die regenfrische Luft ein, und der Stress der letzten Tage fiel Atemzug um Atemzug von ihr ab.

Schließlich trat sie in die Hohle ein, in der es mit einem Mal dunkel war. Die auf beiden Seiten ansteigenden Wälle verschluckten das letzte Abendlicht. Selbst als Hannah die Taschenlampe einschaltete, wirkte die Dunkelheit seltsam fremd und bedrohlich.

Was war hier passiert?, fragte sich Hannah immer wieder. Ein paar Schritte weiter unten meinte sie, den Baum zu erkennen, den Philipp so häufig fotografiert hatte. Er musste uralt sein. Seine Zweige reichten weit nach unten, sodass Hannah die untersten Zweige zu fassen bekam und sich den Wall hinaufziehen konnte, bis sie sich oben an den Stamm klammern konnte. Sie besah ihn sich genau, konnte aber nichts Besonderes ausmachen: eingeritzte Buchstaben, umrahmt von Herzen. Hannah beschloss, sich auch die Rückseite des Stamms genauer anzusehen. Vorsichtig schob sie sich um den Baum herum, immer nur einen Fuß nach dem anderen nach vorne setzend, um nicht den Halt zu verlieren. Dann bemerkte sie weiter vorne zum Abhang ein eingeritztes Zeichen. Gerade als sie sich ein paar Zentimeter nach vorne schieben wollte, trat sie mit dem rechten Fuß ins Leere und rutschte die Böschung hinunter.

»Ich werde ja wohl noch irgendwie dieses Zeichen fotografieren können«, schimpfte Hannah und versuchte es noch mal. Dieses Mal verstaute sie die

Taschenlampe in ihrer Jackentasche. Sie hatte Glück, und als das Handy aufblitzte, konnte sie in der Baumrinde einen Kelch mit Buchstaben darin erkennen. Unten auf dem Weg angekommen machte sie noch eine Aufnahme des gesamten Umfelds und wollte sich gerade auf den Rückweg zum Auto machen, als ein großer Hund auf sie zugestürmt kam, seine Pfoten auf ihre Schultern stemmte und Hannah erneut im Matsch landete.

»Hajo, wo steckst du denn?«, hörte Hannah eine Stimme von weiter oben rufen.

Sie überlegte kurz, ob sie sich bemerkbar machen sollte, doch der Hund hatte die Pfote auf ihren Bauch abgestellt, als wäre sie eine eben erlegte Beute.

»Da bist du ja! Was hast du denn da?«

Hannah kniff im Taschenlampenlicht die Augen zusammen, ohne auch nur einen Laut von sich zu geben.

»Hajo, weg da. Hallo, sind Sie okay?«

»Sagen Sie mal, Ihr Vieh kann doch nicht einfach Menschen umrennen!«

»Das tut mir wirklich leid. Er freut sich immer so, wenn er jemanden trifft. Er ist erst acht Monate alt und eben noch ein wenig ungestüm.«

»Ungestüm«, wiederholte Hannah, als der Mann ihr hochhalf, »das ist wohl ziemlich untertrieben.«

»Das muss ich zugeben. Haben Sie sich wehgetan?«

»Nein, nicht tragisch. Was machen Sie denn hier im Dunkeln?«, fragte Hannah nach.

»Wir machen unsere Abendrunde. Und außerdem steht oben ein Wagen, der festgefahren ist. Da wollte ich sehen, ob ich helfen kann. Warum fragen Sie?«

»Ich bin Hauptkommissarin, Hannah Henker mein Name.«

»Andreas Ried. Ich bin der Förster hier. Was wollen Sie denn in der Galgenhohle?«

»Laufende Ermittlungen, da kann ich nichts weiter sagen. Der Wagen ist übrigens meiner. Können Sie mich rausziehen?«

»Mach ich gern. Und zur Entschädigung würde ich Sie auch zum Essen einladen, wenn Sie erlauben.«

Hannah blieb stehen und sah sich den Mann im Licht der Taschenlampe genauer an. Ziemlich sympathisch, dachte sie, bevor sie weiterlief: »Na ja, ich bin grad voller Matsch. Aber wenn Sie hier der Förster sind, dann sind Sie vielleicht öfter hier in der Galgenhohle.«

»Beinahe täglich. Ich mache meine Runden durch die Wälder, und dieser Abschnitt hier gefällt mir besonders gut, mit der Hohle und dem kleinen See weiter unten. Ein wunderschönes Fleckchen.«

»Und, ist Ihnen bei Ihren Runden etwas aufgefallen?«

»Tja, die Böden sind zunehmend überdüngt, ich finde täglich immer mehr Müll, insbesondere Plastik, und die umliegenden Äcker ... was kann man schon machen.«

»Nein, so meine ich das nicht. Gibt es Personen, die Sie in der Galgenhohle häufiger antreffen? Die, so wie Sie, immer wieder kommen?«

»Den Bauern, dem die angrenzenden Äcker gehören, den treffe ich relativ häufig hier an. Und dann gibt es noch einen Mann, Ende dreißig, den treffe ich normalerweise jedes Wochenende in den frühen Morgenstunden. Er fotografiert hier immer. Ungefähr dort, wo

Sie vorhin Hajo begrüßt hat. Wir halten immer ein Schwätzchen.«

»Wissen Sie, wie der Mann heißt?«

»Wir kennen uns nur beim Vornamen, er heißt Philipp. Mehr weiß ich nicht. Warum?«

Hannah musste Atem holen, denn sie waren mittlerweile am höchsten Punkt angelangt. Ab hier ging es nur noch den Weg am Wald entlang zurück. »Der Mann, den Sie hier immer getroffen haben, hieß Philipp Waldhoff«, entschied sich Hannah, dem Förster doch einige Informationen preiszugeben, um vielleicht noch mehr von ihm erfahren zu können. »Er wurde ermordet. Und wir haben viele Fotografien der Galgenhohle in seiner Wohnung gefunden. Deswegen habe ich gedacht, ich schau mir die Hohle mal näher an. Haben Sie ihn nie gefragt, warum er immer nur in der Galgenhohle Bilder gemacht hat?«

»Doch, das habe ich ihn schon mal gefragt …«, begann der Förster und kraulte seinem Hund die Ohren. »Er war in letzter Zeit nicht mehr regelmäßig da, aber das hatte er mir angekündigt. Dass er eben beinahe zwei Monate lang an den Wochenenden nicht mehr käme. Ich habe mich wirklich gern mit ihm unterhalten.«

»Das verstehe ich gut. Aber Sie wollten mir gerade erzählen, was er geantwortet hat, als Sie ihn nach den Fotos gefragt haben.«

»Das ist schon eine Weile her, und ich erinnere mich nicht mehr so genau«, begann Andreas Ried und ging langsam weiter. »Ich konnte ihm da irgendwie nicht ganz folgen. Er sagte so etwas wie, man könne nicht alles im Leben gut sein lassen. Und selbst, wenn manches aus Kindertagen herrühre, müsse man sich doch stellen. Aber er hat auch gesagt, dass die Hohle wunderschön sei und auf jedem Foto anders aussehe. Sie würde ihn einfach nicht loslassen. Mehr weiß ich auch nicht.«

»Das ist doch schon ganz schön viel. Könnten Sie sich vielleicht morgen bei meinem Kollegen Gianni Hauser bei der Kripo Bruchsal melden? Ihre Aussage müsste aufgenommen werden.«

»Natürlich, das mach ich gern. Haben Sie eigentlich ein Abschleppseil dabei?«

Hannah stand mittlerweile vor ihrem Auto und seufzte: »Bestimmt. Nur das mit dem Finden ist immer so eine Sache.«

* * *

»Natürlich macht es das einfacher«, sagte Marlene Koch.

Moritz wollte sich damit nicht zufriedengeben: »Aber Sie können doch nicht bestreiten, dass Sie durch die Trennung wahrscheinlich auch nicht mehr die Erbin gewesen wären. Und Sie wussten ja davon, dass die Eltern von Philipp ihm bereits das Vermögen größtenteils überschrieben hatten.«

»Ja, doch, das wusste ich. Aber ich bin selbst nicht unvermögend. Und außerdem wusste ich doch gar nicht, dass er sich von mir trennen wollte.«

Moritz sah Gianni vielsagend an. Der verstand, und übernahm nahtlos. »Können Sie uns etwas über seine Hobbys verraten?«

Marlene Koch zog die Augenbrauen hoch: »Na ja, er golfte gern. Aber dazu kam er selten. Häufiger ging er wandern. Das musste nicht in den Alpen sein. Er ist auch hier in der Gegend unterwegs gewesen.«

»Haben Sie ihn in der Regel dabei begleitet?«, fragte Gianni nach.

»Nein, das ist nichts für mich. Ich fahre leidenschaftlich gern Ski, aber wandern, hier im Kraichgau, nein.«

»Also könnte es auch sein, dass er etwas anderes machte, wenn er sagte, er gehe wandern«, fuhr Gianni fort.

Marlene Koch fuhr aus ihrem großen Sessel hoch: »Es reicht so langsam. Jetzt soll er mich auch noch belogen haben?«

»Nein, aber vielleicht ist er ja auch in einer Gruppe gewandert.«

»Nein, er ging immer alleine. Sie können sich das wahrscheinlich nicht vorstellen, aber wer unter der Woche in einem Data-Room sitzt, der ist heilfroh, wenn er einmal alleine ist.«

Gianni nickte: »Doch, das kann ich mir vorstellen. Können Sie etwas über das Fotografieren sagen?«

Marlene Koch nickte und setzte sich wieder in den Sessel: »Ja, das tat er gern. Aber hauptsächlich fotografierte er ein spezielles Motiv in einer Hohle hinter Oberöwisheim. Er fand, das sei ein magischer Ort. Eigentlich war es ein Baum. Na ja, er hat die besten Fotos in einem Zimmer aufgehängt. Vielleicht war das sogar sein liebstes Hobby.«

Moritz blätterte in seinem Block und fragte beiläufig: »Hatte er eine besondere Beziehung zu diesem Ort?«

»Nicht dass ich wüsste. Natürlich kennt er die Hohle schon aus Kindertagen, aber mehr fällt mir dazu nicht ein.«

»Kann es da geheime Treffen gegeben haben? Ich meine geschäftliche Treffen?«

»Also das ist doch jetzt Quatsch! Oberöwisheim ist so abgelegen und meistens sind Hohlen dreckig. Da kommt kein Mensch zufällig hin. Das würde sofort auffallen. Flughäfen wären für konspirative Treffen geeigneter. Was haben Sie denn mit dieser Hohle? Nur weil er da gerne fotografiert hat?«

»Immerhin hat er diesen Fotos ein ganzes Zimmer gewidmet«, gab Gianni zu bedenken.

Marlene Koch zuckte mit den Schultern: »Na ja, das war vielleicht ungewöhnlich. Aber wozu hätte er dieses Zimmer auch sonst nutzen sollen. Da fällt mir ein, dass er dort auch Fernrohre, also eigentlich Spektive, stehen hatte. Nein, ich glaube da steckt nichts dahinter. Ihm hat dieser Blick in die Hohle hinauf einfach gefallen. Das ist ja auch ein schönes Landschaftsbild. Mich begeistert das zwar nicht, aber das muss es ja auch nicht.«

»Gut, damit sind wir fürs Erste mit unseren Fragen durch. Falls Ihnen noch etwas einfällt, melden Sie sich einfach«, wollte sich Gianni schon verabschieden.

»Ich hätte noch eine Frage«, schaltete sich Moritz schnell ein. »Wie geht es denn jetzt für Sie persönlich weiter?«

»Wie meinen Sie das?«

»Was haben Sie denn jetzt vor? Bleiben Sie bei der CAP, oder wollen Sie hier ganz wegziehen? Sie haben ja jetzt alle Möglichkeiten.«

»Wenn alles offen ist, ist plötzlich nichts mehr drin.«

* * *

»Wir warten bereits auf Sie!«

»Ich möchte mich entschuldigen«, sagte Johannes von Hohenfels und setzte sich auf den Stuhl zur Rechten von Dr. von Köhnen.

»Haben Sie wenigstens eine Strategie?«, fragte von Köhnen leise. »Ihre beiden Kollegen scheinen eher einfallslos. Ich bin sicher, meine Herren, Sie wollen nur meine Geduld auf die Probe stellen. Ist es nicht so?«

Johannes von Hohenfels drehte den Siegelring an seinem Finger, bevor er antwortete: »Aus meiner Sicht besteht kein Grund, unsere Vorgehensweise zu ändern. Wir arbeiten sauber und konzentriert weiter. Es wird darauf ankommen, dass wir alle möglichst wenig sagen. Und natürlich, das sollten wir nicht vergessen, wir müssen Marlene Koch im Auge behalten. Sie kann uns nicht schaden, weil sie etwas wüsste, aber sie kann uns schaden wollen.«

Dr. von Köhnen nickte zustimmend, blieb aber stumm. Er nahm ein Papier, das vor ihm lag, und begann zu lesen. Die drei Männer blieben sitzen. Er überlegte, ob er sich an diesem Abend etwas Entspannung leisten sollte. Das hatte er sich schon lange nicht mehr gegönnt. Schließlich sah er auf: »Herr von Hohenfels, Sie haben nicht unrecht, Sie haben uns nur nichts Neues gesagt. So weit waren wir schon vor Ihrem geschätzten Erscheinen.«

»Warum sollten wir eine richtige Vorgehensweise ändern? *Never change a winning system*. Ich sehe genau hier die eigentliche Gefahr. Bislang ist doch nichts passiert. Und für den Fall, dass etwas passieren sollte, machen wir weiter wie bisher. Jede Änderung, jede neue Bewegung könnte Wellen schlagen. Wir bleiben bei unserem Vorgehen, das halte ich für elementar.«

»Die Polizei ermittelt. Das sollte uns nicht stören, da stimme ich zu. Ich habe mich bereits mit weisungsbefugten Beamten unterhalten. Mir wurde zugesagt, die ermittelnden Polizisten im Auge zu behalten. Von dieser Seite sollten wir wirklich nichts zu befürchten haben.«

»Solange wir möglichst wenig sagen, bieten wir keine Angriffsfläche«, wiederholte Marius John. »Trotzdem, diese Hauptkommissarin, die kann man nur schwer einschätzen. Ich hatte nicht den leisesten Schimmer, was sie denkt. Ich kann die Frau einfach nicht einordnen.«

Dr. von Köhnen schlug ein Dossier auf: »Eine Information über sie scheint mir bedeutsam zu sein: Sie war einige Jahre Gitarristin, bis vor einem Jahr ungefähr. Als der Durchbruch für ihre Band kam, ist sie ausgestiegen. Diese Frau ist frei. Und wissen Sie, was das für uns heißt?«

Dr. von Köhnen musterte seine Mitarbeiter der Reihe nach: »Jemanden, der frei ist, kann man nur schlecht manipulieren und schon gar nicht kontrollieren.«

Hinrich Berg hob kurz den Arm, bevor er sagte: »Das machen doch bereits der Polizei- und der Amtsgerichtspräsident. Meinen Sie wirklich, wir müssen das auch noch tun?«

»Das ist nicht die Frage, fürchte ich«, bemerkte von Köhnen im Aufstehen und wollte den Raum verlassen.

In der Tür verharrte er kurz und wandte sich seinen Mitarbeitern wieder zu. »Aber wenn wir es müssten, hätten wir keinen Spielraum.«

* * *

»Mutter, lass jetzt bitte gut sein. Ich wäre gerne alleine«, sagte Marlene müde, während es sich Angelique Koch auf ihrem Sofa gemütlich machte.

Angelique Koch setzte ihre Füße mit Schwung wieder auf den Boden: »Findest du etwa, dass Trauer Unhöflichkeit rechtfertigt? Aber gut, wie du magst. Ich kann auch wieder gehen.«

Marlene wartete auf das Aber, das gleich folgen würde. Sie kannte ihre Mutter gut, und sie war es leid. Aber sich auseinandersetzen? Dazu fehlte ihr die Kraft.

»Aber erst würde ich gerne wissen, was die Polizisten vorhin wollten.«

»Nichts. Das war reine Routine.« Es strengte Marlene an, immer genau Bericht erstatten zu müssen. Dann die ständigen Nachfragen. Als Kind hatte sie sich bemüht, sich wörtlich zu merken, was Lehrer sagten, um im Verhör später zu bestehen. Allerdings führte das dazu, dass sie durch die Konzentration darauf zu antworten vergaß.

»Das darf doch nicht wahr sein. Marlene, jetzt ist alles wichtig!«

»Jetzt ist doch alles egal.«

»Marlene, reiß dich zusammen!«Marlene hasste diesen Ton, mit dem ihre Mutter ein Drama ankündigte, das sie über ihre Tochter ergießen würde, so lange, bis sie sich ausgetobt und wieder beruhigt hatte. »Du hast einen guten Stand bei den Waldhoffs. Sie mögen und schätzen dich. Das ist allgemein bekannt. Außerdem hat sich Philipp zum guten Glück in der letzten Zeit unmöglich gemacht. Das ist alles gut für dich.«

»Wie kann das gut für mich sein?«, fragte Marlene müde nach.

»Für deinen Ruf, dein Ansehen!«

Marlene erhob sich langsam und verschränkte ihre Arme. »Geh jetzt. Ich kann und will das alles nicht hören.«

Angelique Koch stand wortlos auf, strich sich ihr Haar zurecht und ging an Marlene vorbei. »Weißt du eigentlich, was du mir zu verdanken hast? Du bist jetzt nicht nur finanziell abgesichert…«

»Warum hat sich Papa von mir abgewandt? Von heute auf morgen war ich für ihn gestorben. Das würde ich gerne wissen. Was hab ich getan?«, hielt Marlene mit Tränen in den Augen ihre Mutter zurück.

»Das ist doch jetzt völlig unwichtig«, zischte ihre Mutter. »Frag ihn selbst, wenn du ihn das nächste Mal siehst.«

Als ihre Mutter endlich die Tür hinter sich zugezogen hatte, ließ sich Marlene wieder auf ihren Sessel sinken, schlang die Arme um die hochgezogenen Beine und legte ihren Kopf auf die Knie. Sie würde keine Antwort bekommen.

Im Atelier war Licht.

»Arbeitet sie oder sitzt sie einfach nur da?«, fragte sich Hannah und blieb auf dem Weg zwischen ihrer Haustür und Annikas Atelier stehen.

Nur kurz, dachte sie und ging die wenigen Schritte bis zum Atelier. Sie nahm sich vor, wirklich nur kurz reinzuschauen, schließlich war sie verdreckt und sehnte sich nach einer warmen Dusche. Und außerdem wollte sie endlich einen Abend an der Gitarre verbringen.

Dieses Mal öffnete sie die Tür gleich nach dem Klopfen, blieb aber in der Tür stehen.

»Hey, Annika. Ich habe noch Licht gesehen und wollte nur kurz sagen, dass ich morgen nach London fliege.«

»Rein oder raus. Es wird kalt!«

Hannah trat ein, zog die Tür hinter sich zu, blieb aber auf der Fußmatte stehen. Annika arbeitete tatsächlich an einer Kohlezeichnung.

»Wie siehst du denn aus?«

»Ich war oben in der Galgenhohle und bin prompt im Matsch stecken geblieben. Zum Glück kam der Förster vorbei und hat mich mit seinem Jeep rausgezogen.«

»Der Andreas Ried?«

»Ja der. Woher kennst du den denn?«, fragte Hannah.

»Den kennt hier jeder in der Gegend. Der macht sich schon seit Jahren in Sachen Naturschutz stark und hält Vorträge und so. Und seit er alleine ist, ist er sowieso in aller Munde«, erzählte Annika.

»Seit wann ist er denn getrennt?«, fragte Hannah möglichst beiläufig und dachte an ihre Einladung zum Essen.

»Er ist verwitwet. Seine Frau starb vor knapp zwei Jahren an Brustkrebs.«

Am liebsten wäre Hannah im Boden versunken. Unruhig zog sie ihr Handy aus der Tasche und sah auf das Display. Es war schon beinahe acht Uhr.

»Ich glaub, ich muss jetzt rüber. Wie gesagt, morgen früh um halb sieben geht der Flieger nach London. Ich wollte nur kurz Hallo sagen.«

Annika kam ein paar Schritte auf sie zu: »Ich bin froh, dass du gekommen bist. Ich …« Hilflos sah sie Hannah an.

»Schon okay. Du brauchst nichts zu sagen«, lächelte Hannah Annika an und fragte sich, ob sie ihre Freundin in den Arm nehmen könnte. Doch irgendwie wusste sie, dass Annika das nicht wollte.

Schon als Hannah aus dem Bad kam und sich einen Whisky genehmigen wollte, konnte sie ihren älteren Kollegen hören. Sie deckte den schnarchenden Gianni zu, schenkte sich ein Glas Single Malt ein und schlenderte in ihr Zimmer. Sie genoss den Moment vor dem ersten Schluck. Also stand sie auf und holte ihr Handy, machte es sich auf dem Bett bequem und wählte.

»Mama, ich bin's, Hannah.«

»Wie schön, Hannah. Ich hab gestern mit deinem Kollegen telefoniert. Ein netter Mann.«

»Da hast du recht. Er hat mir sogar den Frühstücksquark gemacht.«

Hannah hörte am anderen Ende ein kehliges Lachen: »Gib zu, der schmeckt wirklich gut.«

Hannah grinste: »Abgesehen davon, dass ich nicht gerne frühstücke, schmeckt der ganz gut. Vielleicht zum Mittagessen oder als Dessert.«

»Ach Hannah! Mit einem guten, basischen Frühstück startet man doch ganz anders in den Tag.«

»Ich gebe es ja zu; ich habe mich heut gar nicht so schlecht geschlagen. Dafür bin ich gestern auf dem Schlauch gestanden. Es tut mir leid, Mama.«

»Schon gut, reden wir nicht mehr drüber.«

»Weißt du, ich habe dieses Datum aus meinem Kopf verbannt. Ich halte es nicht aus zu warten.«

»Das weiß ich doch. Du machst die Tür lieber gleich ganz zu.«

Hannah sah auf ihren Single Malt und drehte das Glas. Sie konnte sich kaum beherrschen. Andererseits wäre der Moment vertan. »Vielleicht.« Sie nahm den ersten Schluck und schon wurde es ihr wohlig warm. »Du hättest dir Enkelkinder gewünscht. Daran habe ich nie gedacht.«

»Vielleicht wäre es ein Trost. Aber, es hat sich eben nicht ergeben.«

Hannah nahm das Glas in die Hand und zögerte. Rief da Gianni nach ihr?

»Ich muss morgen nach London, Mama. Mit der Maschine, die um halb sieben geht.«

»Ruft dich da der Gianni?«

»Ja, ich glaub schon.«

»Danke, dass du dich gemeldet hast. Ach so, Hannah, hast du denn schon gepackt? Du verschläfst doch morgens immer.«

»Mama, ich habe zwar noch nicht gepackt, aber ich verschlafe nicht immer!«

»Und deinen Pass? Hast du deinen Pass gerichtet? Morgen früh, wenn es eilt, findest du ja doch nichts, Kind.«

»Gute Nacht, Mama.«

»Und denk an den Pass!«

»Mama, der Gianni ruft. Gute Nacht!«

Hannah lief, das Handy noch in der Hand, ins Wohnzimmer: »Was ist denn los?«

»Ich wollt nur wissen, wo du bist«, antwortete Gianni.

»Als ich von Annika kam, hast du schon geschnarcht. Hast du heute eigentlich nichts gekocht?«

»Doch, steht in der Küche.«

Als Hannah mit einem Teller zurückkam, hatte Gianni sich schon ein Bier aus dem Keller geholt.

»Wie lief es bei Marlene Koch?«

»Sie hat dieses ausgeprägte Interesse von Philipp an der Galgenhohle wohl mitbekommen, aber sie konnte nichts Wesentliches dazu sagen.«

»Dafür kommt morgen ein Förster namens Andreas Ried bei dir vorbei. Der hat ihn häufig dort getroffen und Philipp hat ihm irgendwas von Erlebnissen, denen man sich stellen muss, erzählt. Das ist doch mal was.«

»Ach deswegen sah dein Auto so aus. Hannah, du hast dir die Pasta nicht mal warm gemacht! Das ist ja jammerschade.«

»Schmeckt trotzdem. Was sagt sie denn zu der Erbschaftsgeschichte?«

»Nichts. Sie sagt, dass sie selbst vermögend sei. Aber man merkt, dass sie sich in Bruchsal nicht wohlfühlt. Ich frage mich, was sie für Pläne hat. Aber meine Nase sagt mir, dass sie hier noch was hält. Normalerweise könnte die doch kündigen, und ab durch die Mitte.«

»Philipp ist nicht mal begraben«, erinnerte Hannah ihren älteren Kollegen.

»Das stimmt. Aber die Marlene Koch scheint mir auf den ersten Blick irgendwie zu brav. Du weißt ja: Stille Wasser sind tief. Und hinter solchen überschäumenden, reißenden Strömen wie diesem Steuerberater Blume, steckt meistens nur heiße Luft.«

»Ach übrigens Kollege, ich habe in der Hohle den Baum, der auf Philipps Fotografien war, gefunden. Da war ein ziemlich seltsames Zeichen eingeritzt. Ich schick dir das Foto. Ein Kelch mit irgendwelchen Zeichen, wahrscheinlich vier Buchstaben.«

* * *

Der Mann ohne Träume hatte sich an diesem Abend besonders lange gereinigt. Körpersäfte waren ihm zuwider.

Er wollte immer nur rein vor seinen Herrn treten. Der Austausch von Körpersäften war ein Opfer, das er im Dienste des Herrn erbrachte. Doch schon bald würde er seine ganze Energie nur noch in das Laudatum einbringen können und sich nicht mehr den Niederungen der Ungläubigen und deren Ausdünstungen aussetzen müssen. Ihn dürstete nach dem Quell der Erkenntnis, und der Mann ohne Träume würde dafür jedes Opfer erbringen, das der Herr ihm abverlangte.

Langsam öffnete er die Schließmechanismen zum Allerheiligsten und war voller Glückseligkeit, als er in seiner Kutte das Innerste betrat.

Wie jede Nacht erschauerte er, als er niederkniete.

»Oh Herr, ich habe meinen Saft vergeudet. Doch kein Opfer ist zu groß.«

Dann verfiel er in Schweigen und spürte, wie die Müdigkeit ihn in den Abgrund zog. Er wollte den Kopf nur kurz auf die Hände legen, bevor er sich seiner Aufgabe stellte, die Zeit zu kontrollieren. Doch seine Sinne schwanden ihm, der Kopf wurde schwer und der Mann ohne Träume glitt auf Knien in den Schlaf.

»Gott behüte mich«, flüsterte er, bevor er sich ihm hingab.

* * *

»Wie lange?«, fragte er den alten Türken, der ihn sanft aber beharrlich an der Schulter rüttelte.

»Ein halbes Stündchen wird es gewesen sein«, antwortete der Alte freundlich und stellte ein Teeglas vor ihm ab. »Da hinten an dem Tisch. Sie nennt sich Chantal. Wir sagen aber immer Tali zu ihr. Klingt nicht so nuttig.«

Moritz nickte und beschloss abzuwarten, bis er zu sich gekommen war. Ein paar Schlucke später stand er auf, holte noch mal zwei Teegläser und ging zu Talis Tisch. »Auch einen Tee?«, fragte er und setzte sich der Mittdreißigerin gegenüber.

»Ein Bulle, der mir im Dönerladen Tee bringt. Hat man nicht alle Tage.«

Sie sah unauffällig aus. Weder besonders müde noch besonders grell. Sie wäre ihm in einem vollen Raum nicht ins Auge gesprungen.

»Was ist? Bin ich zu alt für den Job?«

»Nein, das heißt, ich hab keine Ahnung. Ich ...«

»Was willst du denn?«

»Ich bin ein Freund von Gianni. Und Sie haben ja vielleicht ...«

»Du kannst ruhig du sagen.«

»... du hast ja mitbekommen, was kürzlich bei euch im Bordell los war. Und da hab ich mir gedacht, du hilfst mir vielleicht. Der Gianni sitzt grad ziemlich in der Patsche.«

Tali musterte Moritz, versenkte eine große Portion Zucker in ihrem Tee und trank, ohne ihn umzurühren. »Der ist echt in Ordnung, der Gianni. Dem würd ich schon helfen, wenn ich könnte. Aber mit dem Krusche, mit dem leg ich mich nicht an. Das musst du verstehen, ich hab einen Sohn. Ich kann mir keinen Ärger leisten.«

Moritz nickte und ärgerte sich, dass er keinen Block bei sich hatte. Letztendlich stand er auf, ging zur Theke, bekam von dem alten Türken einen Tee und einen kleinen Kneipenblock mit einem Bleistiftstumpen und setzte sich wieder zu Tali. »Pass auf. Du erzählst mir alles, was du weißt, ich schreibe mit. Und wenn wir Glück haben, finden wir was. Und vielleicht können wir denen doch noch das Handwerk legen, ohne dass du was zu tun brauchst.«

»Okay. Aber das kann dauern. Es gibt viele Geschichten über das Schwein.«

»Ich habe Zeit. Mein Dienst beginnt erst morgen früh um neun.«

8. Kapitel

»Was soll das heißen?«, fragte Joe Baumann.

»Das heißt, dass wir morgen früh mit der ersten Maschine zurückfliegen, ganz egal, wie viel wir rausbekommen haben«, sagte Hannah und hielt Joe den Türflügel zu ihrem kleinen Hotel in Notting Hill auf.

»Wieso wir? Ich kann doch so lange bleiben, wie ich will. Ich bin freie Journalistin, wie du weißt.«

»Können wir nicht einchecken und das nachher bei einem Kaffee besprechen?«, schlug Hannah vor.

»Beim Frühstück können wir alles besprechen. Wie du weißt, ist das Frühstück ...«

Hannah winkte ab. Das wollte sie sich nicht schon wieder anhören.

Als sie eine halbe Stunde später im Frühstücksraum saßen, besserte sich Joes Laune auf der Stelle: »In was für Unterlagen blätterst du da eigentlich?«, fragte sie mit vollem Mund.

»Das sind die Spesenabrechnungen derjenigen CAP-Mitarbeiter, die Hellmann prüfen. So kamen wir ja auf dieses Hotel. Sämtliche CAP-Mitarbeiter scheinen immer hier untergebracht zu werden, wenn sie in London sind.«

»Weiß ich doch schon, dass wir deswegen hier untergebracht wurden. Die Würstchen sind wirklich sensationell.«

»Wie es aussieht, sind die immer um die Mittagszeit ein paar Straßen weiter in einem kleinen Restaurant zum Lunch gewesen. Immer gegen ein Uhr. Dann haben wir ja auch noch einen Termin bei der PAC.«

»Den Termin habe ich um elf Uhr in meiner Eigenschaft als Journalistin. Du darfst als meine Assistentin fungieren, wenn du brav bist. Hier bist du nicht die Hauptkommissarin.«

»Wie hast du das eigentlich so kurzfristig mit dem Termin hingekriegt?«

»Ein Kommilitone lebt mittlerweile hier in London, als Wirtschaftsredakteur. Der hat mir den Termin vermittelt. Thema sind übrigens die Neuerungen der internationalen Rechnungslegung und ihre Auswirkungen auf den Mittelstand.«

»Und wie willst du dann auf unser Thema kommen?«

Joe leckte ihre Gabel ab: »Das kannst du getrost meinem journalistischem Spürsinn überlassen.«

»Spontan also«, folgerte Hannah und grinste. »Bist du jetzt endlich fertig mit deinem Frühstück?«

* * *

»Das war ein herrliches Frühstück«, lächelte Gianni. »Setzen Sie sich ein wenig zu mir?«

»Ich weiß nicht. Der Chef sieht das nicht so gern.«

»Ist der nicht gerade weggefahren?«, gab Gianni nicht auf. »Ich würde Sie sehr gerne zu einem Cappuccino einladen.«

Wenig später rührte sie den Kakao in den Milchschaum ihres Cappuccinos: »Du bist also Polizist und heißt Gianni.«

»Genau. Arbeitest du immer nur morgens?«

Sie lachte kurz auf: »Das wäre schön. Nein, ich arbeite wochenweise in unterschiedlichen Schichten. Diese Woche habe ich Frühschicht, letzte Woche hatte ich Spätschicht.«

»Um wie viel Uhr beginnt die Spätschicht?« Gianni musste sich mit aller Kraft konzentrieren. Sie gefiel ihm, stellte er fest.

»Um fünfzehn Uhr. Warum fragst du?«

Gianni holte aus seiner Jacke ein Foto hervor und berührte beinahe zufällig Utes Hand: »Es geht um den Freitagnachmittag. Erinnerst du dich an diesen Mann?«

»Ja, der war da. Das war am Freitagnachmittag«, antwortete sie schnell, sah ihm in die Augen und ließ ihre Hand unter der seinen.

Gianni hatte den Eindruck, sie grub sie sogar noch ein wenig tiefer unter die seine. Er musste einfach lächeln: »Wieso bist du so sicher? Ist denn etwas vorgefallen?«

»So kann man das nicht sagen. Er hat sich hier mit einer Frau getroffen. Sie sind mir aufgefallen, weil sie ein hübsches Paar waren. Jedenfalls hat man ziemlich schnell gemerkt, dass es Spannungen gab. Sie wurden nicht laut, aber man merkte, dass es ans Eingemachte ging. Man kann sich ja nicht danebenstellen und zuhören.«

Gianni erschrak. Bei ihren letzten Worten nahm Ute ihre Hand weg und fuhr sich durch ihr Haar. Sie war wahrscheinlich über fünfzig, hatte ein schmales Gesicht mit Lachfalten und schöne, braune Augen, die ihn freundlich ansahen.

»Aber vielleicht hat es dich ja interessiert, und du hast vielleicht mit einem Ohr hingehört?«, versuchte er es.

Sie grinste: »Ja klar war ich neugierig. Aber ich konnte wirklich nicht viel verstehen.«

»Und was war das Wenige, das du verstanden hast?«, fragte Gianni, während er überlegte, wie er sie irgendwie wieder berühren konnte.

»Er hat sich von ihr getrennt. Und sie hat immer wieder gesagt, dass sich das alles wieder regeln würde und dass das ein Fehler sei.«

»Was soll ein Fehler gewesen sein?«, fragte Gianni nach und legte seinen Stift weg, um seine Hand auf dem Tisch in der Nähe ihres Unterarms zu platzieren.

»Die Trennung«, antwortete Ute und kam ihm einige Millimeter mit ihrer Hand entgegen. »Sie schien sich dagegen zu wehren. Aber es klang nicht verzweifelt. Aber er hat nicht nachgegeben. Er hat immer wieder gesagt, er wolle endlich Klarheit in seinem Leben und er wolle mit allem aufräumen.«

Gianni sah sie an: »Es gibt also keinen Zweifel, dass er sich von ihr trennen wollte?«

»Nein, das war offensichtlich.«

»Du hast mir sehr geholfen«, antwortete Gianni, überwand den letzten Abstand und legte seine Hand auf die ihre. Er wollte sie eigentlich fragen, ob sie sich am Abend auf ein Glas treffen könnten. Stattdessen fragte er: »Sag mal, hat das Ganze eigentlich nur dich interessiert? Oder haben andere auch versucht mitzuhören?«

»Nein, das war nicht möglich. Die beiden saßen da hinten am Ecktisch, nahe der Bar. Die anderen Tische sind zu weit entfernt.«

»Ich muss jetzt leider weiter«, sagte Gianni und stand auf. Die Zeit drängte. Er ging ein paar Schritte in Richtung Tür, blieb wieder stehen und sah zurück.

Ute nickte ihm aufmunternd zu und winkte ihm schließlich zum Abschied.

Er sah sie bedauernd an: »Weißt du, ich bin verheiratet. Im Moment finde ich das echt scheiße.«

Ute ging auf ihn zu und nahm ihn in den Arm. Sie küsste ihn auf die Backe: »Komm einfach wieder, und dann schauen wir mal.«

* * *

Sie kam nicht voran. Hannah hatte sich nach dem Frühstück von Joe getrennt, um die nähere Umgebung des kleinen Restaurants auszukundschaften, in dem die CAP-Mitarbeiter so häufig zu Gast waren. Wonach sie konkret suchte, wusste sie eigentlich nicht. Also beschloss sie, sich von der näheren Umgebung einen Überblick zu verschaffen. Wie überall in Notting Hill gab es Geschäfte, Bars, Restaurants, Boutiquen, Markets und natürlich einige Büros, auch wenn man das Gefühl hatte, mitten in einem Wohngebiet zu sein.

Hannah achtete darauf, Anwaltsbüros, Anlageberater oder Versicherungen zu finden, und natürlich gab es das alles. Sie notierte sich in der nächsten Umgebung des Bar-Restaurants alle Büronamen und entschied sich gegen halb zwölf für einen kleinen Lunch.

Hannah hätte nicht erwartet, dass kurz vor Mittag schon so viele Tische besetzt waren. Sie fragte den Kellner, ob es noch einen Tisch am Fenster gebe. Der schüttelte nur den Kopf: »Über Mittag sind die Tische am Fenster immer reserviert. Wo kommen Sie her? Sind Sie deutsch?«

»Ja, bin ich«, meinte Hannah.

»Ich habe ein Semester Germanistik in Heidelberg studiert. Da freut man sich immer, wenn man Gelegenheit hat, deutsch zu sprechen«, antwortete der Kellner auf Deutsch.

Hannah ergriff die Gelegenheit und zeigte ein Foto von Philipp.

»Ich arbeite erst die zweite Woche hier, deswegen kann ich nicht weiterhelfen. Aber wir haben einen Gast, der sich immer freut, wenn man ihm Gesellschaft leistet und der jeden Mittag hier ist.«

Hannah willigte ein, und als sie sich Thomas Clapton vorgestellt hatte, ließ sie sich von ihm beraten und bestellte das empfohlene Curry Basimir. So kam sie mit dem Siebzigjährigen ins Gespräch, der seit seiner Rente täglich hier zu Mittag aß, wie er ihr erzählte. Er war Hochschulprofessor für Geschichte der Neuzeit und arbeitete jetzt an einem Buch, das sein letztes sein sollte. Und deswegen war ihm das tägliche Mittagessen so wichtig, denn so musste er sich täglich zurechtmachen und ausgehen.

Hannah gab sich einen Ruck und erzählte die Geschichte, wie sie Philipp kennengelernt hatte, ohne zu erwähnen, dass sie Polizistin sei. Nur, dass Philipp sein Leben ändern wolle, sich von der Verlobten getrennt habe, seinen Arbeitgeber anzeigen wolle und schließlich kurz zuvor erhängt in seinem Zimmer gefunden worden sei.

»Und Sie wollen jetzt wissen, ob mehr hinter der Sache mit der Firma steckt?«

»Das würde ich schon gern rauskriegen. Meine Freundin ist Journalistin und sie sagt, da könne schon so manches im Argen liegen. Jedenfalls war Philipp häufig in London und saß jeden Mittag hier in diesem Restaurant. Das muss natürlich nichts bedeuten, aber ich weiß ja nicht einmal, wonach ich suche. Zumindest verstehe ich, jetzt da ich hier sitze, dass man hier gerne zu Mittag isst.«

Thomas Clapton sah ihr forschend in die Augen: »Waren Sie verliebt in den Mann?«

»Nein. Aber ich dachte, ich hätte vielleicht einen Freund gefunden. Einen richtig guten.«

Mr. Clapton nickte und verfiel in ein nachdenkliches Schweigen. Dann, nachdem der Kellner ihnen das Curry gebracht hatte, schien er sich wieder an Hannah zu erinnern. »Auch ich habe so manchen Freund verloren. Ich kann verstehen, was Sie meinen. Wenn man jemanden trifft, dem man sich verbunden fühlt, selbst wenn man sich nicht lange kennt, ist man weniger allein. Vielleicht kenne ich den Mann. Wie gesagt, ich bin täglich hier. Können Sie Ihren Freund denn beschreiben?«

»Ich habe ein Foto dabei.« Hannah legte das Foto auf den Tisch. Mr. Clapton legte mit einem kleinen Bedauern die Gabel weg, setzte sich umständlich die eine Brille ab und die Lesebrille auf und besah sich das Foto. Hannah meinte, ein sofortiges Erkennen in dem Gesicht des Mannes zu lesen.

»Diesen Mann habe ich hier tatsächlich häufig gesehen. Leider in Gesellschaft von Leuten, die hier niemand so gerne sieht. Sehen Sie, hier schräg gegenüber ist ein unscheinbar wirkender Juwelier.«

Hannah folgte seinem Finger mit den Augen und erkannte den kleinen Laden, an dessen Schaufenster sie am Morgen schon einige Male vorbeigelaufen war. »Der fiel mir beim Vorbeigehen schon auf«, antwortete Hannah, nachdem sie den Mund leer hatte.

»Von außen macht der zwar nichts her, aber wenn Sie mal genau hinsehen, ist der Laden ganz schön mit Videoüberwachung ausgestattet.«

Tatsächlich konnte Hannah vier Kameras ausmachen.

»Und mit wem hat sich Philipp da getroffen?«

»Mit den Besitzern. Das sind Leute aus Lateinamerika. Wenn ich da richtig informiert bin, sind das Kolumbianer. Na ja, die Herren kommen unsereinem eben verdächtig vor. Man sieht nie jemanden in den Laden gehen, also Kundschaft haben die wirklich nicht, aber die beiden Eigentümer sind reich. Die fahren einen Bentley und kaufen sich hier im Viertel Immobilien. Sie können sich vorstellen, dass die hier im Viertel sehr teuer sind. Na ja, deswegen kann ich mich an Ihren Freund so gut erinnern. Er passte nicht dazu. Er sprach gutes Englisch, war nie laut und immer höflich. Ein ziemlicher Unterschied zu diesen lärmenden, neureichen Männern.«

Hannah aß noch einen Happen, bevor sie weiterfragte: »Gab es mehrere Treffen dieser Art?«

Thomas Clapton nickte: »Na ja, ich dachte, das wären Anwälte, gewusst habe ich das allerdings nicht. Nur erkennt man den Akzent von Deutschen ziemlich eindeutig. Von denen waren immer welche da, immer in ähnlichen Businessoutfits. Dazwischen vergingen nie mehr als zehn Tage. Aber regelmäßig fanden diese Treffen auch nicht statt.«

»Zu doof. Das müsste ich irgendwie genauer wissen. Für meine Freundin, die Journalistin.«

Der Mann schien zu verstehen und machte Hannah sogleich einen Vorschlag. »Wissen Sie, diese Männer stören viele Leute hier. Auch den Besitzer dieses Kaffees. Vielleicht kommt Ihnen das schräg vor, aber wir haben hier so unsere Verschwörungstheorien. Und deswegen wurden die Videoaufnahmen des Restaurants, auf dem diese Typen auftauchen, nicht gelöscht, sondern sogar gespeichert. Wenn Sie nichts dagegen haben, erzähle ich dem Besitzer des Restaurants von Ihrer Geschichte, und vielleicht bekommen Sie eine Kopie der Aufnahmen. Ich bin beinahe täglich hier, wir kennen uns also recht gut. Denn wissen Sie«, der ältere Herr beugte sich vor, »wir gehen davon aus, dass diese Leute von gegenüber entweder Geld waschen oder Schlimmeres tun. Mit Sicherheit gehören die zur Organisierten Kriminalität. Aber die britische Polizei taugt mittlerweile genauso wenig wie die Polizei auf der restlichen Welt.«

Eine halbe Stunde später war Hannah im Hotel zurück und sah sich die CD mit den Aufnahmen auf ihrem

Laptop an. Es versetzte Hannah einen Stich, Philipp plötzlich zu sehen, wie er mit den beiden Männern in das Restaurant kam und es für gewöhnlich anderthalb Stunden später mit ihnen verließ. Die drei Männer fielen schon deswegen auf, weil Philipp wie ein Fremdkörper neben ihnen wirkte. Hannah fand auch Aufnahmen mit den anderen CAP-Kollegen Philipps, sogar mit seinem in Nassau getöteten Vorgänger. Aber eigentlich gaben die Bilder sonst nichts weiter her. Immer das gleiche Ritual, drei Männer betreten das Restaurant und verlassen es. Eigentlich kein Wunder, dachte Hannah, denn es wurde nur der Eingang des Restaurants überwacht. Hannah registrierte, dass immer nur ein Mitarbeiter der CAP anwesend war. Sie waren offenbar nie zu mehreren.

Nach einer Weile konnte Hannah sich nicht mehr auf die Bilder konzentrieren. Irgendetwas hatte sie bei den Aufnahmen bemerkt, konnte aber einfach nicht fassen, was es war. Sie beschloss, sich schon auf den Weg in Richtung St. Paul's Cathedral zu machen, weil Joe dort in der Nähe ihren Termin hatte. Manchmal ordneten sich ihre Gedanken beim Gehen wie von alleine. Plötzlich war die Lösung da und oft konnte sie nicht sagen, woher sie kam. Aber eines wusste sie: Sie musste erst lockerlassen.

Als sie aus dem Hotel kam, hatten sich die Wolken verzogen und machten der Sonne Platz. Bevor Hannah einfiel, wann sie zuletzt die Sonne gesehen hatte, entdeckte sie Joe, die aus einem Taxi stieg.

»Das ging ja nun doch nicht so schnell«, sagte Hannah zur Begrüßung.

»Das lag vor allem daran, dass ich ziemlich lange auf mein Interview warten musste. Rausgekriegt habe ich aber wenig. Eigentlich nichts.«

»Frustriert?«

Joe zuckte mit den Schultern: »Vielleicht muss ich erst mal alles sacken lassen. Allerdings hatte ich ganz deutlich das Gefühl, dass ich in ein Wespennest gestochen habe. Und das ist schließlich auch eine Art Erkenntnis.«

»Ich war dafür recht erfolgreich. Ich erzähle dir das unterwegs. Wir müssen uns jetzt mit dem Beamten treffen, bei dem uns Georg angekündigt hat. Vielleicht können die uns was über die CAP erzählen. Offensichtlich haben die das Unternehmen auch wegen dieser *Sale-and-lease-back*-Aktivitäten im Blick.« Hannah unterbrach sich kurz: »Warum schaust du dich eigentlich die ganze Zeit um?«

»Vorhin habe ich mich gefragt, ob ich nicht observiert worden bin. Irgendwie fühle ich mich beobachtet, seit ich bei der PAC war.«

Hannah sah sich um: »Wundern würde es mich nicht.«

* * *

»Keine Störungen mehr. Ist das jetzt klar?«

Frau Vogel nickte erschrocken, die Teekanne aus chinesischem Porzellan in der Hand.

»Jetzt stellen Sie doch wenigstens den Tee ab, Fräulein Vogel. Was ist denn mit dem Kandiszucker?«'

»Aber Sie hatten doch ausdrücklich gesagt, keinen Zucker mehr«, verteidigte sich die Sekretärin leise.

Dr. von Köhnen nahm die Füllerkappe mit spitzen Fingern auf, drehte den Füller zu und legte ihn langsam auf dem Schreibtisch ab. »Das gilt für den Kaffee, natürlich nicht für den Tee. Es würde mir sehr leid tun, Sie zu überfordern. Also bringen Sie mir bitte jetzt den Kandiszucker, damit ich mich endlich meiner Arbeit widmen kann. Ich kann nicht alles mehrmals erklären, Frau Vogel. Manches muss einfach laufen. Ich bitte Sie sehr, sich selbstkritisch mit Ihrer Situation auseinanderzusetzen. Ich gehöre zwar nicht zu denjenigen, die dringend schöne, im Saft stehende Frauen sehen müssen. Aber dann sollte diejenige Mitarbeiterin zumindest nicht geistig welken.«

Frau Vogel verließ das Büro, kam mit eiligen Schritten zurück, stellte den Kandiszucker zur Teekanne, wartete einen Moment und verließ schließlich den Raum. Von Köhnen goss den Tee aus größtmöglicher Höhe in die dazugehörige Tasse, fügte den Zucker hinzu und setzte sich vor der kleinen Kamera an seinem PC zurecht, um sein Gespräch mit London zu führen.

Er hatte damit gerechnet. Schließlich war es seine Idee gewesen, die deutsche Journalistin, die ein Interview bei der CAP führen wollte, überwachen zu lassen. Offensichtlich hatte sich die Dame nach dem Termin mit einer anderen getroffen. Marlene Koch konnte es nicht gewesen sein. Vielleicht eine andere Ex-Mitarbeiterin. Schließlich ergaben die Punkte auf seinem Bildschirm ein Bild. Von Köhnen stieß einen kleinen Pfiff aus. Also doch! Auf dem Foto waren zwei Frauen zu sehen. Eine blond und elegant, die andere dunkel und wild. Joe Baumann hatte sich bei der PAC in London als Journalistin vorgestellt. Seine Leute hatten ihre Identität bereits überprüft. Und die erste Person, die die Journalistin nach dem sogenannten Interview getroffen hatte, war ihm bereits bekannt. »Wusste ich es doch«, sagte von Köhnen leise.

Hannah Henker war also bereits in London.

* * *

Moritz und Gianni standen vor der Villa der Familie Koch und warteten darauf, dass ihnen geöffnet wurde.

Gianni musterte den jüngeren Kollegen: »Du siehst müde aus.«

»Ich bin müde.«

»Glaubst du nicht, dass dir mal eine Auszeit guttun würde?«

Moritz winkte ab: »Eine ganze Nacht mal schlafen können, das würde mir schon reichen.«

»Es sieht nicht danach aus, als wäre eine Frau dafür verantwortlich«, diagnostizierte Gianni. »Dann ist man zwar müde, aber voller Energie und so ...«

»Jetzt mach mal einen Punkt! Ich kann schon auf mich selber aufpassen.«

»Ich bin dir was schuldig, junger Kollege. Du hast mich in Baden-Baden aus der Schusslinie geholt. Da macht man sich schon so seine Gedanken um seinen Retter.«

»Sei jetzt besser ruhig, ich glaub, es kommt jemand.«

Marlene Koch öffnete wortlos die Tür und winkte die Beamten herein. Oben in der Wohnung angelangt, führte sie die Beamten in die Küche, wo sie Wasser aufsetzte.

»Woher wussten Sie, dass ich heute zu Hause bin?«

»Wir haben vorhin in Mannheim angerufen.«

»Verstehe. Und, was führt Sie zu mir?«, fragte sie, während sie Tee in den Beutel füllte.

»Wollen wir uns nicht erst setzen?«, schlug Gianni vor.

»Nehmen Sie doch einfach auf den Barhockern Platz. Ich stehe ganz gerne.«

»Kein Problem. Es wäre mir nur recht, wir hätten Augenkontakt«, erklärte Gianni.

Marlene Koch goss den Tee auf und drehte sich zu den beiden Polizisten um. »Bringen wir es hinter uns. Was wollen Sie denn heute wissen?«

Gianni wartete, bis die junge Frau ihn ansah: »Wir haben eine Zeugenaussage, nach der Sie von dem Trennungswunsch Ihres Verlobten wussten. Sie haben uns belogen. Warum?«

Marlene Koch drehte sich weg, nahm den Beutel aus der Kanne, holte Becher und schenkte allen ein. Sie wurde sehr leise: »Wenn er doch ohnehin tot ist. Ich wollte doch nur mein Gesicht wahren. Vielleicht wollte ich mir auch nur die Häme der anderen ersparen.«

»Das kann ich schon verstehen. Aber Sie hätten uns nur die Wahrheit sagen müssen«, gab Moritz zu bedenken.

»Sie verstehen gar nichts. Sie haben doch meine Mutter gesehen. Sie ist eine Erscheinung. Ich bin nicht besonders beliebt, nicht besonders begabt, aber ich hatte mit Philipp den perfekten Mann.«

»Haben Sie sich geliebt?«, fragte Gianni.

»Doch, ich habe ihn geliebt. Aber Philipp hat mich nur gemocht. Aber ob Sie es glauben oder nicht, mir hat das genügt.«

»Das bringt Sie in Schwierigkeiten. Verletzte Gefühle, Enttäuschung in der Liebe sind nicht selten ein Motiv. Bedenkt man aber, dass Sie doch von der bevorstehenden Trennung wussten, kann man ein Tatmotiv nicht mehr von der Hand weisen«, konstatierte Gianni.

»Das weiß ich«, antwortete Marlene. »Aber wie Sie wissen, habe ich durch meine Mutter ein Alibi.«

Gianni nickte: »Das stimmt. Aber mir wäre lieber, ich könnte Sie verstehen.«

Marlene Koch trank einen Schluck Tee, bevor sie antwortete: »Philipp war nicht nur uninteressiert an Sex. Er war das, was man sich gemeinhin als asexuell vorstellt. Wir haben nie offen darüber geredet. Aber ich habe das akzeptiert. Anfänglich vermutete ich, er würde sich vielleicht für Männer interessieren, aber irgendwann habe ich begriffen, dass ihm Berührungen unangenehm waren. Ich meine, grundsätzlich unangenehm waren.«

»Das stimmt mit der Einschätzung unserer Hauptkommissarin überein«, bestätigte Moritz.

»Als ich meine erste Enttäuschung überwunden hatte, veränderte sich unsere Beziehung und wir wurden wirklich gute Freunde. Und ich hatte meine Freiheiten, in einem gewissen Sinne.«

»Meinen Sie damit, sexuell?«, fragte Gianni nach.

Marlene Koch schüttelte den Kopf: »Damit meine ich, meine Eltern waren zufrieden, sie hörten auf, mich ständig zu kontrollieren und zu belehren, und ich konnte meine Ferien in Colorado verbringen. Ich liebe die Winter dort. Ich wusste, dass ich nach unserer Heirat dort die meiste Zeit des Jahres hätte verbringen können. Alles, was ich will, ist meine Ruhe.«

»Und die haben Sie ja jetzt. Sogar ohne ihn«, gab Moritz zu bedenken.

»Ich mochte ihn. Ich wollte doch nicht, dass ihm so etwas passiert. Er war dankbar, dass ich sein sexuelles Handicap für mich behielt, und so waren wir Verbündete.«

»Wissen Sie, wo das herkam?«, fragte Moritz.

»Nein, das weiß ich nicht. Aber natürlich habe ich mir so meine Gedanken gemacht.«

»Und?«, fragten Moritz und Gianni gleichzeitig.

»Ich kann nur Vermutungen anstellen. Er hat nie über seine Zeit im Kolleg gesprochen.«

»Was für ein Kolleg?«, fragte Gianni sofort nach.

»Er war in einem Internat. In einem katholischen Internat, wohlgemerkt.«

»Ich verstehe«, murmelte Moritz. »In welchem Internat war er denn?«

»Kolleg St. Pontus auf der Schwäbischen Alb. Aber das sind nur Vermutungen. Gesprochen hat er nie darüber.«

»Gibt es irgendeinen Zusammenhang mit der Galgenhohle?«, fragte Moritz konzentriert.

»Ach nein, das glaube ich nicht. Er sprach zuletzt immer wieder davon, dass man die Dinge geraderücken müsse, aber da meinte er die PAC. Auch darüber weiß ich nichts Genaues. Aber es ist schon komisch.«

»Was ist schon komisch?«

»Na, dass so viele aus dem Kolleg ausgerechnet bei der PAC in Mannheim arbeiten.«

Die Ermittler sahen sich an.

* * *

»Was ist denn, Mama? Ich bin doch in London«, rief Hannah ins Telefon, um den Großstadtlärm zu übertönen.

»Das weiß ich doch. Ich wollte nur wissen, ob auch alles geklappt hat.«

»Na klar.«

»Hätte ja sein können, du hast mal wieder verschlafen.«

Hannah war froh, dass Joe ein paar Meter weiter selbst in ein Telefonat vertieft war. »Mama. Das hatten wir doch schon gestern.«

»Ist ja gut. Deswegen ruf ich ja eigentlich auch gar nicht an. Ich soll dir von Cesar Grüße ausrichten.«

Hannah fühlte sich sofort peinlich berührt. Bei ihrem letzten Treffen im September war sie mit dem französischen Beamten, einem Freund ihres Bruders Paul, den sie schon seit Jugendtagen kannte, im Bett gelandet und hatte es sich dann plötzlich anders überlegt. Unter einem Vorwand hatte sie sich verdrückt. Aber er hatte trotzdem seine Verbindungen spielen lassen, um ihr bei der Lösung ihres ersten Falls in Karlsruhe zu helfen. Und sie hatte es verpasst, sich bei ihm zu bedanken.

»Ja, danke. Aber das hätte auch noch in ein paar Tagen gereicht«, antwortete sie.

»Hätte es nicht, mein Schatz.«

»Und warum nicht?«

»Weil er zurzeit auch in London ist.«

»Im Ernst?«, fragte Hannah erstaunt.

»Wenn ich es dir doch sage. Du sollst dich bitte bei ihm melden. Er erträgt die Briten offensichtlich nicht mehr. Er ist schon seit über einem Monat dort. Im Ernst, mein Schatz, ich fürchte, er hat tatsächlich einen Koller.«

»Es fällt mir zwar schwer, mir das vorzustellen. Aber ich melde mich trotzdem gern bei ihm.«

»Keine Stadt ist toll, wenn man alleine ist.«

Hannah musste lachen: »Ach Mama, Cesar ist nie lange allein.«

»Das stimmt wohl. Dann liegen ihm vielleicht die Engländer nicht.«

»Oder er ihnen nicht. Also, Mama, ich muss weiter.«

»Bis bald«, verabschiedete sich die Mutter, und Hannah merkte, dass sie froh war, inzwischen wieder Kontakt zu ihrer Mutter zu haben.

»So sieht das also aus«, sagte Joe und zückte ihre Kamera. »New Scotland Yard in der City of Westminster. Schade dass ich kein Straßenschild mit auf dem Bild habe, ich meine, Broadway und Scotland Yard, das hat doch was.« Joe begann, die Straße auf und ab zu gehen, um das Gebäude mit dem Straßenschild aufs Bild zu kriegen.

Sie kamen an einem geparkten PT Cruiser vorbei, deren Insasse Hannah bekannt vorkam. Hatte sie den Mann mit dem auffälligen Vollbart nicht schon in Notting Hill gesehen? Wie ferngesteuert ging sie auf den schwarzen PT Cruiser zu. Als sie nur noch ein paar

Schritte entfernt war, parkte der unvermittelt aus und fuhr davon. Hannah sah dem Wagen nachdenklich nach. Wahrscheinlich sah sie schon Gespenster, dachte sie und überquerte die Straße, um sich mit Joe zu ihrem Termin zu melden.

Chief Inspector Leonard Harden war Mitte vierzig, untersetzt, beinahe bierbauchig und wirkte mit seinen roten Backen und der bunten Brille gesellig, in dem kalten Besprechungsraum, der sich nur wenig von den deutschen Revieren unterschied. Leider waren ihm weder die Inhaber des Juweliers aus Notting Hill bekannt, noch konnte er über konkrete Vorfälle zum Thema *sale and lease back* berichten, in die die CAP verwickelt gewesen wäre. Er konnte ihnen definitiv nicht weiterhelfen. Oder wollte er nur nicht?, fragte sich Hannah. »Ich bin ein wenig erstaunt, denn die Staatsanwaltschaft in Karlsruhe hat den heutigen Termin vereinbart, weil sie offenbar in dieser Sache ermittelt hatten.«

Mr. Harden schüttelte den Kopf: »Ja, davon habe ich gehört. Aber da muss sich in der Eile ein Fehler eingeschlichen haben. Wir haben keinerlei Unterlagen zur PAC vorliegen. Natürlich gab es auch in London Vorkommnisse im Bereich *sale and lease back*, doch die PAC war nach Aktenlage nie involviert. Aber vielleicht haben Sie schon etwas herausgefunden? Dann würden wir Ihnen gerne unsere Unterstützung zusagen.«

Hannah kam Joe zuvor: »Nein, das war bislang völlig ergebnislos.«

Joe erfasste die Situation sofort: »Wir haben so etwas wie eine Idee entwickelt und wollten hier in London überprüfen, ob sich unsere Geschichte verfestigen würde. Wir wollen nur ungern vorschnell agieren. Aber wie es aussieht …« hob Joe entschuldigend die Arme.

Leonard Harden räusperte sich: »Ich schlage vor, wir bleiben in Verbindung. Wir melden uns bei Ihnen, wenn uns etwas zu dieser Thematik auffällt. Und Sie können uns Ihrerseits gerne auf dem Laufenden halten. Dann könnten wir Ihnen unter die Arme greifen, sofern Sie etwas Stichhaltiges haben.«

»So machen wir das«, begann Hannah freundlich. »Aber ehrlich gesagt, wir haben den ganzen Tag im Dunkeln gestochert und morgen früh reisen wir mit dem ersten Flieger ab. Wir wollten einfach sicher gehen und eine Verbindung zu unserem Fall in Deutschland ausschließen können. Und das konnten wir mit dem heutigen Tag. Insofern waren wir erfolgreich.«

»Und über London bei Nacht muss ich Ihnen ja sicherlich nichts erzählen«, grinste Leonard Harden. Die beiden Frauen rangen sich ein kleines Verlegenheitslachen für den britischen Beamten ab.

Unten auf der Straße angelangt, hatte Hannah es plötzlich eilig. »Lass uns schnell in Hotel zurückfahren.«

»Warum?«, fragte Joe, »Wir sind hier der Innenstadt ganz nahe. Wozu zurück nach Notting Hill fahren? Es ist halb sieben, Rush Hour, Hannah. Wir müssten die U-Bahn nehmen.«

»Das ist mir schon klar. Aber ich hab so ein ungutes Gefühl.«

»Was soll schon in unserem Hotelzimmer passieren?«, insistierte Joe.

»Ich hab da sämtliche Unterlagen liegen. Ich hab vorhin noch gearbeitet, bevor ich eine Runde drehen wollte und dich getroffen hab.«

»Ach so. Einen Ordner und deinen Laptop mit dem Stick?«

»Ja, genau.«

»Das habe ich mit meinem gesamten Krempel beim Portier unten einschließen lassen, als ich meinen Mantel geholt habe. Alte Journalistenkrankheit. Entweder Informationsmaterial am Körper oder außerhalb verwahren. Hat man so was nicht auf der Polizeischule gelernt?«

Statt einer Antwort bekam Joe einen Kuss und Hannah fühlte sich plötzlich erleichtert und wollte nur noch eins: in die Innenstadt.

Auf dem Weg rief sie Cesar an, der sie und Joe zu einem Inder bestellte: »Außer Chicken Tikka Masala kann man in diesem grauen Land nichts essen, meine Schöne.«

* * *

Er war nicht bei der Sache. Wen konnte das wundern? Ute wollte ihm nicht mehr aus dem Kopf gehen. Sie hatte ihn geküsst. Und wie lebendig er sich gefühlt hatte. Er sah auf die Uhr. Bald sieben Uhr. Moritz musste heute pünktlich gehen, so müde war er. Aber eigentlich interessierte ihn das nicht. Er hatte heute sogar Mühe, sich auf den Besuch von Dr. Blume zu konzentrieren, der sich sehr langatmig über seine Beziehungen zu Gott und der Welt ausließ, der tausend

Dinge anspielte, aber dann doch nichts sagte. Wieder betonte, dass eine Frau ihn stalken würde, deren Namen er aber nicht nennen könne. Die ihn verfolge mit ihren Aufmerksamkeiten. Wieder erklärte Gianni ihm, dass sie nichts tun konnten, würde er ihnen nicht den Namen der Dame nennen. Er müsse die Polizei rufen, treibe die Stalkerin sich auf seinem Besitz oder in der Nähe seines Büros herum. Er müsse schon erzählen, wie es dazu gekommen sei. Das sei aber ganz ausgeschlossen, so Dr. Blum. Auch in der anderen Sache könne er nicht mehr sagen, als das, was er schon gesagt habe, wolle aber sichergehen, dass man das bei der Polizei in seiner Wichtigkeit auch wirklich erfasse. Gianni sicherte es dem Steuerberater zu, und war erleichtert, als der endlich gegangen war.

Auch mit dem Bericht, den Gianni von den Technikern bekommen hatte, tat er sich schwer. Es ging um diesen fotografierten Baum in der Galgenhohle. Dieses kelchartige Piktogramm, das Hannah am Tag zuvor gefunden hatte, war heute von den Technikern untersucht worden, und der Bericht war bereits vor einer halben Stunde gekommen. Er wollte sich das wenigstens noch anschauen. Also vertiefte sich Gianni in den Bericht. Dieser eingeritzte Kelch mit den vier Buchstaben war schon fünfundzwanzig Jahre alt. Doch es war wohl so, dass diese Zeichnung ein paar Monate zuvor nachgeritzt worden war. Irgendwie kam ihm der Kelch bekannt vor. Er wusste nur nicht, woran konkret ihn das Bild erinnerte. Also ging er noch mal seine Unterlagen durch, mit denen er heute gearbeitete hatte. Auffallend viele Mitarbeiter der CAP hatten dasselbe Kolleg besucht. Das Internat war ein Markusianer-Kloster, Kolleg St. Pontus, etwa 40 Kilometer südöstlich von Stuttgart auf der Schwäbischen Alb. Natürlich hatte er überprüft, welche der Mitarbeiter das Kolleg besucht hatten. Philipp Waldhoff, außerdem Marius John und Hinrich Berg, die ebenfalls bei Hellmann im Data-Room saßen. Auch der Vorgänger von Philipp Waldhoff, der auf den Bahamas erschossen wurde, hatte das Kolleg besucht. Gianni hatte sofort überprüft, ob nicht auch Johannes von Hohenfels in dem Internat war. Aber er war der Einzige, der dort nicht war. Ob das etwas zu bedeuten hatte? Er wusste es nicht.

Und was das mit dem Kelch zu tun hatte? Woher kannte er dieses Bild? Es wollte ihm nicht einfallen. Er besah sich noch mal die Fotografie. Die Großbuchstaben waren kaum zu entziffern. Oder waren das andere Schriftzeichen? Griechische? Nein, so würde er nicht weiterkommen.

Mit einem Mal klappte er seine Unterlagen zu, fuhr den PC runter und verließ sein muffiges Büro.

Wenn sie noch im Café war, würde er's riskieren, dachte Gianni, als die schwere Tür hinter ihm ins Schloss fiel. Sein Herz klopfte wild, als er die wenigen Schritte zum Schloss in Richtung Café lief. Beinahe rannte er die Raucher vor dem Café um. Als er eintrat, sah er sofort, dass nur wenige Tische besetzt waren. Ute sah er nicht. Weil sie Frühschicht hatte, würde sie um diese Uhrzeit nicht mehr arbeiten, das wusste er.

Plötzlich fühlte er sich alt, als er mitten im Café stand und vielleicht seine letzte Chance auf eine Liebesnacht dahin war. War das so, wenn man alt wurde? Dass es das dann war? Oder man sich immer wieder fragte, ob nichts mehr kam? War er alt, mit Ende fünfzig? Wenn alt bedeutete, dass er morgens nicht mehr voller Neugierde in den Tag startete, dann war er alt, dachte Gianni.

»Scheiße«, sagte er und drehte sich zur Tür, die gerade aufging. Ute. Da stand sie. Und sah ihn an. Und wartete. Sollte er sie küssen? Konnte man das – einfach so? Sie hatte es getan, am Morgen, auf die Backe. Oh Mann, dachte er, und traute sich dann doch.

* * *

Der Mann ohne Träume hatte letzte Nacht geträumt. Er war kniend eingeschlafen, mitten im Gebet. Er hatte seine Rituale durchbrochen. Und sogleich kamen sie zurück, die Geister, die ihn quälten.

Hatte er gefehlt? Den Kopf zu hoch getragen? War dies die notwendige Warnung, die er brauchte? Vor der letzten, der alles entscheidenden Schlacht? Der Mann ohne Träume las:

Jeremia, 8. Kapitel: 4Sprich zu ihnen: So spricht der HERR: Wo ist jemand, wenn er fällt, der nicht gern wieder aufstünde? Wo ist jemand, wenn er irregeht, der nicht gern wieder zurechtkäme?

5Warum will denn dies Volk zu Jerusalem irregehen für und für? Sie halten so fest am falschen Gottesdienst, dass sie nicht umkehren wollen.

6Ich sehe und höre, dass sie nicht die Wahrheit reden. Es gibt niemand, dem seine Bosheit leid wäre und der spräche: Was hab ich doch getan! Sie laufen alle ihren Lauf wie ein Hengst, der in der Schlacht dahinstürmt.

Nie mehr, schwor sich der Mann ohne Träume, würde er seine Rituale verraten. Nie mehr würde er seinen Träumen erlauben zurückzukehren. Er hatte sie besiegt, er hatte sie vernichtet. Doch durch eine Unachtsamkeit waren sie zurückgekehrt. Er hatte sie unterschätzt.

Die Geister, die ihn quälten, hatten ihr Gift, ihren Schrecken verloren. Sie konnten ihn nicht mehr lähmen. Denn der Herr war mit ihm und mit ihm war er stark. Wieder las er die Verse, die er mehr liebte, als er jemals einen Menschen lieben könnte.

Jeremia, 8. Kapitel: 4Sprich zu ihnen: So spricht der HERR: Wo ist jemand, wenn er fällt, der nicht gern wieder aufstünde? Wo ist jemand, wenn er irregeht, der nicht gern wieder zurechtkäme?

Er, der Mann ohne Träume, würde aufstehen, und wenn es sein musste, würde er auferstehen. Im Paradies würde er sein Antlitz schauen, der Unsterblichkeit nahe, würde auch er sich opfern, zum Lobe des Herrn. Zuvor aber musste er auf Erden tun, was zu tun war.

Hosianna in der Höhe, der Herr ist mit mir. In mir strahlt das Licht. Ich bin Dein, o Herr. Ich bin Dein Hengst, der in die Schlacht stürmt.

* * *

Hannah stellte Joe und Cesar einander kurz vor, und ging dann gleich vor die Tür. Sie musste dringend mit Georg telefonieren. Sie musste ihn informieren.

Nach nur drei Freizeichen ging er dran.

»Was Neues?«

»Dieser Typ von Scotland Yard …«

»Leonard Harden?«

»Genau der, der hatte plötzlich doch keine Akte über die PAC.«

Stille. Hannah fragte sich schon, ob die Leitung unterbrochen worden sei. »Georg, bist du noch da?«

»Ja, bin ich. Das musste ich erst mal verdauen. Als ich mit ihm telefoniert habe, hat er noch von ganzen Dossiers gesprochen. Und von ortsansässigen Juwelieren, die involviert seien.«

»Davon wollte er nichts mehr wissen. Dafür wollte er aber ziemlich genau wissen, was wir wissen.«

»Du hast doch dichtgehalten?«, fragte Georg schnell nach.

»Natürlich. Es ist mir gelungen, Videoaufnahmen zu organisieren, die PAC-Prüfer mit Juwelierbesitzern zeigen. Immer dieselben Juweliere, aber ständig wechselnde PAC-Mitarbeiter.«

»Gute Arbeit. Erzählst du mir morgen Abend, wie du daran gekommen bist?«

Hannah stutzte: »Morgen Abend? Du, ich glaub, ich will dann nur noch heim. Ich bin platt, und irgendwann brauch ich auch mal Zeit zum Nachdenken. Wir haben doch schon am späten Vormittag eine Besprechung.«

»Ach Hannah, das ist doch Müll. Du willst mich einfach nicht sehen!«

»Aber wir hatten doch verabredet, dass wir erst nach dem Fall …«

»Du hast mich nur gebraucht, damit ich dir über den Verlust deiner Band weghelfe. Und nachdem du das überstanden hast, schmeißt du mich weg.«

»Vielleicht stimmt das sogar.« Hannah fuhr sich mit der freien Hand über die Augen: »Wir können nicht streiten. Nicht jetzt. Ganz einfach, weil wir einen Fall haben. Und auf den müssen wir uns konzentrieren. Und alles andere müssen wir zurückstellen. Verstehst du? Wir können doch danach ...«

»Es gibt doch eh nichts mehr zu reden.«

»Wie du meinst, Georg«, sagte Hannah und legte auf.

Wahrscheinlich hatte Georg recht. Sie war nicht gut in Beziehungen. Und vielleicht auch nicht in Freundschaften. Wenn sie nur an Annika dachte, bekam sie einen Kloß im Hals. Sie war doch ihre Freundin, dachte Hannah und wusste sofort, dass das irgendwie nicht mehr passte. Am besten konzentrierte sie sich auf ihre Musik. Die konnte sie auch alleine machen.

Es wurde ein schöner Abend. Cesar und Joe waren schon in guter Stimmung, als Hannah zu ihnen stieß, und übersahen nicht, wie bedrückt sie war. Taktvoll lenkten sie sie vorsichtig ab, nahmen sie in ihre Mitte und trugen sie auf ihrer guten Laune so lange, bis sie ihre eigene wiedergefunden hatte. Nach dem Essen entführte sie Cesar in einen Club mit Live-Musik, in dem es Hannah nicht lange auf ihrem Stuhl hielt, und sie plötzlich auf der Tanzfläche war und sich einfach gut fühlte.

* * *

Marlene Koch zitterte am ganzen Körper. Übelkeit kroch in ihrer Kehle hoch. In ihrem Kopf dröhnte es. Ich will nicht mehr. Nur einen Schritt nach vorne und es wäre vorbei, schoss es ihr durch den Kopf. Tränen liefen ihr über die Wangen. Der Mund geknebelt, die Füße gefesselt, die Hände auf dem Rücken gebunden, die Schlinge um den Hals. Der Baum ist mein Galgen.

Sie spürte es unter ihrem Hintern warm werden. Panik stieg in ihr auf. Sie wollte nicht, dass Verdauungssäfte an ihr herunterliefen. Oder war es Blut? Scham machte sich in ihr breit.

Nicht wimmern, denk an was Schönes. Wie von Weitem hörte sie sich als kleines Kind lachen, wenn ihr Vater sie auf seinen Knien schaukelte und hoppe, hoppe Reiter mit ihr spielte. Bis sie beide ganz außer Atem waren und das wilde Schaukeln in sanftes Wiegen überging.

Schmerzen stiegen in Wellen auf, sie zuckte. Nur ein Schritt nach vorne und sie würde sich erhängen, die Hose heruntergezogen, bis auf das Fleisch geschlagen. Das Klebeband über dem Mund hinderte sie daran, die Schmerzen wegzuatmen. Tränen liefen ihr die Wangen herab.

Papa! Wann war ich glücklich, das letzte Mal richtig glücklich?

Dann kehrte eine ihrer ersten Erinnerungen zurück. Sie war in der Badewanne, ihre Mutter saß auf dem Badewannenrand und pustete den Schaum in ihr Gesicht. Ihr Vater kam hinzu, und sie konnte ihre Eltern in Gedanken lachen hören, als sie die beiden mit Wasser nass spritzte.

Er war hinter ihr. Sie spürte es. Auch wenn sie nicht sehen konnte, was er gerade tat. Sie wollte es auch nicht wissen. Sie wollte sich daran erinnern, wie ihr der

Vater jeden Abend ein Kuss auf die Stirn drückte, wenn er heimkam und die Welt dann immer in Ordnung war.

Ihr Atem wurde ruhiger, der Pulsschlag hörte auf, gegen ihre Schläfen zu Hämmern. Doch dann kam die Bitterkeit. Eines Tages wandte sich auch ihr Vater von ihr ab. Sie musste vierzehn Jahre alt gewesen sein. Oft weinte sie sich in den Schlaf. Ihre Mutter war nie zufrieden mit ihr. Niemand hatte sie gemocht, das war schon immer so, außer ihrem Vater. Er war ihr Trost. Und so begann sie alles zu tun, dass ihr Vater sie wieder liebte.

Sie hatte ihr bisheriges Leben satt, hasste ihre ständige Ohnmacht. Immer hatte sie getan, was man von ihr erwartet hatte. Sie war sogar bei Philipp geblieben, der sie nicht lieben konnte, der sie nie berührte, als wäre sie eine Aussätzige, nur um ihre Eltern zufriedenzustellen. Einmal mehr hatten die anderen die Macht.

Nur heute nicht.

Als er gekommen war, sie ihm die Tür geöffnet hatte, da hatte sie es sofort gesehen.

»Wo ist der Stick?«, hatte er sie angeherrscht. Sie hatte ihm schnell den Stick gegeben, der auf dem Tisch lag. Dann hatte er sie geschlagen, so fest, dass sie gefallen war. »Wag es nicht zu schreien!«

Und dann hatte er begonnen, alles zu durchsuchen. Zitternd war sie am Boden gesessen, betäubt, so wie sie es aus Kindertagen kannte, wenn ihre Mutter wieder die Nerven verloren hatte, wie sie es selbst immer genannt hatte.

Als er sich wegdrehte, nutzte sie den Moment. Es brannte in ihrer Kehle. Sie würgte, dachte für einen

Moment, sie müsste ersticken. Es war Labsal auf ihrer Seele, dass sie die Macht behalten hatte. Die Macht steckte in ihrer Speiseröhre.

Sie bemerkte, wie er hinter ihr aufstand. Er ließ den Schlauch durch die Luft peitschen.

Plötzlich fühlte sie sich stark – gefesselt, geknebelt, mit der heruntergelassenen Hose und dem geschundenen Gesäß.

Papa. Warum hast du mich nicht mehr gewollt. Was hab ich eigentlich getan? Du hast mich verlassen. Warum? Wer sollte mich wollen, wenn sogar du mich nicht wollen konntest?

Sie drehte sich um, suchte den Mann im Dunkeln. Sie wollte in seine Augen sehen, mit ihrer Macht im Leib.

Du hast verloren, gegen mich. Sie werden die Wahrheit finden, in mir. Du kannst mich nicht umbringen.

Sie drehte sich zurück. Sah erst nach vorn, dann den Strick entlang hoch.

Ich mache diesen Schritt, ich verlasse diese Welt. Jetzt.

* * *

Cesar war Gentleman genug, sie in ihr Hotel zu begleiten, und natürlich gelang es ihm, den beiden Frauen einen Absacker auf dem Zimmer abzuringen.

Lachend fielen sie in das kleine Zimmer ein, und waren von einem auf den anderen Moment nüchtern.

»Da war jemand ziemlich gründlich«, stellte Cesar fest. »Da seid ihr ganz offensichtlich jemandem auf die Füße getreten. Das passt bestens zu allem, was ihr bislang über euren Fall erzählt habt. Hier bleiben könnt ihr jedenfalls nicht«

»Ich geh sofort zum Portier. Hoffentlich hat der unsere Sachen nicht rausgegeben.«

»Das ist nicht nötig. Die wurden vor unserem Ausflug vorgewarnt. Außerdem geht niemand von uns irgendwo alleine hin. Wir packen unsere Sachen zusammen und gehen dann gemeinsam runter. Wir verlassen das Hotel zum Hinterausgang. Danke, Cesar, wir nehmen dein Angebot an«, meinte Hannah.

»Kluge Entscheidung«, erwiderte er mit einer Stimme, die keinen Zweifel daran ließ, dass er den Ernst der Situation erfasst hatte. Ganz der hohe Beamte, der er war, verlor er auch in dieser Situation nicht seine Professionalität, wie Hannah feststellte. Auch, wenn man nie genau wusste, für welche Polizeibehörde in Frankreich er gerade arbeitete.

Als sie wenig später beim Portier vorstellig wurden, fragte der nicht lange nach, machte ihnen die Rechnung fertig und verzog keine Miene, als die drei fragten, ob sie auch den Dienstbotenausgang nehmen dürften. Sie gingen einige Straßen zu Fuß, bevor sie sich ein Taxi nahmen.

»Ich komme mir vor wie in einem schlechten Film«, kicherte Joe plötzlich los.

»Das ist überhaupt nicht witzig«, erwiderte Hannah gereizt.

Cesar, der neben dem Taxifahrer saß, drehte sich zu ihnen um: »Die wollten nur sehen, was ihr habt. Ich glaube nicht, dass man euch etwas tun wollte. Trotzdem ist mir wohler, wenn ich euch bei mir habe.«

»Uns ist das auch viel lieber«, bekannte Joe.

»Mich würde echt interessieren, was da läuft«, überlegte Hannah.

»Morgen interessiert mich das auch wieder«, wiegelte Joe ab.

»Ich glaube, ich will lieber nicht wissen, was dich jetzt interessiert«, zwickte Hannah ihre Freundin in den Arm.

»Eine Badewanne, ein letzter Drink und eine ungestörte Nacht.«

»Das lässt sich machen. Ich nehme das Sofa und ihr bekommt mein Kingsize. Und ich sorge noch dafür, dass ihr morgen den Ein-Uhr-Flieger bekommt. Es ist immerhin schon zwei Uhr und ein Ende ist noch nicht in Sicht.«

»Du bist der Beste«, gähnte Hannah.

9. Kapitel

Moritz hatte genug. »Woher kommst du so spät, verdammt noch mal? Es ist zehn Uhr. Auch an einem Donnerstag, auch an einem 13. November sollten wir pünktlich anfangen. Georg hat schon ziemlich gereizt nachgefragt!«

»Ich bin heute Morgen noch mal mit der Bedienung aus dem Café einige Fotos durchgegangen«, verteidigte sich Gianni.

»Und?«

»Leider nichts. Aber wir müssen alles ausschließen. Ich frage mich immer wieder, wie dieser Dr. Blume in die Geschichte passt«, versuchte Gianni abzulenken.

»Wahrscheinlich ist er schlicht und ergreifend ein notorischer Wichtigtuer«, schlug Moritz vor.

»Warum ist er eigentlich so gereizt?«

»Wer?«, fragte Moritz.

»Unser Staatsanwalt.«

»Offensichtlich landet Hannah heute erst um halb drei ...«, begann Moritz

»Aber es war doch seine Idee, dass Hannah in Begleitung von Joe nach London fliegt. Die beiden werden doch nicht einfach so eine spätere Maschine genommen haben.«

»Ich versteh es auch nicht.«

»Vielleicht ist das zwischen Hannah und Georg doch noch nicht so einfach«, bemerkte Gianni, der nebenbei auf seinem Handy rumdrückte.

»Was hast du eigentlich mit deinem Handy?«, fragte Moritz.

»Ich versuche, meine Anrufliste abzuchecken und jedem Anruf eine genaue Uhrzeit zuzuordnen. Marlene Koch hat mich gestern Abend zu erreichen versucht. Fünfmal hat sie es versucht. Seltsam.«

»Hat sie dir keine Nachricht hinterlassen?«, fragte Moritz nach.

»Hab ich noch nicht abgehört. Jedenfalls hat sie es ab acht Uhr am Abend versucht, und der letzte Anruf ist von kurz vor Mitternacht. Ich stelle auf laut.«

Moritz legte seinen Stift bereit.

»Herr Hauser, Marlene Koch am Apparat. Ich muss Sie unbedingt sprechen. Ich habe einen Stick gefunden, der alles erklärt. Philipp hat ihn in seiner chinesischen Teekanne versteckt. Da habe ich ihn vorhin gefunden. Alte Videoaufnahmen, die digitalisiert wurden! Ich weiß gar nicht mehr, wer Philipp wirklich war. Deswegen diese ganzen Bilder. Mein Gott, wie konnten sie das nur tun? So grausam, und dass sie alle wieder… Es klingelt. Das wird er sein. Melden Sie sich gleich morgen früh, dann wissen wir mehr. Bis dann.«

Gianni zwirbelte seinen Schnauzer und schwieg. Moritz sprang wie elektrisiert von seinem Stuhl und lief auf und ab: »Das war der Anruf von kurz vor Mitternacht. Wieso bist du denn nicht drangegangen?«

»Alte Angewohnheit. Ich lass mein Diensthandy häufig im Büro liegen. Sowieso, wenn ich weiß, dass ich am nächsten Tag im Büro bin.«

Moritz nickte: »Klar, wir haben keine Rundumbereitschaft. Ruf zurück, Gianni. Worauf wartest du denn noch?«

Gianni wählte, legte das Handy zwischen sich und Moritz auf den Tisch, damit er mithören konnte. Nach fünf Freizeichen meldete sich die Mailbox. Er hinterließ eine kurze Nachricht, suchte danach die Festnetznummer heraus und sprach auch dort auf den Anrufbeantworter.

Moritz rieb sich die Augen: »Und jetzt?«

»Wir warten entweder bis um eins ab und fahren dann zu ihr, oder wie fahren sofort zu ihr nach Hause und schauen, ob sie nur nicht ans Telefon geht. Wir wüssten dann zumindest, ob ihr Auto vor Ort ist, und vielleicht haben wir Glück und ihre Mutter ist zu Hause. Der entgeht mit Sicherheit nichts«, schlug Gianni vor.

Statt einer Antwort zog Moritz seine Jacke an, gab bei Stefanie Mahler im Sekretariat Bescheid, dass sie unterwegs seien.

»Können Sie bitte sämtliche Anrufe aufzeichnen und eventuelle Besuche sofort bei uns melden? Und falls Marlene Koch erscheint, halten Sie sie hier fest. Falls sie anruft, stellen Sie sie zu Gianni auf sein Handy durch. Ich weiß, wir machen Ihnen ziemlich viel …«

»Ach, das krieg ich schon hin«, unterbrach Stefanie Mahler freundlich.

Im Flur traf Moritz auf Gianni und sie beeilten sich, zu den Parkplätzen zu kommen. Kaum waren sie zur Tür draußen, hüllte sie das schmutzige Novembergrau ein.

Nur eine viertel Stunde später standen sie vor der Villa der Familie Koch.

»Verdammt!«, entfuhr es Gianni. »Das linke Garagentor ist offen, und kein Auto steht drin. Hoffentlich gehört diese Garage nicht zu Marlenes Wohnung.«

Doch als nach mehrmaligem Klingeln niemand reagierte, waren sie sich schon beinahe sicher, dass sie nicht zu Hause war. Wenigstens öffnete die Mutter von Marlene.

»Haben Sie denn wirklich nicht anderes zu tun, als täglich bei uns vorstellig zu werden?«, fragte Angelique Koch, die sie im Morgenmantel begrüßte. Ungeschminkt und unfrisiert, wie sie war, sah sie aus wie die ältere Schwester der schönen Frau vom Vortag.

»Das ist nun einmal Teil unserer Ermittlungen«, entschuldigte sich Moritz routiniert.

»Aber wir haben einige Fragen. Können wir kurz hereinkommen?«

»Sehen Sie nicht, dass ich noch nicht angezogen bin? Ich finde Sie ausgesprochen aufdringlich.«

»Das geht auch hier«, erwiderte Gianni etwas lauter als gewohnt, damit die vorbeikommenden Fußgänger ihn verstehen konnten. »Ich habe heute Nacht Anrufe von Ihrer Tochter erhalten. Dazu stellen sich uns einige Fragen. Und deswegen …«

»Dann kommen Sie eben doch herein«, antwortete Angelique Koch verärgert.

Gianni und Moritz waren von der schlichten Eleganz im Hause überrascht.

Die Ermittler blieben im Eingangsbereich stehen. Gianni kam gleich zur Sache: »Können Sie uns sagen, wann genau Marlene das Haus verlassen hat?«

»Das kann ich Ihnen sogar ziemlich genau sagen. Sie ist gestern Abend gegen 18 Uhr in Philipps Wohnung gefahren, um dort nach einigen Unterlagen zu sehen. Seinen Eltern ist das sehr recht, wenn Marlene das übernimmt. Schließlich tritt sie ein ansehnliches Erbe an, das sie ja vor allem Philipps Eltern verdankt. Philipps Verhältnis zu seinen Eltern war in den letzten Monaten deutlich abgekühlt.«

»Interessant. Hat Marlene sich von Ihnen verabschiedet, als sie gegangen ist, oder wieso wissen Sie so genau, dass es achtzehn Uhr war?«, kam Moritz zum Thema zurück.

»Ich bin gestern so gegen halb sechs am Abend zu ihr hochgegangen und wollte sie ablenken. Zu meinem Erstaunen war sie angezogen und ich dachte, sie hätte sich vielleicht mit einer Freundin verabredet. Aber sie hatte vor, in Philipps Wohnung zu fahren. Und ich fand das so entsetzlich kindisch. Deswegen weiß ich die Uhrzeit so genau.«

»Kam sie denn nicht am Abend zurück?«, fragte Gianni erstaunt nach.

»Wahrscheinlich war sie schlicht und ergreifend beleidigt.«

»Das ist vorerst alles. Danke, dass Sie sich Zeit genommen haben«, wollte Moritz das Gespräch beenden.

»Ja aber, was ist denn jetzt? Muss man sich Sorgen machen?«

Gianni kam Moritz zuvor: »Das glauben wir nicht. Wir hatten eben Anrufe von ihr und sie heute Morgen telefonisch nicht erreicht, obwohl sie um Rückruf gebeten hat. Aber jetzt wissen wir ja, wo sie ist.«

»Wenn Sie Marlene sehen, erinnern Sie sie bitte an unseren Nachmittagstee. Sie sollte wirklich um vier Uhr hier sein. Die Leute wollen wenigstens kondolieren, wenn es schon keine Beerdigung gibt. Wer weiß, wie lange das noch dauert, bis die Leiche freigegeben wird. Das ist aber auch alles ärgerlich«, bemerkte Angelique Koch und begleitete die Beamten zur Tür.

* * *

Hannah und Joe warteten kurz nach Mittag auf das Boarding. Sie nutzten die Zeit, um die neuen Erkenntnisse vom Vortag zu besprechen. Im Zentrum stand die Frage, wer die Durchsuchung ihres Hotelzimmers veranlasst haben könnte.

»Es ist doch schon ein seltsamer Zufall, dass Georg dienstags für Mittwoch den 12. November einen Termin bei Scotland Yard für uns vereinbart hat, weil die britischen Beamten im Zusammenhang mit Ungereimtheiten der PAC und CAP ermitteln. Laut Georg bestand überhaupt kein Zweifel daran, dass man wichtige Unterlagen für uns bereitstellen würde. Und dann, nur einen Tag später, wehrt Leonard Harden nicht nur alles ab. Sondern kurz nach unserem Meeting wird auch noch unser Hotelzimmer durchsucht«, sagte Hannah.

»Das stimmt schon. Aber woher sollte man denn wissen, wo wir wohnen«, gab Joe zu bedenken. »Wir sind von Scotland Yard aus nicht zurück zum Hotel gefahren, sondern wir haben uns gleich mit Cesar getroffen.«

Hannah nicke: »Also muss man uns von vorneherein beobachtet haben, schon bei unserer Ankunft in London. Dann ist also auch bekannt, dass wir das Videomaterial der Überwachungskamera des Restaurants von Mr. Clapton haben. Oder zumindest den Juwelier entdeckt haben.«

»Im Grunde wissen wir nur, dass wir auf dem richtigen Weg sind, sonst würde man uns nicht überwachen«, erwiderte Joe nachdenklich.

Hannah musste daran denken, wie sie Joe einmal im Spätsommer frühmorgens am Bahnhof in Karlsruhe zufällig getroffen hatte, weil sie beide der Kummer aus dem Bett getrieben hatte.

»Wie geht es dir eigentlich?«, fragte Hannah plötzlich.

Joe sah von ihrer Zeitung auf: »Gut, eigentlich. Ich habe ein neues Ziel. Im Januar fange ich beim Deutschlandfunk an.«

»Ich hätte nicht gedacht, dass die in Süddeutschland Korrespondenten brauchen.«

»Nein, ich kriege eine feste Stelle«, lächelte Joe.

»Mensch, das freut mich! Seit wann weißt du das denn schon?«

»Vor unserer Abreise kam der Vertrag. Ich hab im letzten Jahr ein paar Reportagen für den SWR gemacht. Und dabei hab ich wieder richtig Lust auf Radio bekommen.«

»Und wie arbeitest du dann? Musst du dann öfter nach Köln?«

»Ich ziehe ganz nach Köln um. Endlich wieder in einer Stadt leben!«

Hannah blieb ihre nächste Frage im Halse stecken. Als sie Joe im Sommer kennengelernt hatte, war sie gerade mal ein Jahr von ihrem Mann und den beiden Kindern getrennt. Die Kinder lebten bei ihrem Ex-Mann Stefan, der als Architekt von zu Hause arbeitete, in dessen Elternhaus. Joe ließ es sich der Kinder wegen nie anmerken, wie schwer es war, sich immer wieder von den Kindern zu verabschieden. Es tat ihr weh, die neue Frau an Stefans Seite in ihrem Haus mit ihren Kindern zu sehen. Jetzt konnte sie das nicht mehr, dachte Hannah und war bei allem Verständnis traurig, weil sie Joe vermissen würde.

»Weißt du«, begann Joe, »Alice ist schwanger. Die Jungs freuen sich wie verrückt auf das neue Geschwisterchen. Sie kommen schon jetzt nicht mehr jedes Wochenende zu mir. Und das wird sich verstärken, umso älter sie werden. Bald sind sie Jugendliche und wollen ausgehen. Da spielt mir Köln in die Karten, meinst du nicht?«

»Besser als Sinzheim ist Köln auf alle Fälle. So gesehen ist mir das auch ganz recht«, antwortete Hannah.

»Glaub mir, Hannah, für mich ist es Zeit für einen Neuanfang.«

»Du darfst mich auch hin und wieder auf dem Land besuchen. Das soll Städtern guttun. Wegen der Bodenhaftung.«

Bevor Joe etwas sagen konnte, wurde ihr Flug aufgerufen. Hannah kontrollierte noch mal ihr Handy und registrierte, dass Gianni und Moritz sich noch immer nicht gemeldet hatten. Hoffentlich hatten sie es einfach nur vergessen, dachte Hannah, wohl wissend, dass Moritz so gut wie nie etwas vergaß.

* * *

Moritz und Gianni parkten auf dem Gut, gingen um das Gebäude herum, stiegen die Außentreppe hinauf zu Philipps Wohnung und klingelten mehrmals. Als niemand öffnete, versuchten es die beiden Besamten bei Frau Seithel.

»Frau Seithel, das ist mein Kollege Gianni Hauser. Wir dachten, wir würden Frau Koch hier finden.«

»Doch, sie ist gestern Abend hier auf den Hof gefahren. Das muss so gegen sieben Uhr gewesen sein. Aber sie müsste noch da sein. Ich hab gerade in der Scheune geparkt. Ihr Auto ist noch da. Vielleicht ist sie ja spazieren gegangen.«

»Würden Sie uns bitte Ihren Ersatzschlüssel geben? Wir müssten noch mal in die Wohnung.«

Frau Seithel nickte kurz und verschwand für einen Moment in die Wohnung. Den Ermittlern erschien es wie eine Ewigkeit, bis sie zurückkam.

»Ich würde auch noch gerne einen Blick in die Scheune werfen. Wegen des Autos«, merkte Gianni an.

»Kein Problem, die ist immer offen.«

»Hatte Marlene Koch eigentlich Gepäck dabei?«, fragte Moritz nach.

»Ja, sie kam mit einer großen Reisetasche und einer Handtasche. Sie wollte einige Dinge mitnehmen. So hat sie es zumindest gesagt.«

Die Polizisten bedankten sich und rannten beinahe zur Tür zurück. Stumm traten sie ein und durchkämmten Raum für Raum.

»Das sieht hier alles anders aus«, bemerkte Moritz trocken.

»Wenn Marlene Koch spazieren gegangen wäre, dann würden wir hier doch irgendetwas finden. Die Tasche, von der Frau Seithel sprach, eine Handtasche – irgendwas. Aber hier ist nichts zu finden«, stellte Gianni fest.

»Da bleibt uns nur noch das Auto«, stellte Moritz fest.

Gianni unterbrach ihn: »Ich geh zum Wagen und du schaust dich weiter in der Wohnung um. Du warst schon mal hier. Vielleicht fällt dir noch etwas auf.«

Moritz ging in das Galgenhohlen-Zimmer und setzte sich an den Tisch. Alles schien wie immer, und doch wurde er das Gefühl nicht los, dass etwas verändert war. Er suchte mit den Augen die Wände ab. Die Fotos. Bei seinem ersten Besuch hingen sie alle akkurat. An der linken Wand war das nicht mehr so. Als Moritz aufstand, um sich die Wand näher zu besehen, fiel ihm auf, dass auch die Spektive verrückt waren. Als er hindurchsehen wollte, bemerkte er, dass eines der beiden schwer beschädigt war. Gerade als er das genauer untersuchen wollte, betrat Gianni den Raum: »Das Auto war nicht verschlossen. Nix drin. Wir müssen das Handy orten lassen. Vielleicht bringt das was.«

Moritz nickte: »Du kannst auch die SpuSi anfordern. Hier, das Spektiv war letztes Mal noch in Ordnung, aber jetzt ist es ziemlich beschädigt und wieder ordentlich zurückgestellt, damit es nicht auf den ersten Blick auffällt. Seltsam. Man kann nicht mehr durchsehen.«

»Und das andere?«, fragte Gianni.

Moritz kontrollierte es: »Auch kaputt.«

»Scheiße. Weißt du, was man sehen konnte, wenn man durchgeschaut hat?«

»Die Galgenhohle«, antwortete Moritz und wurde blass.

* * *

Georg saß unter den Arkaden und beobachtete die Wasserspiele des Wasserturms in Mannheim. Er wartete schon seit einer Viertelstunde auf Franz Rönne.

Eigentlich hätte Hannah bei diesem Treffen dabei sein sollen. Mit den neu gewonnenen Ermittlungsergebnissen aus London. Stattdessen hatte sie sich für einen späteren Flug entschieden. Das hatte sie ihm nur kurz per SMS mitgeteilt. Wahrscheinlich waren die Dinge zu sensibel, um sie am Telefon zu besprechen oder gar per Mail zu verschicken. »Ich hab mich gestern danebenbenommen«, stellte Georg fest.

Er fühlte sich schlecht, und seine Laune wurde durch das Warten nicht besser. Als er schon begann, sich Sorgen zu machen, traf Franz Rönne endlich ein.

»Tut mir leid mein Freund. Das ging heut echt nicht schneller. Wo ist denn Frau Henker?«

Georg winkte ab: »Die hat eine spätere Maschine genommen. Warum, weiß ich noch nicht.«

»Das hat sicherlich seine Gründe. Da bin ich mir gerade heute sicherer denn je, mein Lieber.«

Der Kellner kam, und sie bestellten rasch, damit sie fortfahren konnten.

»Du hast angedeutet, dass du gerade heute sicherer bist denn je, dass etwas vorgefallen sein könnte?«, nahm Georg den Faden wieder auf.

»Ich habe ein Verfahren wegen Korruption anhängig.«

Georg stellte sein Wasserglas ab, aus dem er gerade einen Schluck trinken wollte. »Und warum siehst du so verdammt gut gelaunt aus?«

Franz Rönne sah Georg lange an: »Was ist los mit dir? Du sitzt doch sonst nicht auf der Leitung. Das sind doch nicht nur die Ermittlungen?«

Georg sah auf seine Hände: »Ach, die ganze Sache mit der Scheidung macht mir zu schaffen. Bis das alles geregelt ist, du glaubst es nicht. Und außerdem habe ich ausgerechnet die Frau, die ich wirklich will, vergrault. Und das Schlimmste, ich kann ihr nicht mal aus dem Weg gehen, weil ich mit ihr zusammenarbeiten muss.«

Franz Rönne wiegte den Kopf, so wie er es schon immer getan hatte, wenn er nachdachte: »Das klingt nicht gut.«

»Lass gut sein«, wehrte Georg ab. »Jetzt spann mich nicht auf die Folter und erzähl mir mal, was da los ist, von wegen Korruption!«

»Ich habe einen Ball gespielt, eine formale, offizielle Anfrage. Und prompt hat man mich angezeigt, anonym. Die Jungs von der CAP kriegen also kalte Füße.«

Georg räusperte sich: »Aber ist der Preis nicht zu hoch?«

»Das wäre er. Aber dieses Mal habe ich meinen Vorgesetzten mit ins Boot geholt und dieses Vorgehen abgesprochen.«

»Aber muss man dich nicht trotzdem pro forma beurlauben?«, fragte Georg nach.

»Müsste man schon. Die von der CAP sind mich jedenfalls los. Insofern ist ihr Plan aufgegangen«

»Na bravo!«

»Doch nur vordergründig, mein Freund. Ich werde beurlaubt. Es erscheint morgen eine kleine Notiz in der Tageszeitung, und die Herren denken nun, sie hätten ein Problem gelöst. Natürlich ...«, Franz Rönne ließ sich nicht unterbrechen, »natürlich habe ich jetzt erst recht Zeit für meine Ermittlungen. Mein junger Vertreter und mein Chef sorgen indessen dafür, dass wir in Ruhe mit den anderen Abteilungen zusammenarbeiten können. Das ist der Plan.«

Georg war sprachlos: »Die ziehen alle mit?«

Franz Rönne lehnte sich in seinem Stuhl zurück: »Alle!«

»Das gibt es nicht.«

Franz Rönne lachte: »Gibt es, mein Freund, und das Beste: Für eine Viertelstunde hast du deine Sorgen vergessen.«

Als das Essen kam, hatte Georg einfach keinen Appetit. Eine andere Sache beschäftigte ihn: »Traust du eigentlich dem von Köhnen einen Mord zu?«

»Gibst du mir mal den Parmesan? Ich kann mir vorstellen, dass er alles tut, um seine Ziele durchzusetzen. Aber ein Mord, dafür müsste schon sehr viel auf dem Spiel stehen. Wusstest du, dass er religiös ist?«

»Nein, das höre ich zum ersten Mal.«

»Er soll in einem Priesterseminar gewesen und vor seiner Weihe ausgeschieden sein. Seine Ferien verbringt er in irgendeinem Kloster, um an Exerzitien teilzunehmen. Übrigens, er beschäftigt ausschließlich Christen in seiner Niederlassung, und meistens sind sie katholisch. Aber das ist natürlich Zufall.«

»Magst du auch noch meine Spaghetti?«, fragte Georg, der beim besten Willen nichts essen konnte.

»Sehr gerne«, ließ sich Franz Rönne nicht zweimal bitten.

»Was sagt uns das alles bezüglich der Morde?«, ließ Georg nicht locker.

»Das sagt uns, dass es nicht nur um Geld geht. Mord ist, religiös gesehen, eine Todsünde. Damit er so weit geht, müssten die Dinge eskaliert sein.«

Sie wurden von Georgs Handy unterbrochen. Der Staatsanwalt meldete sich und hörte dann zu. »Ich fahre sofort los. Vierzig Minuten«, war alles, was Georg sagte, bevor er das Gespräch beendete.

Georg kramte eilig einen Schein aus seiner Hosentasche, zog sich seinen Mantel über und sagte: »Jetzt haben wir die Eskalierung der Situation. Ich melde mich bei dir, mein Freund, sobald ich kann.«

* * *

Moritz steckte das Handy weg. In nur vierzig Minuten wollte Georg bei ihnen sein. Als Moritz zu Gianni hinübersah, stellt er fest, dass sein Kollege noch telefonierte. Also machte er sich auf den Weg zum Wagen, den er nur ein paar Schritte von der Hohle entfernt geparkt hatte. Er wollte nicht warten, bis die Kollegen von der Streife da waren. Also holte er den Fotoapparat, das

Absperrband und die Schere aus dem Kofferraum. Auf dem Rückweg kam ihm Gianni entgegen. Wortlos brachten sie die untere Absperrung an.

»Bleibst du hier?«, fragte Moritz. »Nicht, dass irgendjemand durch die Hohle läuft. Ich postiere mich dann oben. Mathias sollten wir, wie bei Pathologen üblich, erst einmal in Ruhe lassen.«

Gianni nickte nur kurz. Moritz ahnte, dass sein älterer Kollege sich schwere Vorwürfe machte. Wäre er erreichbar gewesen, wäre das wahrscheinlich nicht passiert. Und was die Ermittlungen noch erschwerte: Sie hatten keine Ahnung, was Marlene ihnen hatte mitteilen wollen.

Moritz bemühte sich, nicht zu dem Baum hochzusehen. Das konnte er besser, wenn er die Kamera vor dem Auge hatte.

Er beeilte sich, an den oberen Eingang der Galgenhohle zu gelangen, damit niemand den Tatort betrat. Zum einen wegen der notwendigen Spurensicherung, zum anderen, um zufälligen Spaziergängern diesen Anblick zu ersparen. Ein Anblick, den man nie mehr loswürde.

Kaum war er fertig, ging er zurück zu dem Baum, um zu fotografieren. Was ihm als Erstes auffiel, war der verklebte Mund. Die Augen waren so weit hervorgetreten, dass man den Eindruck hatte, sie würden gleich herausfallen. Gerade als er das Blut an den Innenseiten ihrer Beine fotografieren wollte, kam Gianni in Begleitung eines Streifenpolizisten dazu.

»Mathias lässt jetzt die Leiche abhängen. Die Kollegen haben schon aus allen Perspektiven Aufnahmen gemacht. Zum Glück war Mathias zu Hause in Bahnbrücken.«

Gianni unterbrach sich kurz und sah zum unteren Eingang der Hohle: »Sie müssten von unten gekommen sein.« Beinahe im Gleichschritt liefen sie zur unteren Absperrung hinunter.

Moritz nickte: »Das erscheint naheliegend, da gebe ich dir recht. Aber von Philipps Wohnung bis zu der Stelle, an der wir geparkt haben, sind die bestimmt auch mit dem Auto gefahren.«

»Das sind zwei Kilometer. Gegen ihren Willen hat er sie sicherlich nicht bis hierher gebracht. Weder wach noch betäubt. Es sei denn, sie wäre freiwillig mitgekommen.«

»Das würde auch zu der Nachricht auf deinem AB passen. Es hat an der Tür geklingelt, und Marlene Koch hat sinngemäß gesagt, dass er jetzt da sei«, erinnerte sich Moritz.

»Hören wir uns das noch mal an«, sagte Gianni und spielte die Nachricht erneut ab.

»Herr Hauser, Marlene Koch am Apparat. Ich muss Sie unbedingt sprechen. Ich habe einen Stick gefunden, der alles erklärt. Philipp hat ihn in seiner chinesischen Teekanne versteckt. Da habe ich ihn vorhin gefunden. Alte Videoaufnahmen, die digitalisiert wurden! Ich weiß gar nicht mehr, wer Philipp wirklich war. Deswegen diese ganzen Bilder. Mein Gott, wie konnten sie das nur tun? So grausam, und dass sie alle wieder ... Es klingelt. Das wird er sein. Melden Sie sich gleich morgen früh, dann wissen wir mehr. Bis dann.«

Gianni zwirbelte seinen Schnauzer: »Einen Stick hat sie gefunden, der alles erklärt, der auch die vielen Bilder, also die Fotografien erklärt.«

»Alte Videoaufnahmen, die aufklären, warum Philipp die Bilder aus der Galgenhohle gemacht hat. Oder, was ihn an der Galgenhohle so fasziniert hat.«

»Und die Aufnahmen haben Marlene ihren Freund von einer Seite gezeigt, die ihr bislang verborgen war. Sie sagt, sie wisse nicht mehr, wer Philipp eigentlich wirklich gewesen sei«, ließ Gianni seinen Gedanken freien Lauf.

Moritz nickte: »Und Marlene hat noch etwas über die Aufnahmen verraten. Sie fragte sich, wie ›sie‹ das nur tun und so grausam sein konnten. Und kurz danach klingelt es an der Tür.«

»Die Aufnahmen dürften gut und gerne fünfzehn Jahre alt sein. Denn es handelt sich um Videoaufnahmen, die digitalisiert wurden. Dazu kommt, dass wir die Aussage des Försters haben, dem Philipp im Zusammenhang mit der Galgenhohle erzählt hat, dass man sich Geschichten aus Kindertagen stellen muss«, meinte Gianni.

»Also geht es um eine Geschichte aus Kindertagen«, folgerte Moritz. »Und da passt es doch, dass Philipp und seine Kollegen gemeinsam in dem Internat St. Pontus waren. Und nicht nur er ist tot. Der Hellmann-Vorgänger von Philipp, Arnd Schumacher, wurde umgebracht und war in diesem Internat.«

»Das scheint zu passen«, stimmte Gianni zu. »Nur leider kennen wir weder das Video, noch habe ich irgendeine Idee, wo wir es jetzt herbekommen könnten. Und wer war der Mann, der noch so spät zu Marlene in Philipps Wohnung gekommen ist? Es ist übrigens keineswegs sicher, dass derjenige sie auch getötet hat!«

»Zumindest ist es naheliegend, dass sie sterben musste, weil sie dieses Video gesehen hat. Also müssen wir das Video finden, oder zumindest rauskriegen, was darauf zu sehen war«, folgerte Moritz.

»Vielleicht will man auch nur, dass wir das denken.«

Moritz nickte: »Das kann sein. Aber mich stört ein anderer Punkt: Es ist doch kaum vorstellbar, dass eine Jugendgeschichte bis auf die Bahamas nachwirkt.«

Gianni nickte: »Das stimmt schon. Nichtsdestotrotz hat Arnd Schumacher ganz eindeutig mit seiner letzten Botschaft auf die Galgenhohle verwiesen. Mal sehen, was Hannah und Joe in London rausbekommen haben. Vielleicht sehen wir dann klarer.«

Moritz winkte ab: »Schön wäre es. Hast du was über das Piktogramm von diesem Baum rausbekommen?«

»Irgendwo habe ich so einen Kelch mit Buchstaben darin schon mal gesehen. Aber ich komme einfach nicht drauf. Und ausgerechnet an diesem Baum hängt Marlene. Ich hätte gestern Abend das Handy mitnehmen müssen.«

Moritz suchte noch nach den passenden Worten, als Mathias Sperling, der Pathologe, auf sie zukam. Sperling kam gleich zur Sache: »Laut Körpertemperatur können wir davon ausgehen, dass der Tod vor Mitternacht, vielleicht sogar um 23.30 Uhr eingetreten ist. Sie war zumindest teilweise nackt, deswegen lässt sich das nicht genauer sagen. Im ersten Moment habe ich mich gewundert, dass ihr die Hose bis zu den Knien runtergezogen worden ist. Bis ich entdeckt habe, dass sie bis auf das Fleisch am Gesäß blutig geschlagen wurde.«

Gianni zuckte bei diesen Worten zusammen. Um die Spuren nicht zu beeinträchtigen, waren die Beamten unten auf dem Weg geblieben. Moritz hatte zwar den Fotoapparat geholt, doch noch nicht mit dem Fotografieren begonnen.

»Damit, dass man sie gequält hat, habe ich nicht gerechnet«, gab Gianni zu.

»Die Hiebe wurden ihr vor ihrem Tod zugefügt«, fuhr Mathias fort. »Ich tippe auf ein Kabel. Insofern ist es ja auch nur logisch, dass sie geknebelt wurde. Das war wirklich grausam. Das Fotomaterial habt ihr ja bestimmt in ein paar Stunden vorliegen.«

»Wieso? Du meinst, sie ist vielleicht nicht durch das Erhängen gestorben?«, fragte Gianni nach.

»Nein, so einfach war das Procedere in diesem Fall nicht«, begann Sperling. »Marlene Koch wurde mit der Schlinge um den Hals an den Baum gestellt. Die Hände waren auf dem Rücken gefesselt. Dann erfolgten die Schläge. In dem Moment, in dem sie den Schlägen auswich, verlor sie den Halt und stürzte in den Tod. Ein bestialisches Spiel hat sich da unser Mörder ausgedacht. Sie wurde gefoltert, anders kann man das nicht nennen.«

Moritz fasste sich als Erster: »Kannst du anhand der Anzahl der Hiebe Rückschlüsse ziehen, über welchen Zeitraum sich das hingezogen haben kann?«

»Nein, das kann ich nicht. Ich habe ja keine Ahnung, wie lange sich der Täter zwischen den Schlägen Zeit gelassen hat. Es kann auch sein, dass sie zwischendurch die Besinnung verloren hat. Vielleicht kann ich in ein paar Tagen mehr sagen.«

»Mich erinnert das an eine rituelle Tötung«, überlegte Gianni.

»Das war auch mein erster Gedanke«, bestätigte Mathias. »Vielleicht werden die Kollegen von der KTU fündig, und wir wissen bald mehr. Der Mann muss auf den Weg zum Baum hoch Spuren hinterlassen haben und erst recht beim Versetzen der Schläge.«

Moritz winkte ab: »Bis die das alles ausgewertet haben, vergehen doch wieder Wochen.«

»Aber am Ende hat man stichhaltige Beweise«, sagte Mathias.

»Tut mir leid, schneller ging es nicht«, entschuldigte sich Georg, der außer Atem zu ihnen getreten war. »Hab ich da was von stichhaltigen Beweisen gehört?«

10. Kapitel

Dr. Wolfram von Köhnen bekam wieder Luft. Wenn er den Kreuzgang durchschritt, wurde er von einer Ruhe erfasst, wie er sie außerhalb des Klosters nur selten fand. Nur hier gab es keine Zweifel. Nur hier war er erfüllt. Bald würde er so weit sein, die Mauern des Klosters nicht mehr zu verlassen. Das wäre der Verdienst seiner jahrelangen Arbeit. Schon wenige Momente später endete der Kreuzgang und entließ ihn in den Gebäudeteil, der nur den Brüdern vorbehalten war. Er tat, wie es die Sitte verlangte, und klopfte den jahrhundertealten Rhythmus, der ihn als Eingeweihten erkennen ließ. Er hörte eilige Schritte, dann wurde ihm geöffnet, und er trat ein. Jedes Mal erfasste ihn der angenehme Schauer, zu dem Kreis derjenigen zu gehören, denen der Eintritt gewährt wurde. Als er vor den Gemächern Pater Christophs stand, wartete er, bis der junge Anwärter, der ihm die Pforte geöffnet hatte, ihn angemeldet hatte. Als Internatsleiter bewohnte Pater Christoph zwei große Räume, die aufgeteilt waren in Arbeits- und Schlafzimmer.

Hier gab es keine elektrischen Geräte. Kein Fernsehen, keinen PC, kein Telefon, sogar der Wecker war mechanisch.

Auf einem Stövchen stand eine Teekanne bereit, die Stühle waren zurechtgestellt, er wurde erwartet.

»Bruder Christoph«, begrüßte Dr. von Köhnen den athletischen Mann, der vor Gesundheit nur so strotzte. In seinen Händen schien das Gebetsbuch beinahe zu verschwinden. Sein Alter sah man ihm nicht an.

»Wolfram, du bist heute ein wenig früher als gewohnt. Und das unter der Woche, an einem Donnerstag!«, begrüßte der Pater Dr. von Köhnen. »Schläfst du schlecht? Du siehst müde aus«, erkundigte sich der Mönch und bot seinem Gast einen Platz an.

»Einige Tage im Kloster würden mir guttun. Aber das wird warten müssen. Bist du in unserer Sache weitergekommen?«

Pater Christophs Mund umspielte ein Lächeln: »Geduld, mein Freund, Geduld. Abt Gregor gehört nicht zu unserem inneren Kreis. Seine Tage sind gezählt. Er ist ein Aufsteiger, erfährt Unterstützung von einigen Kirchenoberen. Aber wir müssen nichts tun. Wir müssen ihn nur weiterhin konsequent boykottieren. Du bist der Stiftungsvorsitzende, mein lieber Wolfram. Ohne dich kann er hier nicht Fuß fassen.«

»Das ist soweit richtig«, antwortete Dr. von Köhnen. »Doch ich kann ihm nicht bei jedem Projekt unsere Unterstützung verwehren. Ich darf nicht eigennützig wirken, sonst fliegen wir auf. Es wäre schlecht, wenn er auf die Idee kommt, die Bücher gegenprüfen zu lassen.«

»Dafür ist er zu sehr beschäftigt. Das macht mir keine Sorge. Er befasst sich mit pädagogischen und theologischen Dingen. Und genau das scheint mir gefährlicher zu sein. Die Jungen mögen ihn. Das ist nicht gut für uns. Jedem Versuch, ihn zu drakonischen Bestrafungen zu verleiten, widersteht er. Es will nicht gelingen, dass er sich bei den Schülern unbeliebt macht.«

»Umso eher macht er sich meiner Meinung nach bei den einflussreichen Eltern unbeliebt. Die schätzen es nicht, wenn man den Jungs zu viel durchgehen lässt.«

Pater Christoph stand auf, öffnete eine Mappe und brachte ein Papier mit zum Tisch: »Wie recht du hast. Hier beschwert sich ein Elternpaar, weil Abt Christoph die Bestrafung eines Jungen persönlich verhinderte, der deren Sohn den Füller kaputt gemacht hat. Er schlug vor, den Füller durch den Schüler ersetzen zu lassen, und dem Sohn zukünftig ein billigeres Modell zu kaufen, damit der Schaden nicht zu groß würde. Schließlich ginge Schülern häufig ohne Absicht etwas kaputt. Laut Abt Gregor seien Bescheidenheit und Verzeihen christliche Tugenden.«

»Und was ist mit dem Respekt vor dem Eigentum der anderen?«, fragte Dr. von Köhnen.

»Ganz zu schweigen von seiner Nachsicht, als er Schülern, die ein Garagentor im Ort mit Graffitis verunstalteten, die alten Scheunentore für ihre Schmierereien überließ. Natürlich mussten sie sich bei der Familie entschuldigen und das Garagentor säubern und noch einige Hilfsarbeiten im Garten erledigen. Aber das war es dann schon.«

Dr. Köhnen schüttelte den Kopf: »Aber fällt das nicht in deine Zuständigkeit als Internatsleiter?«

»Doch, so ist es. Wenn ich einige Beschwerden zusammen habe, werde ich mehr Gehör finden. Der Stuhl von Abt Gregor wackelt. Lass das nur meine Sorge sein. Aber was kannst du mir über diese unglückliche Sache mit Philipp Waldhoff berichten?«

»Das gibt noch keine Ruhe. Am Ende werden wir das geradegebogen haben. Aber eines sollten wir daraus lernen: Wir brauchen einen Nachwuchs, der zuverlässiger ist als dieser Waldhoff.«

Pater Christoph faltete die Hände ineinander: »Philipp Waldhoff kann uns nicht mehr schaden. Das hat auch sein Gutes.«

»Aber es wird ermittelt. Und diese Kommissarin scheint mir nicht dumm zu sein. Sie war in London, bei der CAP, hat Fragen gestellt. Sie hat in dem Hotel übernachtet, in dem immer unsere Leute untergebracht sind«, berichtete von Köhnen. »Das muss nichts heißen, aber es kann etwas heißen.«

»Beachtlich«, bemerkte Pater Christoph. »Wie ist sie auf London gekommen? Unser System haben schon andere nicht durchblickt.«

»Anscheinend kennt sie die richtigen Leute. Das kann tatsächlich unangenehm werden. Und all das, weil Waldhoff sich nicht mehr im Griff hatte. Wir werden diese Frau aufhalten müssen.«

»Meinen Segen hast du. Aber wir müssen unser Erziehungsmodell auf mögliche Fehler hin überprüfen. Wie kann es sein, dass sich Männer aus dem innersten Kreis von uns und von Gott entfernen?«

Gelassen trank von Köhnen seinen Tee in kleinen Schlucken. Er wärmte und entspannte ihn zugleich. Bald würde er das Kloster nicht mehr verlassen müssen. Er würde Bücher schreiben, über das Zusammenspiel von Wissen und Macht zum Ruhme des Christentums. Aber zuvor musste er noch diese leidige Sache erledigen. Er durfte auf Beistand hoffen.

* * *

»Marlene Koch ist tot«, sagte Hannah zu Joe Baumann. »Moritz hat mich gerade informiert. Sie wurde in der Galgenhohle, an genau dem Baum mit einer Schlinge um den Hals gefoltert, den wir schon von den Fotografien Philipp Waldhoffs kennen. Wahrscheinlich wurde sie mit einem Kabel brutal auf das Gesäß geschlagen. Als sie die Schläge nicht mehr aushielt, ist sie ins Leere gestürzt, und die Schlinge zog sich zu.«

Joe ließ sich erschöpft auf die Kante ihres Trolleys sinken: »Oh Mann, ist das grausam!«

»Unfassbar«, stimmte Hannah zu. »Aber wie passt das nur in den bisherigen Verlauf? Die beiden anderen Male wurden die Morde einfach ausgeführt. Marlene dagegen wurde gequält. Das ist …«, Hannah suchte nach Worten.

»Wahnsinn! Das ist doch kompletter Wahnsinn«, schüttelte Joe den Kopf. »Aber wieso? Ich meine, ich habe keinen Moment daran gedacht, dass sie in Gefahr gewesen ist. Hast du an so etwas gedacht?«

»Nein. Aber sie hat gestern Abend versucht, Gianni zu erreichen. Sie hat einen Stick bei Philipp gefunden, auf dem alte Videoaufnahmen zu sehen sind.«

»Was bedeutet das jetzt eigentlich?«, fragte Joe nach einer Weile.

»Dass Informationen, die uns wahrscheinlich zum Durchbruch verholfen hätten, verschwunden sind. Und dass sie wahrscheinlich derart brisant waren, dass Marlene Koch sterben musste«, versuchte Hannah zurück zu ihrer Routine zu finden. »Ich muss jetzt sofort zu Hellmann fahren. Ich will die Männer im Data-Room so schnell wie möglich befragen. Wie machst du weiter?«

»Ich bin von Franz Rönne kontaktiert worden. Der Staatsanwalt, der schon mal gegen Dr. von Köhnen ermittelt hat. Wir wollen uns in Mannheim treffen. Vielleicht kann er mit den Aufnahmen aus Notting Hill was anfangen. Jedenfalls wollen wir gemeinsam an der Sache arbeiten. Das hat Georg arrangiert.«

»Aber wenn es dir zu gefährlich wird, dann steig aus, Joe. Das mein ich ernst.«

»Ich bin doch nirgends in Erscheinung getreten«, erwiderte Joe.

»Du weißt, dass die uns in London observiert haben.«

»Dann ist es jetzt eh zu spät«, winkte Joe ab.

Hannah seufzte: »Das stimmt. Aber jetzt, nach dem Mord an Marlene Koch, ist die Situation eine andere. Bitte Joe, lass dein Auto stehen. Nimm den ICE nach Mannheim. Ich sorge dafür, dass du in Mannheim abgeholt wirst. Wir sollten kein unnötiges Risiko eingehen.«

»Vielleicht hast du recht«, erwiderte Joe und umarmte Hannah zum Abschied.

Hannah war froh, Georg sofort zu erreichen. Er versprach, alles für die Sicherheit der Journalistin in die

Wege zu leiten. Wenigstens etwas, dachte Hannah und machte sich endgültig auf den Weg zu ihrem Auto.

* * *

»Fangen Sie jetzt an, sich bei mir wohlzufühlen, oder warum kommen Sie heute schon zum zweiten Mal in mein Haus?«, fragte Angelique Koch in einem scharfen Ton.

Als die beiden Polizisten nicht reagierten, schlug ihre Stimmung schlagartig um. »Was ist passiert?«

»Vielleicht gehen wir erst hinein. Ist denn Ihr Mann auch da?«, fragte Gianni.

»Nein, das ist er nicht. Warum?«

»Können Sie ihn erreichen? Es wäre gut, wenn er herkommt«, erwiderte Gianni.

Angelique Koch ging ins Haus voran und blieb mitten im Wohnzimmer stehen: »Ich kann es versuchen, aber bitte, sagen Sie mir doch endlich, was los ist.«

Moritz musste sich anstrengen, ruhig zu stehen: »Uns wäre es lieber, wenn Ihr Mann dabei ist. Wie lange würde es denn dauern, bis er hier wäre …«

»Wenn ich ihn überhaupt erreiche, ungefähr eine Stunde.«

»Verstehe«, begann Moritz zögernd. »Wir müssen Ihnen leider mitteilen, dass Ihre Tochter Marlene tot ist.«

Angelique Koch sah die beiden Polizisten an, hielt sich die Ohren zu, schüttelte heftig den Kopf, blieb aber stumm.

»Kommen Sie, setzen Sie sich hin, bitte«, versuchte es Gianni.

Angelique Koch ließ sich nicht dazu bewegen, sich hinzusetzen. Sie blieb, wo sie war, schüttelte wild den Kopf, die Hände gegen die Schläfen gedrückt.

»Frau Koch, ich rufe jetzt einen Krankenwagen«, sagte Gianni so ruhig er konnte.

Die folgenden Minuten schienen nicht vergehen zu wollen. Angelique Koch stand unter Schock, und es gelang ihnen nicht, die Frau zu beruhigen.

Die ersten Gäste für Philipps Trauerfeier erschienen. Das Hauspersonal hatte alle Hände voll zu tun, die Leute wieder wegzuschicken. Zum Glück erschienen nach kurzer Zeit die von Moritz angeforderten Kollegen von der Streife. Die Beamten sorgten auf der Straße dafür, dass die Trauergäste wieder wegfuhren.

Angelique Koch wurde von dem eingetroffenen Krankenwagen ins Krankenhaus gebracht, als eine der Hausangestellten Gianni und Moritz mitteilte, dass Herr Koch sich mittlerweile auf den Weg gemacht habe.

»Hättest du erwartet, dass Frau Koch so reagiert?«, fragte Moritz.

Gianni saß auf dem Sessel, auf dem er schon am Morgen beim Teetrinken gesessen hatte. Man hatte ihnen Kaffee und Sandwiches gebracht, doch Gianni starrte nur in den Garten: »Wie verhält man sich, wenn man erfährt, dass das eigene Kind gestorben ist?« Gianni verstummte. Als Moritz schon dachte, er würde nichts mehr sagen, hörte er seinen Kollegen wie von Weitem sagen: »Ich hätte das Handy mitnehmen müssen. Dann wäre das alles nicht passiert.«

»Also gut, gehen wir mal davon aus, sie hätte dich erreicht und dir von dem Stick erzählt. Du wärest vielleicht zu ihr gefahren, wir hätten wichtige Hinweise gehabt ... Meinst du wirklich, wir hätten den Mörder aufgrund dieser Infos festnehmen können und Marlene Koch wäre nichts passiert?«

»Ja, das denke ich. Und daran führt auch kein Weg vorbei. Und sag mir jetzt nicht, das wir alle mal Feierabend brauchen!«

»Den brauchen wir, so viel ist klar. Aber, wir hätten den Typ aufgrund der Informationen von Marlene Koch nicht identifizieren können.«

»Was soll das denn jetzt? Natürlich hätten wir das«, wurde Gianni lauter.

Moritz atmete hörbar aus: »Nach allem, was wir wissen, hat sie jemanden einbestellt, der während ihres Anrufs in Philipps Wohnung kam. ›Da kommt er‹, hat sie gesagt. Und vermutlich hat dieser Besucher sie umgebracht. Hätte Marlene diesen Mann einbestellt, wenn sie auch nur geahnt hätte, dass er ihr nach dem Leben trachtete? Und wenn sie selbst nichts ahnte, dann wären wir auch nicht drauf gekommen. Und wahrscheinlich hätte sie dieser Besucher später aus dem Weg geräumt.«

Gianni stand auf, ging an die Fensterfront und sah hinaus. Er sah einer Katze zu, die langsam und gründlich den Garten inspizierte. »Daran habe ich auch schon gedacht. Die Tatsache, dass Marlene ihren mutmaßlichen Mörder selbst zu sich gerufen hat und die Gefahr offenbar völlig unterschätzt hat, lässt mir keine Ruhe. Ich glaube, wir übersehen etwas. Welchen Zusammenhang gibt es zwischen den Getöteten? Dieser Frage müssen wir nachgehen. Und wie hängen sie mit der Galgenhohle zusammen?«

Moritz nahm sich ein Sandwich und kaute nachdenklich darauf herum. Wenn man sich schon die Mühe machte, wollte er den veganen Snack auch essen.

»Hoffentlich kommen wir dem Täter rechtzeitig auf die Spur. Falls er noch mal zuschlägt«, meinte Moritz.

Gianni nickte: »Ich werde mir noch mal alle Jahrgangsbücher der Internatsschüler ansehen. Wir sollten auch noch Fotoalben aus Philipps Kindertagen besorgen. Die Eltern seines Vorgängers, Arnd Schumacher, wollen in ungefähr einer Stunde auf dem Revier erscheinen. Sie waren sofort bereit, uns zu unterstützen. Auch sie bringen Fotos aus der Schulzeit mit. Wir dürfen nichts unversucht lassen.«

Ein lautstarker Aufruhr an der Haustüre unterbrach die beiden Beamten. Ein Kollege von der Streife erschien, um ihnen mitzuteilen, dass ein Dr. Blume unbedingt mit ihnen sprechen wolle.

»Was ist mit ihr? Ist sie wirklich tot?«, fragte Dr. Blume noch in der Tür.

»Wie kommen Sie darauf, dass jemand tot ist?«, fragte Moritz nach.

»Das kommt doch die ganze Zeit schon im Radio. Und dann komme ich hierher, zu Philipps Trauerfeier, und sehe, wie die Polizei, alle Gäste wegschickt, und dann war mir die Sache sofort klar.«

»In welchem Verhältnis standen Sie denn zu der Toten?«, fragte Gianni.

»Was spielt das denn für eine Rolle?«

»Es würde Ihre Aufregung erklären.«

»Wir hatten ein Verhältnis. Eine gewisse Zeit. Und ich habe mich für meine Frau entschieden. Diese

Geheimnistuerei, das wollte ich nicht. Das hat sie nicht verkraftet. Und dann hat sie mich … Ich will das jetzt nicht vertiefen.«

Moritz warf Gianni einen Blick zu: »Langsam. Mit wem hatten Sie ein Verhältnis?«

»Mit Angelique, natürlich«, antwortete Heinrich Blume und ließ sich in einen Sessel sinken. Er vergrub den Kopf in die Hände und atmete schwer. »Dabei habe ich sie geliebt. So tiefe Gefühle wie für diese Frau habe ich noch nie gehabt.«

Gianni und Moritz tauschten erneut Blicke aus. Schließlich ergriff Moritz das Wort: »Hier liegt ein Missverständnis vor. Angelique Koch ist mit einem Schock ins Krankenhaus eingeliefert worden.«

Heinrich Blume sah auf: »Sie lebt, hat nur einen Schock? Aber, was hat das alles zu bedeuten?«

»Das kann sie Ihnen zu einem späteren Zeitpunkt selbst erklären«, begann Moritz. »Beantworten Sie uns bitte einige Fragen. Wann genau und wie lange hatten Sie ein Verhältnis mit Frau Koch?«

Heinrich Blume erzählte von einer Liebesgeschichte, die vom Frühjahr bis in den Spätsommer hinein gedauert hatte. Doch als er dieses Verhältnis nicht mehr wollte, habe Angelique Koch begonnen, ihm aufzulauern, ihn mit Briefen und Anrufen zu verfolgen. In seiner Not habe er sogar Hannah um Polizeischutz gebeten, wie sie ja bereits wussten. Doch wenig später habe sich die Situation beruhigt.

»Warum wollten Sie denn unserer Kollegin gegenüber nicht sagen, dass Angelique Koch Sie gestalkt hat?«, fragte Gianni im Aufstehen.

»Das war ja auch alles delikat. Ich habe die Waldhoffs beraten und währenddessen eine Beziehung zu der Mutter der angehenden Schwiegertochter unterhalten. Das ist eine Vermischung, die es in meinem Beruf tunlichst zu vermeiden gilt. Es ging ja bei den Waldhoffs um nicht unerhebliche Veränderungen. Die Vermögenswerte sollten auf den Sohn überschrieben werden, und natürlich galt es, die Erbfrage zu klären.«

Gianni zog bereits seine Jacke an, ihn drängte mittlerweile die Zeit, denn er wollte die Eltern Arnd Schumachers nicht allzu lange warten lassen: »Bitte beantworten Sie mir noch eine Frage: Haben Sie diese Dinge mit Angelique Koch besprochen?«

Heinrich Blume sprang auf: »Wo denken Sie hin? Das wäre doch ein Verstoß gegen meine Schweigepflicht gewesen!«

»Wie erklären Sie sich dann, dass Frau Koch so umfassend informiert ist?«, fragte Gianni nach. »Es ist Ihnen doch klar, dass wir auch Frau Koch danach befragen werden. Besser Sie machen die Sache nicht noch schlimmer. Uns interessiert nicht Ihre Kammer, Herr Dr. Blume.«

Heinrich Blume schluckte trocken, konnte seinen rechten Fuß kaum mehr unter Kontrolle halten, der unablässig auf den Boden hämmerte: »Ja, sie hat mich häufig danach gefragt. Aber mehr aus Neugierde. Schließlich wollten Marlene und Philipp heiraten. Natürlich hätte ich nichts erzählen dürfen, aber ich bin auch nur ein Mann. Wenn sie mich gelöchert hat, da hab ich eben ...«

»Wusste Angelique Koch, dass Marlene die Alleinerbin war?«, fragte Moritz.

Heinrich Blume sank auf den Sessel zurück: »Ja, das wusste Sie. Danach hat sie mich häufig gefragt. Aber die Waldhoffs haben mir schon im Juni das Mandat entzogen. Da hätte sich ja auch noch was ändern können.«

»Gab es einen konkreten Anlass, der dazu geführt hat? Wussten die Waldhoffs etwas über Ihr Verhältnis zu Angelique Koch?«, fragte Moritz weiter.

»Ja, das denke ich schon. Philipp hat uns an einem Freitag im Garten überrascht. Schon am darauffolgenden Montag entzogen mir seine Eltern das Mandat«, antwortete Heinrich Blume sehr leise. »Aber als ich ihn darauf angesprochen habe, hat er mir versichert, dass er seinen Eltern den wahren Grund nicht genannt habe. Er habe einen Vorwand gefunden. Ich habe ihm das geglaubt. Wahrscheinlich wollte er seine Verlobte, Marlene, schonen.«

»Das hätten Sie uns früher erzählen müssen. Das sind wichtige Informationen«, stellte Gianni fest.

Moritz notierte sich noch einige Eckdaten, und Gianni machte sich endgültig auf den Weg ins Kommissariat. Er konnte die Eltern von Arnd Schumacher nicht mehr warten lassen und natürlich wollten sie verhindern, dass sich der Hausherr und der Liebhaber noch begegneten.

* * *

Ungefähr eine Dreiviertelstunde später stand Hannah den Männern im Data-Room gegenüber. Die Rollos waren zu zwei Dritteln heruntergelassen, und Hannah hatte schon beim Betreten das Gefühl, die Spannung mit Händen greifen zu können. Wie schon bei ihrem ersten Besuch sah sie in regungslose Gesichter.

Schließlich eröffnete Hannah die Befragung: »Ich würde gerne von Ihnen wissen, wo Sie sich gestern zwischen 22 Uhr und Mitternacht aufgehalten haben.«

»Darf man wissen, worum es geht?«, fragte Marius John sofort.

»Natürlich. Sie werden es ohnehin bald aus den Medien erfahren. Marlene Koch wurde ermordet.«

Die drei Männer warfen sich Blicke zu, in denen Hannah nichts außer Erstaunen lesen konnte.

»Und da kommen Sie zu uns?«, fragte Marius John mit einem spöttischen Unterton nach.

»Beantworten Sie mir bitte einfach meine Frage, Herr John.«

»Ich war zu Hause. Das kann meine Frau bestätigen«, antwortete er, und faltete demonstrativ die Hände hinter dem Kopf zusammen.

»Auch ich war mit meiner Frau zu Hause«, fügte Hinrich Berg hinzu.

»Und Sie, Herr von Hohenfels?«, fragte Hannah.

»Auch ich war zu Hause. Da ich jedoch alleine lebe, kann das leider niemand bezeugen«, sagte der Mann. »Der Portier im Hause kann Ihnen eventuell weiterhelfen. In der Regel endet sein Dienst um 21 Uhr, aber manchmal hat er noch zu tun. Ich kann Ihnen gerne seine Telefonnummer geben.«

»Das wäre gut«, sagte Hannah und schob ihm ihren Block hin. Er schraubte seinen Füller auf und begann zu schreiben. Sogar dabei legte er den Mittelfinger über den Zeigefinger. Der Ringfinger schien für das Gleichgewicht zu sorgen, und so sah es aus, als würde der Füller in seiner großen Hand verschwinden. Hannah konnte sich ein Lächeln nicht verkneifen: »Wie groß sind Sie eigentlich?«

Sein Blick schien Hannah zu durchdringen, die Augen sahen sie starr und kalt an. Ruhig hielt sie seinem Blick stand und behielt ihr Lächeln auf den Lippen, um der Frage nicht ihre Beiläufigkeit zu nehmen.

»Ich bin 1,97 Meter groß«, antwortete von Hohenfels schließlich.

»Vielen Dank, dass Sie mir die Kontaktdaten notiert haben. Marlene Koch hat uns übrigens noch telefonisch verständigt, dass sie einen Stick mit alten Aufnahmen gefunden habe. Der ist tatsächlich verschwunden. Aber zum Glück hat sie noch eine Kopie angefertigt. Na ja, Polizeiarbeit ist eben doch wie Puzzlespielen«, ließ Hannah die Männer im Plauderton wissen. Die drei ließen sie keine Sekunde aus den Augen. Sie verloren so langsam die Ruhe, dachte Hannah und freute sich. »Das war es auch schon. Ich muss gleich weiter. Ich bin ja eben erst aus London gekommen«, bemerkte Hannah noch im Aufstehen. »Aber das wissen Sie ja vielleicht schon.«

»Wir sind nur so etwas wie Buchhalter, keine Hellseher. Aber wir helfen immer wieder gerne, wenn wir das können«, sagte Marius John.

Seine Kollegen nickten zum Abschied.

Als Hannah an der Tür stand, drehte sie sich noch mal um: »Beinahe hätte ich es vergessen: Wieso übernachten Sie eigentlich allesamt in London immer im gleichen Hotel? Und das schon seit so langer Zeit?«

»Das hat keinen besonderen Grund«, reagierte Hinrich Berg als Erster. »Wenn man einmal ein Hotel gut findet und die Umgebung kennt, dann ist es ganz einfach bequemer.«

»Das klingt nachvollziehbar. Aber wissen Sie, was ich mich gerade frage?« Hannah sah in die Runde: »Warum wundert es niemand von Ihnen, dass ich über Ihr Hotel in London so gut Bescheid weiß? Manchmal sagt man am besten nichts, stimmt's?«, sagte Hannah noch, bevor sie endgültig den Data-Room verließ.

* * *

Gianni holte tief Luft, bevor er die Tür zu dem kleinen Besprechungsraum öffnete, in dem die Eltern von Arnd Schumacher warteten. Alles, was er wusste, war, dass Rolf Schumacher Professor für Neuere Geschichte an der Uni Heidelberg gewesen war und seine Frau an derselben Universität Soziologie lehrte.

Als er die Tür öffnete, war er überrascht. Das Ehepaar war in ein Gespräch vertieft, lehnte nebeneinander am Fenster. Sie verstanden sich gut, das war augenfällig, und das hatte er nicht erwartet. »Mein Name ist Gianni Hauser. Es tut mir sehr leid, dass Sie warten mussten.«

Die beiden nickten freundlich, kamen näher, reichten ihm die Hand und stellten sich nacheinander vor. Als sie alle Platz genommen hatten, ergriff Andrea Schumacher das Wort: »Wir sind sehr froh, dass Sie sich bei uns gemeldet haben. Es war für uns so unwirklich, dass unser Sohn so weit weg, auf den Bahamas, einfach erschossen worden ist. Natürlich können überall auf der Welt Verbrechen begangen werden. Und gerade in einer Stadt, in der sich hundert Morde pro Jahr ereignen. Aber es war schon sehr schwer für uns.«

Gianni nickte: »Das kann ich sehr gut verstehen. Leider kann ich Ihnen nicht versprechen, Licht ins Dunkel zu bringen. Aber wir haben Anhaltspunkte, die einen möglichen Zusammenhang mit anderen Verbrechen zumindest nahelegen.«

»Wir haben ihm immer gesagt, er soll sich aus diesem Manager-Milieu raushalten. Die Wissenschaft hätte ihm mehr geboten. Aber davon wollte er nichts hören«, erzählte Rolf Schumacher. »Aber was wollen Sie eigentlich wissen?«

»Beginnen wir ganz vorne. Wie kam es denn, dass Arnd ein Internat besuchte?«

Andrea Schumacher seufzte: »Als Arnd mit der Grundschule fertig war, hatte ich meine Habilitation beendet, und es wurde gerade eine Dozentenstelle frei. Das Betreuungsangebot war damals noch sehr schlecht, und so kamen wir auf das Kolleg St. Pontus.«

»Und die Schule bietet ganz ausgezeichnete Lernmöglichkeiten. Sie deckt nicht nur die Altsprachen ab, sie fordert und fördert die Schüler insgesamt. Des Weiteren sind die Schüler in ihrer intellektuellen und sozialen Entwicklung freier, wenn sie nicht ständig von den Eltern beobachtet werden«, sagte Rolf Schumacher.

»Und wir hatten den Eindruck, es gefiel ihm dort. Er fand rasch Freunde, und diese Freundschaften sind ja bis zuletzt erhalten geblieben«, fügte Andrea Schumacher hinzu. »Obwohl …«

Gianni sah auf. Andrea Schumacher trug ihre Haare zu einem einfachen Pagenkopf geschnitten, hatte eine hohe Stirn und braune, wache Augen. Er ahnte, dass sie das Internat kritischer sah als ihr Mann. »Alles könnte wichtig sein, erzählen Sie einfach«, bat Gianni.

»Arnd war in gewisser Weise immer distanziert. Nähe war ihm unangenehm. Er hatte ja auch keine Freundin. Zumindest nicht, soweit wir wissen. Er hat auch nie viel über das Internatsleben erzählt. Es war alles immer irgendwie geheim. Auch später, was seine Arbeit anbelangte, erzählte er nichts. Wir wussten nur sehr wenig darüber, weil alles vertraulich war. Und diese Geheimnistuerei entfernt einen Menschen eben.«

»Aber was könnte denn im Kolleg so vertraulich gewesen sein?«, fragte Gianni nach.

»Er war gerade mal zwölf, da sagte er mir, er finde es unfein, wenn er immer über andere spräche, die ich nicht einmal kennen würde. Und außerdem hätten wir entschieden, ihn ins Internat zu geben. Also sollten wir uns mit dem Teil zufriedengeben, den er mit uns lebte. Und das waren für gewöhnlich die Ferien«, erzählte Andrea Schumacher.

»Brachte er nie Freunde mit?«, fragte Gianni nach.

»Nein, in der Regel nicht. Eine kleinere Gruppe traf sich hin und wieder bei Philipp Waldhoff hier in Bruchsal. Die Familie hatte damals schon einen Pool, einen kleinen Tennisplatz hinterm Haus und sogar Hauspersonal, das für alles sorgte. Das hat den Jungs natürlich sehr gut gefallen. Eigentlich waren das damals schon die Jungs, die dann später gemeinsam bei der CAP gearbeitet haben. Aber das erschließt sich auch aus dem Fotoalbum«, bemerkte Rolf Schumacher.

»Arnd hat durch das Kolleg sein eigenes Leben geführt. Ich hoffte, ihm während des Studiums näherzukommen. Aber er ging ziemlich bald nach Cambridge. Als er zurückkam und in Mannheim bei der CAP begann, war er schon ein Mann. Und bei den seltenen Essen, zu denen er kam, hatte er uns wenig zu sagen. Wir haben einfach keinen Zugang zueinander gehabt«, stellte seine Frau fest. »Manchmal denke ich, das war der Preis, den ich für meine Karriere bezahlt habe.«

»Das ist doch nicht wahr«, sagte Roland Schumacher zu seiner Frau. »Es gibt viele Gründe, warum Kinder sich von ihren Eltern entfernen. Auch, wenn sie zu Hause in die Schule gehen, das weißt du doch.«

Der Professor übergab Gianni das Fotoalbum, das er vor sich auf den Tisch gelegt hatte. Die Bilder waren ordentlich mit Jahreszahlen und Namen überschrieben. Er bedankte sich bei dem Ehepaar und vergewisserte sich, dass er sich bei Fragen melden dürfe. Er versprach das Ehepaar zu informieren, sollten die Ermittler neue Erkenntnisse gewinnen, die den Tod ihres Sohnes betrafen.

* * *

»Wissen Sie, Marlene war nicht meine leibliche Tochter. Angelique hat mir das erst sehr spät gestanden. Erst als Marlene sechzehn Jahre alt wurde, kam das heraus. Das hat damals alles verändert«, eröffnete Konrad Koch das Gespräch, nachdem Moritz ihm kondoliert und der Vater den ersten Schock der Nachricht überwunden hatte.

Sie saßen im Wintergarten, Konrad Koch hatte bereits einen Grappa getrunken und schenkte sich den zweiten nach. Er passte rein äußerlich nicht zu seiner Frau. Er war deutlich älter, wahrscheinlich Mitte sechzig. Er war nachlässig frisiert, der Anzug saß nicht besonders gut, und man konnte sehen, dass er gerne und gut aß.

»Wusste Marlene das denn?«, fragte Moritz.

Konrad Koch schüttelte nur den Kopf.

»Inwiefern hat das denn alles geändert?«

Konrad Koch genehmigte sich einen großen Schluck, bevor er antwortete: »Es hat mir die Augen geöffnet. Ich war ganz verrückt nach Marlene. Sie hat mich so verzaubert. Meine Frau schien sich recht bald nach unserer Eheschließung mit mir gelangweilt zu haben. Sie hat sich anderweitig beschäftigt. Damit meine ich nicht andere Männer. Sie beschäftigte sich mit allem, was einen kultivierten Menschen ihrer Meinung nach ausmacht. Und über die Kälte in meiner Ehe half mir die kleine Marlene hinweg. Und dann war mir klar, dass ich nicht mit meiner Frau lebte, sondern in gewissem Sinne mit dem Mädchen, das nicht meine Tochter war.« Konrad Koch ließ den Blick schweifen und schien sich in seinen Gedanken zu verlieren. Plötzlich erinnerte er sich wieder an Moritz' Gegenwart: »Natürlich mag ich Marlene, aber sie ist eben nicht meine Tochter. Wir entschieden uns, Marlene die Wahrheit zu ersparen. Doch von diesem Tag an zog ich mich immer mehr in mein Büro zurück und schließlich kaufte ich mir eine Wohnung in Karlsruhe und kam nur noch an Feiertagen.«

Moritz brauchte einen Moment, um das Gesagte in einen Zusammenhang mit dem Fall zu bringen. »Hatten Sie jemals vor, sich von Ihrer Frau zu trennen?«

»Nach der Heirat von Marlene und Philipp wollte ich die Scheidung einreichen.« Koch sah in sein Glas und nahm wieder einen großen Schluck, bevor er weitersprach: »Angelique hat getobt!«

»Wann war das?«, fragte Moritz überrascht.

»Das war im Frühjahr. Ich habe vor einigen Jahren eine Frau kennengelernt, mit der ich gerne meinen Lebensabend verbringen möchte. Bislang war es kein Problem, dass ich verheiratet war. Aber jetzt will ich eine gewisse Eindeutigkeit.«

»Was hätte das für Ihre Frau geändert?«

»Sie meinen finanziell? Sie hätte sich zwar einschränken müssen, aber nicht so, dass sie nicht mehr hätte gut leben können. Darum ging es ihr nicht. Es störte sie einfach, dass die Fassade vor den Leuten fiel.«

Moritz überlegte kurz, bevor er sich zu der nächsten Frage durchrang: »Wussten Sie, dass Ihre Frau ein Verhältnis mit Herrn Dr. Blume hatte?«

»Nein. Aber was soll sie davon gehabt haben?«

»Wussten Sie, dass Philipp das Vermögen seiner Eltern überschrieben bekam und sich die beiden Verlobten wiederum gegenseitig als Erben einsetzten?«

»Und Dr. Blume war der Steuerberater der Waldhoffs?«

Moritz nickte: »Zumindest über eine lange Strecke.«

»Das würde zu Angelique passen. In zweierlei Hinsicht. Renate, meine Partnerin, hat zwei Söhne aus einer früheren Beziehung. Und seit klar ist, dass ich die

Scheidung will, lag Angelique mir ständig wegen des Erbes in den Ohren. Und ich habe mich in diesem Punkt auf keine Diskussionen eingelassen. Das hat sie umgetrieben. Immer wieder rief Angelique deswegen an. Ich gebe zu, ich habe das genossen.«

Versonnen betrachtete Konrad Koch den Grappa in seinem Glas. Ein kurzes Lächeln glitt über sein Gesicht: »Und außerdem zieht Angelique gern die Strippen. Ihr fällt immer wieder ein Weg ein, an Informationen zu kommen und andere vor ihren Karren zu spannen. Mit diesem Blume hatte sie sicherlich leichtes Spiel. Sie ist eine begehrenswerte Frau. Und sie ist geheimnisvoll. Eine gefährliche Mischung!«

»Er hat uns gegenüber ausgesagt, Ihre Frau hätte ihn gestalkt, als er die Beziehung beendet hatte«, hielt Moritz dagegen.

Jetzt musste Konrad Koch lachen: »Nein, das kann ich mir wirklich nicht vorstellen. Angelique würde nie zugeben, dass sie jemandem nachtrauert. Dazu ist sie zu stolz. Außerdem glaube ich gar nicht, dass sie solch tiefe Gefühle für andere hegt. Außer für Marlene. Und nicht einmal ihr hat sie das gezeigt.«

Moritz nickte nachdenklich und stand langsam auf: »Danke, Herr Koch. Sie haben uns sehr geholfen. Wir melden uns, falls sich weitere Fragen ergeben. Mein herzliches Beileid, noch mal.«

»Wissen Sie, bei allem, was zwischen Angelique und mir schiefgelaufen ist, dass sie jetzt Marlene verloren hat, das ist furchtbar. Das tut mir wirklich leid für sie«, begann Roland Koch. »Aber wer hätte gedacht, dass ich Marlene so vermissen würde. Ich bereue es so, dass ich mich von ihr abgewandt habe. Das hätte ich nicht tun dürfen. Nicht ohne Erklärung. Arme Marlene. Meine arme Kleine.«

Moritz überlegte kurz, ob er den Trauernden fragen sollte, ob er seiner Frau einen Mord zutraute. Aber das mussten sie schon selbst herausfinden, entschied er und verließ das Haus.

* * *

Als Hannah den typischen Wahnsinn des Donnerstagabend-Verkehrs am Walldorfer Kreuz hinter sich gelassen hatte, war es schon dunkel. In den Sechs-Uhr-Nachrichten wurde über Marlene Kochs Tod berichtet. Wenigstens waren keine Details durchgesickert. Wenn jetzt irgendwo auf der Welt Royals geheiratet oder Rockstars Nachwuchs bekommen hätten, wäre ihnen geholfen gewesen, dachte Hannah grimmig.

Sie hasste das Gefühl im Dunkeln zu tappen. Das schlechte Gefühl, etwas zu übersehen und das damit einhergehende Gefühl, mitschuldig zu sein.

Plötzlich hatte sie das Bedürfnis, richtig gute Musik zu hören und legte eine ihrer Lieblings-CDs ein. Michel Petrucciani gehörte zu den Musikern, dessen Spiel sie immer wieder in eine andere Welt entführte. Und wenn sie weiterarbeiten wollte, dann musste sie einen freien Kopf haben.

Als sie wenig später auf den Parkplatz der Kripo Bruchsal fuhr, war der Wind erfrischend und nicht mehr schneidend, der Himmel geheimnisvoll und nicht mehr unheilvoll. Drei Stufen auf einmal nehmend, lief sie die Treppe hinauf, stürmte den Gang hinunter und öffnete die Tür zum Besprechungszimmer.

Moritz und Georg waren in Unterlagen vertieft, während Gianni ganze Stapel von Bildermaterial und Fotos studierte. Der Raum schien mit ihren Zweifeln angefüllt zu sein, sodass es Hannahs erster Impuls war, das Fenster zu öffnen.

»Alles festhalten, ich lasse mal Luft rein«, warnte Hannah ihre Kollegen.

Der Sauerstoff tat seine Wirkung. Ihre Kollegen kamen in Bewegung, verteilten Gläser und Getränke, schlossen schließlich das Fenster und begannen dann, die verschiedenen Fakten und neuen Erkenntnisse zusammenzutragen.

Als sie eine gute Stunde später Schluss machten, hatten sich zwar keine neuen Aspekte ergeben, doch sie hatten sich eine Übersicht verschafft.

Hannah und Georg waren sich sicher, dass es zwischen der Durchsuchung des Hotelzimmers und dem Mauern seitens Scotland Yard einen Zusammenhang geben musste. Sie waren froh, dass sich Joe und Franz Rönne mit der Auswertung befassten. Allem Anschein nach war der Londoner Juwelier in die Sache verwickelt. Alles zeigte in Richtung Wirtschaftskriminalität.

Mittlerweile bezweifelte niemand mehr, dass das Internat in die Sache involviert sein musste. Und das passte wiederum zu der Galgenhohle.

»Vielleicht war das ein Auftragsmord. Aber der Kreis zieht sich zusammen«, resümierte Georg.

»Das bedeutet also, Moritz und ich statten morgen dem Kolleg St. Pontus einen Besuch ab«, bemerkte Hannah.

»Wir sind schon angemeldet«, warf Moritz ein. »Wir haben um halb elf einen Termin bei dem Abt.«

»Wir sollten aber nicht vergessen, dass Angelique Koch auch ein Motiv hat. Und sie hat über Dr. Blume versucht, an Informationen zu kommen«, fuhr Hannah konzentriert fort. »Gianni, du musst sie für morgen einbestellen, sofern die Ärzte ihr Okay geben. Wir brauchen da Klarheit. Zur Not nehmen wir sie in U-Haft. Dann wird sie schon reden.«

Die Tür flog auf und Mathias Sperling stand vor ihnen. Grau und müde sah er aus. Hannah musste an Annika denken, und hatte sofort ein schlechtes Gewissen, nicht mehr an die beiden gedacht zu haben. Nur einen Tag war sie weg und vergaß die Freundin, die mit dem Krebs kämpfte. Sie registrierte ein leichtes Ohrenpfeifen. Hannah nahm sich vor, nach ihrer Heimfahrt bei Annika vorbeizusehen.

Mathias kam sofort zur Sache: »Marlene Koch hat uns eine Botschaft hinterlassen. Genau wie der Tote auf den Bahamas.«

Schlagartig wurde es still in dem Raum, jede Bewegung war wie eingefroren.

»Ich habe einen Stick in ihrer Speiseröhre gefunden. Wir haben ihn möglichst schonend gereinigt. Trotzdem hat er was abbekommen. Die KTU in Heidelberg arbeitet mit Hochdruck dran. Die haben mir versichert, sie können die Dateien wiederherstellen. Morgen hört ihr von den Jungs.«

* * *

Hannah fuhr bei Gianni im Auto mit, nachdem sie auf dem Revier gegen neun Uhr Schluss gemacht hatten. Kaum war Hannah angeschnallt, versuchte sie Annika zu erreichen. Sie ging nicht ran. Hannah überlegte kurz und schrieb dann eine SMS:

Liebe Annika, bin schon auf dem Heimweg. Schaue dann gleich bei dir vorbei. LG Hannah

»Wollen wir noch was essen gehen? In der Kneipe, vom letzten Mal?«, fragte Gianni, der wie immer den Rhythmus aus dem Radio auf das Lenkrad trommelte.

»Eigentlich schon. Aber ich hab mich gerade bei Annika angekündigt. Ich will einfach nach ihr sehen.«

»Versteh ich doch«, sagte Gianni und setzte mit dem Trommeln aus. »Mathias sah heut echt angeschlagen aus. Irgendwie weiß ich gar nicht, wie ich jetzt mit ihm umgehen soll. Ich denke immer, ich sollte es ihm überlassen, mit dem Thema anzufangen.«

»Du könntest dich mit ihm auf ein Bier verabreden oder zum Fußballschauen oder so. Dann gibst du ihm zumindest die Gelegenheit. Und wenn er dann nicht darüber reden will, dann hat er wenigstens Ablenkung. So hätte es Philipp gemacht. Einfach anwesend sein und etwas mit dem anderen unternehmen. Das hilft tatsächlich.«

»Gute Idee. Das könnte ich wirklich tun«, meinte Georg.

Hannah wollte gerade zu einer Antwort ansetzen, da surrte ihr Handy.

Ist mir heute nicht recht. Melde mich wieder, Annika

»Wir können doch noch essen gehen. Annika will heute Abend ihre Ruhe«, meinte Hannah.

»Gerade rechtzeitig«, kommentierte Gianni und fuhr noch einmal durch den Kreisel, um dann in den kleinen Ort hineinzufahren. Hannah schrieb schnell noch eine SMS:

Schon okay! Melde mich morgen wieder, schlaf gut! Kuss, Hannah

Kaum hatten sie sich an einen freien Tisch gesetzt und ihre Bestellung aufgegeben, kam der Förster, Andreas Ried, zu ihnen an den Tisch.

»Darf ich?«, fragte er die Beamten und setzte sich, ohne eine Antwort abzuwarten.

»Wenn Sie uns nicht über unseren Fall ausfragen und niemandem verraten, was wir beruflich machen, gerne«, kam Gianni seiner Kollegin zuvor.

»Keine Sorge, eigentlich will ich nur mit Ihrer Kollegin anstoßen, damit ich sie endlich duzen kann. Vielleicht reagiert sie dann doch noch auf meine Essenseinladung«, sagte Andreas Ried.

»Du kannst auch so Hannah zu mir sagen. Und zum Essen komm ich sowieso«, antwortete Hannah.

»Zum Essen kommt sie garantiert, das ist wirklich keine Frage. Ihr Kühlschrank ist chronisch leer«, mischte sich Gianni ein.

»Mir soll es recht sein«, lächelte Andreas Ried und bestellte noch eine Runde.

Hannahs Handy surrte:

Nicht nötig, ich meld mich schon wieder.

»Schlechte Nachrichten?«, fragte Gianni besorgt nach.

Hannah schüttelte den Kopf: »Nein, alles in Ordnung. Das war nur Annika.«

»Ich fahr dich, wenn sie dich jetzt doch sehen will«, bot Gianni an.

Hannah wartete, bis die Getränke verteilt waren: »Nein, jetzt will sie nicht mal mehr, dass ich mich melde. Sie ist so verdammt abweisend seit der Krebsdiagnose.«

»Das kenne ich«, meinte Andreas. »Meine Frau ist erst letztes Jahr gestorben an Krebs. Und deswegen kann ich dir sagen, dass man das nicht persönlich nehmen darf.«

Und dann erzählte er davon, wie er seine Frau schon einige Jahre vor ihrem Tod verloren hatte, weil sie seine Nähe nicht mehr ertrug und seine Liebe plötzlich nicht mehr wollte. Er erschöpfte sich selbst und seine Frau mit seiner Zuneigung, seinen Ängsten und seinem ständigen Bedürfnis sie, so lange und so gut er es konnte, zu umsorgen.

»Es war, als säße sie auf gepackten Koffern«, erinnerte sich Andreas. »Sie musste gehen, und das wusste sie. Also begann sie sich zu wappnen. Irgendwie musste ich sie loslassen, weil es für sie so leichter war. Schließlich verlor sie ihr Leben.«

Gianni trank sein Pils aus: »Ziemlich traurig.«

»Wir hatten auch noch viele gute Tage. Aber es war eben anders als zuvor.«

»So wie du mir das erklärst, kann ich Annika schon verstehen«, meinte Hannah. »Aber sie hat ja noch nicht verloren. Sie kann wieder gesund werden.«

»Das wollen wir hoffen«, erwiderte Andreas und sah dann die beiden Polizisten an: »Noch 'ne Runde?«

* * *

Marlene hatte also noch eine Kopie angefertigt. Vor ihrem Tod. Er war sicher, dass sein Mann ihm gleich die Aufnahmen bringen und alle Spuren endgültig beseitigen würde. Er kannte ihn, aus alten Zeiten, unter anderen Umständen, als er im Dienste des Konzerns tätig gewesen war. Der Mann ahnte nicht, dass er jetzt nur für ihn, den Mann ohne Träume, agierte. Sollte er ihn töten, wenn er hatte, was er wollte? Das würde wieder andere Verdächtige ins Spiel bringen und die Polizei vor ein neues Rätsel stellen.

Wenn er die Aufnahmen erst vernichtet hatte, wäre er am Ziel. Niemand könnte ihn entdecken. Das letzte Dokument aus alten Tagen waren diese Aufnahmen. Die könnten ihn verraten. Doch das würde er zu verhindern wissen. Gelobet sei der Herr!, dachte der Mann ohne Träume und faltete die Hände zu einem Gebet.

* * *

Hannah saß schon in ihrem Bett und überlegte, ob sie noch anrufen konnte. Sie hatte gesehen, dass ihre Mutter es versucht hatte. Sie würde es nur kurz klingeln lassen.

Sofort wurde abgenommen.

»Hannah, schön, dass du dich meldest.«

»Ich wusste nicht, ob es nicht schon zu spät ist.«

»Nein, ich freu mich doch. Hast du Cesar in London getroffen?«

Hannah musste lächeln. »Ja, das habe ich. Er war wie immer.«

Ihre Mutter lachte am anderen Ende: »Unverwüstlich, und immer charmant.«

»Weißt du noch, als wir mit Cesar und Paul in die Pyrenäen gefahren sind? Und unterwegs, kurz vor der Auvergne, uns der Motor des Autos kaputt gegangen ist?«

»Ich erinnere mich. Du und dein Bruder, ihr wart so genervt.«

»Das kannst du laut sagen. Und du und Cesar, ihr konntet nicht mehr vor Lachen. Und als der Abschleppdienst kam, und wir mitgenommen wurden, seid ihr vorne bei dem Fahrer gesessen und habt ihn darüber ausgefragt, wo man eine nette *gîte* finden würde.«

»Deinen Wutanfall Hannah, den hättest du hören sollen! Du wolltest unbedingt in die Pyrenäen.«

»Stimmt. Aber dann hat der Bruder des Fahrers uns ein wunderschönes Ferienhäuschen vermietet. Es lag ganz herrlich auf einem Hügel.«

»Viel zu abgelegen, hast du gefunden. Und du musstest dir dein Zimmer mit den Jungs oder mit mir teilen. War das ein Zirkus!«

»Ich hab gern bei dir geschlafen, Mama. Du hast mir abends immer noch die Hände massiert.«

»Das war wirklich ein schöner Urlaub. Abgesehen davon, dass unser Auto erst viel zu spät fertig war. Ich glaube wir waren insgesamt drei Wochen auf diesem Hügel. Glaubst du, diese Hütte gibt es noch?«, fragte Hannah.

»Bestimmt. Warum fragst du?«

»Ich finde, wir könnten doch dort Weihnachten verbringen, oder? Da liegt bestimmt Schnee?«

»Du willst Weihnachten mit mir verbringen?«

Hannah war überrascht: »Warum denn nicht?«

»Aber höchstens fünf Minuten pro Hand. Länger massiere ich sie dir nicht mehr. Ich habe mittlerweile alte Hände. Und wir müssen unbedingt noch ein paar Freunde mitnehmen. Das ist lustiger.«

»Gute Idee. Kümmerst du dich drum?«, fragte Hannah noch.

»Natürlich. Gute Nacht. Ich muss jetzt schlafen, sonst bin ich über den Punkt.«

»Schlaf gut.«

Als Hannah auflegte, musste sie noch eine Weile lächeln. Das war wirklich ein schöner Sommer gewesen, den sie zufällig in der Auvergne verbracht hatten.

11. Kapitel

Es war ein schöner Herbstmorgen. Die Sonne leuchtete die Hügel aus, die Blätter an den Bäumen kleideten sich in warmen Farbtönen und Hannah sah dem Tag zuversichtlich entgegen, als sie kurz nach acht Uhr gemeinsam mit Gianni ihr Büro betrat. Während Gianni den Computer hochfuhr, sah Hannah die regionalen Zeitungen durch. Die Schlagzeilen unterschieden sich an diesem Freitag, den 14. November, wenig, doch alles in allem war die Berichterstattung angemessen. Hannah war erleichtert darüber, dass Polizei und Presse in diesem Fall so gut zusammenarbeiteten. Als sie sich gerade auf den Weg ins Sekretariat machte, kam Stefanie Mahler bereits mit zwei Kaffeebechern in der Hand zur Tür herein.

»Guten Morgen! Ich hab gedacht, ich mach es euch heut ausnahmsweise ein bisschen leichter und bringe euch den Kaffee.«

Gianni und Hannah bedankten sich ausführlich und erfuhren, dass sie sich dringend bei der KTU in Heidelberg melden sollten.

»Warum mailen die uns nicht einfach die Dateien?«, überlegte Gianni.

Hannah las sich eine kurze Zusammenfassung von Joe und Staatsanwalt Franz Rönne durch, die sich gemeinsam in Mannheim durch den Firmen- und Kontendschungel der CAP schlugen. Sie hatten noch immer keinen eindeutigen Beweis für die Betrügereien der CAP gefunden, doch schienen sie der Sache näherzukommen. Hannah schrieb eine kurze Antwort.

»Das ist doch nicht zu fassen«, unterbrach Gianni die Stille. »Der Rechner, auf den die Videos überspielt wurden, ist heute Nacht plattgemacht worden, und der Stick ist verschwunden.«

Hannah fuhr von ihrem Stuhl hoch: »Wie konnte das denn passieren?«

»Das wissen die auch noch nicht. Im Moment versuchen die Kollegen, die Festplatte des Rechners zu retten. Der Stick jedenfalls ist definitiv weg.«

Hannah holte ihre Gitarre und raste in Halbtonschritten über das Griffbrett: »Das kann doch nur jemand von der KTU selbst oder einer der Beamten getan haben, die dort Zugang haben.«

Gianni schüttelte den Kopf: »Bis gerade eben war ich mir noch sicher, dass das Ganze auf diese Internatsgeschichte hinausläuft. Eine persönliche Geschichte. Das Kolleg, die Galgenhohle ... das sah alles nach einem persönlichen Drama aus.«

Hannahs Finger wurden langsamer, bis sie schließlich auf den Saiten zum Stehen kamen. »Da gebe ich dir recht. Außerdem dürfen wir Angelique Koch als neue Verdächtige auf keinen Fall aus dem Auge verlieren. Ebenfalls ein persönlich motiviertes Verbrechen.«

»Und auf der anderen Seite passt der durchorganisierte Mord an Philipp Waldhoff überhaupt nicht ins Bild. Das gilt auch für den Mord an Arnd Schumacher. Und jetzt wurde auch noch euer Zimmer in London durchsucht«, fuhr Gianni fort. »Und außerdem muss dort jemand darauf angesetzt worden sein, um den Stick verschwinden zu lassen. Auch das klingt nach einem Profi. Woher wussten die oder der Täter überhaupt davon? Ist was darüber zu den Medien durchgesickert?«

»Das glaube ich nicht«, meinte Hannah, »aber ich habe im Data-Room erwähnt, dass Marlene uns einen Stick übergeben wollte, sie aber eine Kopie auf ihren Rechner gezogen hatte.«

Gianni sprang von seinem Stuhl auf: »Na wunderbar! Was sollte das, verdammt?«

»Das war Absicht. Ich wollte ganz bewusst einen Ball spielen. Kommt er zurück, wissen wir wenigstens, dass diejenigen, die im Data-Room waren, mit drinhängen«, erwiderte Hannah gelassen.

»Das ist doch Wahnsinn! Als du bei denen in Frankfurt warst, wusstest du noch nicht mal, dass Marlene den Stick geschluckt hatte.«

»Das ist eben so, wenn man pokern muss. Zufall, dass wir den Stick gefunden haben. Aber sag mir lieber, ob die KTU videoüberwacht ist?«

»Die Kollegen sind schon dabei, die Aufzeichnungen durchzugehen. Aber ich glaub kaum, dass sie was rauskriegen. Im Gebäude kann man sich frei bewegen«, meinte Gianni resigniert.

»Am besten du gehst heute noch mal alles durch, was wir über Marius John, Hinrich Berg und Johannes von Hohenfels haben. Auch über Dr. von Köhnen will ich alles haben. Das müssen wir prüfen!«

»Mach ich. Wo steckt eigentlich Moritz? Der ist doch sonst die Pünktlichkeit in Person.«

Hannah suchte in ihrer Handtasche nach ihrem Handy und bemerkte, dass er ihr eine SMS geschrieben hatte: »Mist! Er wartet in genau zehn Minuten auf einem Parkplatz nahe der Autobahn auf mich«, rief Hannah, währenddessen sie ihre Sachen zusammenraffte und zur Tür eilte: »Informierst du Georg?«

* * *

Ungefähr eineinhalb Stunden später standen Hannah und Moritz vor dem Markusianer-Kloster St. Pontus. Den beiden blieb noch ein wenig Zeit bis zu ihrem Termin. Und so machten sie einen kleinen Spaziergang um das Kloster herum. Es wirkte nicht wie eine Festung, in dem Mönche zurückgezogen lebten, sondern wie ein Bienenstock inmitten eines kleinen, schwäbischen Ortes. Schüler, Lehrer, Handwerker und Lieferanten gaben sich die Klinke in die Hand. Um Punkt halb elf meldeten sich die beiden Beamten an der Pforte und ließen sich zum Büro des Abts führen.

»In diesem alten Kasten ist es wirklich schön. Das hat echt was«, flüsterte Hannah ihrem Kollegen zu, als sie die alten Holztreppen hinaufstiegen und anschließend über lange Gänge aus massiven Dielen schritten, die von großen Fensterflügeln unterbrochen wurden.

Als sie an einer schweren Tür klopften, wurde diese sogleich schwungvoll aufgezogen, und vor ihnen stand ein Mann in Jeans und Sweatshirt: »Guten Tag. Schön, dass Sie es so pünktlich geschafft haben. Ich bin Pater Gregor Müller. Wenn Sie mögen, können Sie mich Pater Gregor nennen.«

Der Mann, der der Abt des Klosters sein musste, war Hannah sofort sympathisch. Er war der Typ rothaariger Wikinger, mit dem Hannah sofort durch die Kneipen ziehen würde. Er bot Hannah und Moritz seinem großen Holzschreibtisch gegenüber Platz an.

»Ich bin Hannah Henker und das ist mein Kollege Moritz Schmidt. Wir sind in einer delikaten Sache hier.«

»Soweit ich informiert bin, sind zwei unserer ehemaligen Internen ermordet worden«, antwortete der Abt ohne große Umschweife.

»Arnd Schumacher und Philipp Waldhoff haben sogar gleichzeitig bei einer Wirtschaftsprüfungsgesellschaft in Mannheim gearbeitet. Ebenso Marius John und Hinrich Berg.«

»Tatsächlich?«, fragte Pater Gregor erstaunt. »Aber doch nicht bei der CAP?«

»Doch, genau dort. Wie kommen Sie darauf?«, fragte Moritz nach.

»Der Chef der Niederlassung, Dr. von Köhnen, ist der Stiftungsvorsitzende unseres Kollegs. Erst gestern Nachmittag hat er mit Pater Christoph hier im Kloster Tee getrunken. Nun ja, in einem Internat entstehen Freundschaften fürs Leben, wie man so sagt.«

»War Dr. von Köhnen auch Schüler hier im Internat?«, fragte Moritz.

»Das war er. Unser Internat hat eine lange Tradition.«

Hannah sah sich in dem Büro um. Es war ein einfacher, aber freundlicher Raum, der durch seine gut dreißig Quadratmeter, das antike Fischgrätenparkett und die großen Fensterflügel herrschaftlich wirkte. Dann wurde Hannah klar, warum sie fror: Für den großen Raum gab es tatsächlich nur zwei kleine Heizkörper.

»Warm ist es hier aber nicht«, meinte Hannah.

Pater Gregor lachte auf: »Das ist nicht untypisch für ein Kloster. Diese riesigen Gebäude bekommen Sie einfach nicht warm. Ist aber gut für das Immunsystem, wie unser Hausarzt immer sagt. Ich frage kurz in der Küche, ob man uns einen heißen Kräutertee hochbringen kann. Nach der großen Pause könnte noch welcher da sein.« Er telefonierte kurz und wandte sich dann wieder den beiden Polizisten zu: »Ich hab da ein ganz schlechtes Gefühl.«

»Wobei?«, fragte Hannah.

»Dass zwei unserer Ex-Schüler getötet wurden, dass einige Ex-Schüler bei der CAP arbeiten, deren Chef unser Stiftungsvorsitzender ist.«

Moritz und Hannah warfen sich einen vielsagenden Blick zu. Nach einer Weile sprach der Abt weiter: »Wissen Sie, ich bin erst das dritte Jahr in diesem Kloster Abt. Und ich muss bekennen, dass es mir oft so vorkommt, als gäbe es Dinge, von denen ich nichts weiß. So, als spielte sich hier, vor meinen Augen, etwas ab, das man vor mir zu verbergen sucht.«

»Was könnte das sein?«, fragte Moritz nach.

»Etwas Dunkles – so ist jedenfalls mein Eindruck. Meine Berufung als Abt hat Pater Christoph nicht gefallen, denn er hatte wohl fest damit gerechnet, selbst für dieses Amt vorgeschlagen zu werden. Also dachte ich damals, er würde das Kloster verlassen, zumal man ihm eine andere Abtei in Italien anbot. Aber Pater Christoph ist geblieben.«

Pater Gregor sah auf einen alten Stich an der Wand, der das Kloster zeigte.

»Wir sind keine besonders reiche Abtei. Aber wir haben die Jungs. Und wer junge Menschen mag, der ist hier genau richtig.«

»Ist Pater Christoph vielleicht der Schüler wegen hiergeblieben?«, fragte Hannah.

»Eben nicht! Er ist ein schlechter Pädagoge. Viel zu streng und hierarchisch. Er verweigert sich jeder Zusammenarbeit, sodass ich sämtliche Erzieher auswechseln musste, damit die Erziehung tatsächlich im christlichen Sinne der Nächstenliebe verläuft.«

»Warum bleibt er dann hier? Was meinen Sie?«, wollte Moritz wissen.

»Ich weiß es nicht. Aber mein Gefühl sagt mir, dahinter steckt etwas, wovon ich nichts ahne. Das kann nichts Gutes sein.«

»Es gibt bestimmt etwas Konkretes, etwas, das vorgekommen ist, was in Ihnen dieses Gefühl ausgelöst hat«, versuchte es Hannah.

Der Abt nickte, wurde aber durch das Klopfen an der Tür unterbrochen. Ein Pater trat mit einem Tablett, auf dem Tassen und Thermoskanne standen, ein.

Als er wieder gegangen war, verteilte Pater Gregor den Tee: »Wir bekamen Anfang dieses Schuljahrs einen neuen Internen, Timo Sander, der nur bis zu den Herbstferien bleiben sollte, da seine Eltern einige Wochen aus beruflichen Gründen verreist waren. Danach hätte er als Externer oder auch als Interner bleiben können. Es ist nicht ganz einfach, im Kolleg einen Platz zu ergattern.«

Moritz unterbrach ihn: »Was bedeutet Interner oder Externer?«

»Interne sind diejenigen Schüler, die die Schule besuchen und hier wohnen. Externe besuchen nur unseren Schulunterricht.«

Moritz holte seinen Block und notierte: »Welche Schulklasse besuchte der Junge?«

»Die Quarta«, antwortete der Abt. »Also die siebte Klasse. Jedenfalls lebte sich Timo gut ein, und er fühlte sich wohl. Das konnte ich im Geschichtsunterricht sehen. Eine Woche vor den Herbstferien, das war an einem Samstag, fehlte Timo beim Mittagstisch. Das war ungewöhnlich, denn er hatte immer einen guten Appetit. Als er auch nach zwei weiteren Stunden nirgends auftauchte, wurde sein Erzieher nervös und verständigte mich. Wir befragten die Jungen aus seiner Stube. In dieser Stufe wohnen die Jungs zu dritt im Zimmer, aber die wussten nichts. Also fasste ich den Entschluss, die Polizei zu verständigen, wenn wir ihn bis zum Abendessen nicht gefunden hätten. Um Viertel vor sechs rief seine Großmutter aus Stuttgart an. Der Junge stünde bei ihr vor der Tür und weigere sich, ins Internat zurückzukehren.«

»Geht das denn, wenn die Eltern ihn angemeldet haben?«, fragte Hannah.

»In der Regel nicht. Jedenfalls wollte Pater Christoph sofort zu den Großeltern fahren, um mit dem Jungen zu reden. Das war sonderbar. Denn bis dahin hatte er sich nicht für das Verschwinden des Jungen interessiert. Ich schickte den Erzieher nach Stuttgart zu den Großeltern, denn sie machten mir am Telefon deutlich, dass Timo den Internatsleiter weder sprechen noch sehen wollte.«

»Seltsam«, meinte Moritz und ging seine Notizen nochmals durch.

»Das ist es«, bestätigte der Abt. »Der Erzieher packte die Sachen des Jungen zusammen und brachte sie ihm, denn die Eltern stimmten inzwischen telefonisch zu, dass der Junge bei den Großeltern bleiben durfte. Mir kam es ganz so vor, als suchte Timo Schutz. Aber weder die Eltern noch die Erzieher bekamen heraus, warum er das Internat so plötzlich verlassen hatte.«

Hannah stellte ihre leere Tasse auf den Tisch zurück: »Haben Sie sich bei seinen Mitschülern umgehört, was vorgefallen sein könnte?«

»Das haben wir natürlich versucht. Leider vergeblich. Aber seitdem habe ich mein schlechtes Gefühl.«

»Wir würden gerne mit dem Erzieher sprechen. Ist das möglich?«, fragte Moritz.

»Das geht nicht. Er ist für ein Misereor-Projekt für zwei Jahre nach Namibia gegangen. Das stand schon vor dieser Geschichte fest.«

Hannah fühlte sich ratlos. Schon wieder tat sich eine Sackgasse auf. Da kam ihr eine Idee: »Könnten Sie bitte dafür sorgen, dass Moritz ungestört mit einem Pater Jahrgangsfotos von Philipp Waldhoffs Stufe durchgehen kann? Das könnte hilfreich für uns sein, etwas mehr über die ehemaligen Schüler zu erfahren. Am besten so, dass es die Gruppe um Pater Christoph nicht mitbekommt?«

Ein kleines Lächeln huschte über das Gesicht des Abts: »Ich habe Sie bereits als Eltern eines Schülers angekündigt, die sich um einen Platz bewerben.«

»Das ist aber ziemlich unrealistisch!«, entfuhr es Moritz. »Du bist immerhin gut fünfzehn Jahre älter als ich. Das nimmt uns nun wirklich niemand ab.«

»Bestimmt gab es hier schon so einige unrealistische Konstellationen«, bemerkte Hannah amüsiert.

»Überlassen Sie doch den anderen die Gedanken über Konventionen und über das, was sein darf und was nicht. Die Wege des Herrn sind unergründlich. Und glauben Sie mir: Gott freut sich über jede Frucht der Liebe.«

* * *

»Gianni, Frau Koch ist da. Sie wartet im Besprechungsraum«, sagte Stefanie Mahler, die offenbar die wenigen Schritte von ihrem Sekretariat bis zu seinem Büro gerannt war.

Gianni wollte schon aufspringen, besann sich dann aber eines Besseren. Er wandte sich an Stefanie Mahler: »Ich komm in ungefähr zehn Minuten. Bringst du ihr so lange einen Kaffee oder einen Tee?«

»Tee? Wir haben doch nur Teebeutel! Da muss ich sie erst fragen, oder?«

Gianni nickte zerstreut und bemühte sich, seine letzten Gedanken zu notieren und die Fotos so zu sortieren, dass er später gleich anknüpfen könnte. Es wollte ihm kein rechtes System einfallen, wie er diese Fotos miteinander in Beziehung bringen konnte. »Irgendwas wollt ihr mir doch erzählen«, sagte Gianni, als er sich endlich von seinem Schreibtisch losriss und sich auf den Weg zum Besprechungszimmer machte.

Angelique Koch saß auf einem Stuhl. Sie hielt den Kopf gesenkt. Den Mantel hatte sie angelassen, die Arme vor sich verschränkt. Müde sah sie auf, als Gianni sie begrüßte: »Danke, dass Sie gleich nach Ihrer Entlassung aus dem Krankenhaus zu uns gekommen sind. Ich hoffe es geht Ihnen inzwischen besser.«

Angelique Koch sah auf. »Können wir das schnell hinter uns bringen? Ich will nach Hause. Ich muss alleine sein.«

»Wie würden Sie Ihre Beziehung zu Herrn Dr. Blume beschreiben?«, begann Gianni.

»Ich hatte ein Verhältnis mit ihm. Ein paar Wochen lang. Ich wollte wissen, was da bei den Waldhoffs lief. Was die Alten Philipp überschreiben wollten. Total umsonst.«

»Wie meinen Sie das, ›umsonst‹?«

Angelique Koch strich mit der linken Hand gedankenverloren über den rechten Ärmel ihres Mantels: »Was spielt das jetzt alles noch für eine Rolle? Marlene ist tot. Sie braucht nichts mehr.«

»Aber Sie erben jetzt«, bemerkte Gianni.

»Was soll ich erben?«, fragte Angelique Koch abwesend.

»Das überschriebene Vermögen der Waldhoffs an Philipp.«

Fassungslos sah sie ihn an, ein leichtes Zucken um den Mund. »Das glauben Sie doch nicht wirklich?«, fragte sie tonlos. Wie in Zeitlupe stand sie auf, ging ans Fenster, lehnte sich ans Fensterbrett und fuhr sich mit den Händen durch die Haare. »Das trauen Sie mir also zu? Dass ich erst Philipp und dann meine Tochter umbringe. Um zu erben?«

»Erklären Sie mir einfach, was das mit Dr. Blume sollte«, erwiderte Gianni.

Angelique Koch kam wieder zum Tisch zurück und setzte sich langsam hin. »Dieser Mann hat mich genervt. Seine Begeisterung für mich war anfänglich wohltuend. Aber als ich von ihm erfahren hatte, was ich wissen wollte, wurde er unerträglich. Er wollte sich von seiner Frau trennen, was mir egal gewesen wäre, aber er verlangte, dass ich mich zu ihm bekennen sollte. Das kam für mich nun wirklich nicht infrage.«

»Er behauptet, Sie hätten ihn gestalkt«, bemerkte Gianni.

»Das stimmt nicht. Er kam einfach nicht mit der Situation zurecht. Er hat mir Auskünfte gegeben, die er mir nicht hätte geben dürfen. Und er fühlte sich wohl ausgenutzt, als er begriffen hat, dass er mir schlicht und ergreifend egal war. Das war sicherlich nicht nett von mir. Aber so ist es gewesen. Und er lügt eben, verdreht die Wahrheit, damit er nicht so blöd dasteht.«

»Warum wollten Sie denn diese Informationen bezüglich des Erbes der Familie Waldhoff?«

Sie sprach sehr leise: »Ich war eine strenge Mutter. Ich konnte Marlene meine Zuneigung nicht zeigen. Aber Roland, mein Mann, hat sie geliebt. Als mein Mann herausbekam, dass er nicht Marlenes leiblicher Vater war, hat er sich von uns zurückgezogen. Marlene hat das zutiefst verunsichert. Und ich habe mit noch mehr Strenge darauf reagiert.« Angelique Koch zupfte mittlerweile an dem Ärmel ihres Mantels, als wollte sie etwas entfernen. »Mein Mann hat jetzt andere Interessen. Eine andere Frau, die Söhne aus einer vorherigen Beziehung hat. Ich wollte doch nur, dass Marlene versorgt ist. Ich wollte nicht, dass sie noch mehr verliert. Ich wollte doch nur …« Sie begann leise zu schluchzen. Erst dachte Gianni, es würde gleich vorübergehen. Doch als sie immer lauter wurde, wusste er aus Erfahrung, dass sie sich nicht würde beruhigen können. Er rief Stefanie Mahler, die sofort den Notarzt verständigte. Dann setzte er sich wieder neben Angelique Koch und versuchte, beruhigend auf sie einzureden.

Als der Notarzt eintraf, ahnte Gianni, dass es lange dauern würde, bis man wieder mit Angelique Koch reden konnte.

Diese Frau hatte ihre Tochter nicht umgebracht, da war sich Gianni sicher. Er kehrte zurück zu den Fotos auf seinem Schreibtisch. Er entschloss sich, Moritz noch mal an das Foto mit dem eingeritzten Piktogramm zu erinnern, wenn er schon in diesem Kloster war. Ein Kelch mit vier Buchstaben, vor fünfundzwanzig Jahren in den Baum eingeritzt, an welchem sie Marlene gestern erhängt gefunden hatten. Das musste etwas bedeuten.

* * *

Hinrich Berg stand auf, ließ den Blick über seine Kollegen schweifen und sagte: »Ich gehe.«

Marius John blickte auf: »Es ist gerade mal Mittag.«

»Was soll's. Wer weiß, was morgen kommt«, gab Berg zurück und machte die Deckel der Aktenordner zu, die aufgeschlagen auf dem Tisch lagen. »Oder willst du mir das etwa verbieten?«

Marius John winkte ab und widmete sich wieder den Zahlen und Buchungssätzen, die in seiner Excel-Tabelle in Reih und Glied platziert waren.

»Euch beide scheint das ja alles nichts anzugehen«, konstatierte Berg, während er seine Gesetzestexte in einem Pilotenkoffer verstaute.

Johannes von Hohenfels drehte den Siegelring am Finger und betrachtete das eingravierte Wappen, als würde er es zum ersten Mal sehen: »Was meinst du mit ›alles‹? Wenn du damit meinst, dass Marlene Koch erhängt aufgefunden worden ist, so geht mich das tatsächlich nichts an. Und euch?«

»Hinrich und ich kennen uns schließlich schon von klein auf«, bemerkte Marius John beiläufig und blätterte in seinen Unterlagen.

»Offenbar ist das nicht für jeden bekömmlich«, erwiderte Johannes von Hohenfels und fixierte bei diesen Worten Hinrich Berg. Nicht für eine Sekunde ließ er ihn aus den Augen.

»Warum schaust du mich so an?«, reagierte der prompt.

Hohenfels legte die gefalteten Hände auf den Tisch: »Ich frage mich, warum du so nervös wirst. Vielleicht rechnest du damit, der Nächste aus eurer Mitte zu sein.«

Marius John lachte kurz auf. »Also doch eifersüchtig!«

»Von außen gesehen muss man das nicht. Das zeigt sich doch jetzt allzu deutlich. Die ersten Ratten verlassen bereits das Schiff, nicht wahr, Hinrich?«

Hinrich Berg hielt dem Blick von Johannes von Hohenfels stand: »Ich habe es mir anders überlegt, ich bleibe. Man will ja nicht jedem Beliebigen das Ruder überlassen.«

* * *

Eine Stunde später saßen sie bei Sanders auf dem Sofa und hofften, dass Timo mit ihnen reden würde. Der Junge hatte noch kein Wort von sich gegeben. Plötzlich stand er auf und stellte sich vor Hannah. »Hast du keine Polizeimarke?«

»Schon, aber der Ausweis ist Pflicht«, antwortete Hannah und zeigte ihn dem Jungen.

»Eine Marke wäre irgendwie cooler.«

Hannah musste lachen: »Ich bin ja schon froh, dass ich nicht so einen ganz alten Lappen hab. Die waren echt peinlich.«

»Und was musst du so machen?«, fragte Timo.

»Meistens sitze ich im Büro und lese Unterlagen. Und manchmal ziehe ich los und stelle Leuten Fragen. So wie heute.«

»Klingt langweilig.«

»Immer noch besser als Lehrer oder so«, meinte Hannah.

Abt Gregor warf Hannah einen strafenden Blick zu und wandte sich dann an Timo. »Lehrer sein ist gar nicht so schlecht! Wir haben doch in Geschichte tolle Sachen gemacht, oder Timo?«

»Stimmt. Im Kolleg war der Unterricht gar nicht so schlecht.«

»Willst du mir nicht doch sagen, warum du nicht bei uns geblieben bist? Solange ich nicht weiß, was da läuft, kann ich doch gar nichts dagegen tun.«

Timo verzog sich wieder auf seinen Sessel. »Ich habe viel darüber nachgedacht. Eigentlich ist es nirgends so gut wie zu Hause«, begann er. »Das hätte ich vor dem Internat nicht gedacht. Es macht mir jetzt nichts mehr aus, wenn ich an manchen Nachmittagen alleine zu Hause bin.« Timo unterbrach sich und rutschte auf die Vorderkante seines Sessels. Er brauchte einen Moment, bis er mit der Sprache herausrückte: »Pater Gregor, ich kann nicht glauben, dass Sie nicht wissen, was im Internat los ist.«

Pater Gregor schluckte schwer. Es erschien Hannah wie eine Ewigkeit, bis er weitersprach: »Das trifft mich, wenn du das denkst. Ich bin doch hier, weil ich wissen will, was los ist.«

»Ich kann nicht darüber reden«, begann Timo nach einer Weile. »Ich würde ja gerne, aber ich kann es nicht. Das ist alles so ... Deswegen habe ich es aufgeschrieben. Soll ich es schnell holen?«

»Aber ja!«, rief Hannah aus. Als Timo sich nicht von der Stelle rührte, hätte sie sich am liebsten verflucht. Ruhe verbreiten, erinnerte sie sich an eine der Grundregeln aus der Ausbildung. »Wann hast du das denn aufgeschrieben?«

»Vor ein paar Tagen. Mein großer Bruder war da. Er studiert in Freiburg Medizin. Und der hat mir erzählt, dass er an der Uni gelernt hat, dass man das, was man nicht sagen kann, aufschreiben sollte. Wir haben einen Platz vereinbart, wo ich es hinlegen soll. Und wenn ich ...«

»Ja?«, ermutigte Hannah den Jungen.

»Wenn sich das mit dem Schlafen nicht bessern würde, dann würde mein Bruder alles lesen. Und dann hätte er schon gewusst, was zu tun ist.«

Abt Gregor lächelte versonnen vor sich hin. »Du hast einen sehr klugen Bruder«, meinte er schließlich. »Schläfst du denn jetzt wieder besser?«

»Ja, seit die Geschichte in der Schublade liegt, geht es wieder«, sagte Timo und stand auf. »Ich bin gleich wieder da.«

Kaum war Timo aus dem Zimmer gegangen, klopfte es an der Tür, und Frau Sander betrat den Raum. »Was ist denn jetzt?«, fragte sie nervös.

Hannah erklärte ihr kurz die Situation und fasste einen Entschluss. »Es ist vielleicht besser, wenn Sie dabei bleiben. Ich habe das Gefühl, dass wir etwas Schwerwiegendes zu hören bekommen.«

»Das möchte ich auch. Doch Timo hat uns gegenüber die ganze Zeit so gemauert, dass mein Mann und ich mit unserem älteren Sohn diese Absprache getroffen haben. Allerdings weiß Timo das nicht.«

»Das soll auch so bleiben«, versicherte Hannah.

»Bitte glauben Sie mir«, wandte sich der Abt an Frau Sander, »egal, was wir jetzt erfahren, es ist und war immer mein Interesse, im Sinne der Kinder zu handeln.«

»Das glaube ich Ihnen ja«, antwortete Frau Sander zögerlich. »Doch seit Timo aus dem Internat zurück ist,

ist er verändert. Er war immer so fröhlich und unbeschwert. Er war immer mit seinen Freunden unterwegs. Jetzt kommt er nach der Schule gleich nach Hause. Er kapselt sich regelrecht ab. Nicht mal mehr in den Sportverein geht er. Ich mache mir große Sorgen.«

»Das verstehe ich. Mir macht das alles auch Sorgen. Deswegen müssen wir jetzt einfach wissen, was passiert ist«, erklärte der Pater. »Lassen Sie sich in jedem Fall psychologisch beraten. Mein Psychologie-Studium liegt lange zurück. Doch aus dem was sie erzählen, schließe ich, dass Timo traumatisiert ist. Er wird eine Therapie wahrscheinlich ablehnen, doch wenn Sie sich beraten lassen, kann das schon helfen, die richtigen Worte ihm gegenüber zu finden«

Bei diesen Worten betrat Timo das Wohnzimmer, ein Heft in der Hand, und sah unruhig von einem zum anderen.

»Wie wäre es, wenn du mir das Heft gibst«, schlug Hannah spontan vor. »Wir sehen es uns mit deiner Mutter zusammen an und überlegen, was zu tun ist. Du musst dich dann um nichts mehr kümmern. Wollen wir das so machen?«

»Dann gehe ich oben so lange an die Playstation«, antwortete Timo und hielt das Heft hinter seinem Rücken. »Lernen kann ich jetzt sowieso nicht.«

Obwohl er bestimmt schon 1,70 Meter war, wirkte er jetzt mit seinen dreizehn Jahren wie ein Kind.

Frau Sander zuckte mit den Schultern: »Von mir aus. Aber mach die Kiste bitte nicht so laut.«

Timo gab Hannah das Heft und verließ mit schnellen Schritten den Raum.

»Ob es gut ist, ihn jetzt alleine zu lassen?«, fragte Frau Sander besorgt in die Runde.

»Es ist ihm bestimmt lieber, als mit uns darüber zu sprechen. Deswegen hat er es ja auch aufgeschrieben«, meinte Pater Gregor.

»Ja, das kann schon sein«, sagte Frau Sander schließlich und nahm im Sessel neben Abt Gregor Platz.

Hannah fühlte sich mit einem Mal sehr unruhig. Sie wollte das nicht wissen und wusste gleichzeitig, dass es Dinge gab, die sie einfach wissen musste. Schließlich atmete sie tief durch: »Ich schlage vor, dass ich den Text vorlese. Anschließend beraten wir, wie wir weiter verfahren wollen. Einverstanden?«

Als niemand etwas sagte, nahm es Hannah als Zustimmung. Sie sah auf den ersten Blick, dass nur die erste Seite beschrieben war.

»In meinem Internat gibt es einen Club der Edlen. Das ist ein Geheimbund. Man wird von den Mitgliedern aufgenommen. Bewerben kann man sich nicht. Wer etwas verrät, wird bestraft. Diesen Club gibt es schon seit Bestehen des Klosters. Also schon einhundert Jahre lang. Alle Mitglieder sind verpflichtet, sich untereinander zu helfen. Besonders später, im Berufsleben. Wenn man selbst Hilfe braucht, bekommt man welche.

Ich wurde gefragt, ob ich aufgenommen werden will, und sagte ja. Aber da wusste ich noch nicht, was man alles machen muss. Ich dachte eine Mutprobe. Was Ekliges essen, was anstellen oder Alkohol trinken. Eines Nachts war es dann so weit. Ich wurde geweckt und in den Waschraum geführt. Ein Mitschüler war nackt und an Händen und Füßen mit Seilen festgebunden, das Mitschüler festhielten. Um ihn herum standen ungefähr vierzig Jungs.«

Timos Mutter stöhnte auf und schlug sich die Hände vor das Gesicht. Abt Gregor setzte sich auf die Lehne ihres Sessels und nahm sie in den Arm. Als Hannah weiterlesen wollte, fand sie nicht gleich ihre Stimme. Sie räusperte sich.

»Seine Arme und Beine wurden von den Jungen auseinandergezogen, bis er gespreizt dastand. Er wehrte sich nicht.«

»Oh Gott«, entfuhr es Pater Gregor, der jetzt Frau Sander an den Händen hielt. Hannah zwang sich weiterzulesen.

»Ein Junge aus der Klasse über mir kam auf mich zu und erklärte mir, dass ich jetzt an der Reihe sei, ihn mir vorzunehmen. Wenn ich das zur Zufriedenheit aller getan hätte, wäre ich im Club der Edlen aufgenommen. Wenn nicht, dann wäre ich der Nächste, der hier so stehen würde. Ich wollte den Jungen hauen oder anspucken. Aber das konnte ich nicht. Wegrennen konnte ich auch nicht. Und dann hielten mich zwei aus meiner Klasse fest und ich musste zusehen, was die anderen mit dem Jungen machten. Plötzlich klopfte es an der Tür und Pater Christoph rief, Schluss jetzt. Silentium. Das war das Zeichen, dass wir wieder in unsere Zimmer mussten. Am nächsten Tag bin ich weggelaufen.«

Das Rauschen der Heizung dröhnte in Hannahs Ohren.

»Pater Christoph hat es also gewusst«, stellte Abt Gregor fest. »Deswegen hat Timo gedacht, dass das alles richtig so ist. Und dass ich auch Bescheid wusste.«

Frau Sander ging im Wohnzimmer auf und ab, sah aus, als würde sie sich etwas suchen, was sie an die Wand werfen könnte und schrie unvermittelt los: »Was sind das bloß für Kinder? Und dieser Internatsleiter wusste Bescheid? Das ist doch krank!«

»Das ist es«, sagte Abt Gregor ruhig. »Sie haben recht. So etwas darf nicht passieren. Aber Timo selbst hat für sich eine Lösung gefunden, indem er sich in Sicherheit gebracht hat. Und das konnte er nicht zuletzt deswegen, weil Sie intuitiv richtig gehandelt haben und ihn nicht gezwungen haben, zurück ins Internat zu gehen. Sie haben als Eltern alles richtig gemacht. Wir, als Internat, wir haben versagt.«

Timos Mutter fasste sich: »Ich will nicht, dass Timo in die Öffentlichkeit gezerrt wird und das irgendwo erzählen muss. Das kommt nicht infrage. Sie können dieses Schreiben mitnehmen. Aber das muss anonym bleiben. Geht das?«

»Da lassen sich Mittel und Wege finden, Ihren Sohn namentlich rauszuhalten«, begann Hannah. »Darf ich mir erlauben, etwas dazu zu sagen?«, wandte sich Hannah an Frau Sander. »Sie haben Ihren Sohn zu Hause gelassen, ohne nähere Erklärungen. Das hätten nicht viele Eltern getan.«

Hannahs Handy unterbrach sie. Es war Gianni. Sie hörte ihm zu, und ging dann vor die Zimmertür. Als sie zurückkam, sahen sie alle erwartungsvoll an.

»Wie mir einer meiner Kollegen eben mitteilte, konnten wie alte Aufnahmen retten, auf denen ähnliche Rituale zu sehen sind, wie die, von denen Timo berichtet hat. Insofern reicht dieses Schreiben Ihres Sohnes tatsächlich aus, weil wir die damaligen Schüler identifizieren konnten, größtenteils zumindest.«

»Philipp Waldhoff und Arnd Schumacher?«, fragte der Abt beinahe tonlos.

Hannah nickte.

* * *

Der alte Pater war mit Moritz viele Jahrbücher und Fotos durchgegangen und konnte sich tatsächlich an einige Namen erinnern. Den Namen des Schülers, dessen Foto bis zur siebten Klasse auftauchte, hatte Gianni Moritz besonders ans Herz gelegt. Doch ausgerechnet an diesen Schüler konnte sich der Lehrer nicht mehr erinnern. Moritz fluchte. Sie hatten gehofft, die Identität dieses Jungen herauszubekommen. Denn er war ab der achten Klasse von allen Bildern verschwunden, aber zuvor immer dabei gewesen. Auch auf den Ferienfotos. Und doch wollten sich Marius John und Hinrich Berg nicht an ihn erinnern. Das kam den Polizisten verdächtig vor.

Der Pater verglich indessen die Namenslisten der Jahrgangsbücher mit den Fotos, um auf diese Weise seiner Erinnerung auf die Sprünge zu helfen.

»Irgendwie erinnere ich mich schon an den Jungen, aber nur verschwommen. Am Ende bleiben einem die schlimmen Racker in Erinnerung und die freundlichen Schüler vergisst man am schnellsten«, meinte der Pater.

Auch über Marius John wusste der Pater nicht viel zu berichten. Nur, dass er ein verschlossener Schüler war, der jedoch über sich hinauswuchs, wenn es in Latein ans Übersetzen ging. »Manchmal war ich richtig angetan von der Feinheit seines Sprachgefühls«, erzählte der pensionierte Lehrer.

Hinrich Berg dagegen hatte das Kollegium mit seinen Streichen und Boshaftigkeiten in Atem gehalten. Aber er hatte den Bogen nie so weit überspannt, dass man ihm vom Kolleg hätte werfen können.

Moritz fühlte sich in der kleinen Wohnung des Paters sehr wohl. Er wohnte nicht mehr auf dem Internatsgelände und war in den Ort gezogen. Regale voller Bücher bedeckten die ganzen Wände, eine Stereoanlage, ein Plattenspieler und ein riesiger Fernseher komplettierten die Einrichtung. Sonst gab es nur noch einen Holztisch und zwei große Sessel. Moritz und der Pater saßen an einem Tisch, der gut ausgeleuchtet war.

»Ich gebe es auf, ich komme jetzt nicht drauf. Aber vielleicht komme ich doch noch auf den Namen. Ich könnte mich dann ja melden.«

Moritz nickte: »Zu jeder Zeit. Einfach eine SMS schicken, ich meine nachts. Wir melden uns dann so schnell wie möglich.«

»Eine SMS kommt natürlich nicht infrage! Aber ich kann ganz altmodisch anrufen und eine Nachricht hinterlassen«, lachte der Pater. Doch plötzlich verstummte er und sah Moritz nachdenklich an. »Ich will nur hoffen, dass alles in Ordnung ist.«

Moritz überlegte kurz, ob der Pater vielleicht etwas wissen könnte. Aber er wollte den Neunzigjährigen nicht unnötig belasten: »Ach, wir ermitteln in einer Geschichte, die nur am Rande mit dem Kolleg zu tun hat.«

»Ich glaube Ihnen kein Wort. Ich unterrichte zwar schon eine Weile nicht mehr, aber ich merke, wenn man nicht mit der Wahrheit rausrückt. Mmanchmal ist es ja auch ganz gut, wenn man nicht alles weiß.«

»Wie meinen Sie das?«, fragte Moritz nach.

»Ich war schon beinahe sechzig, als ich ins Schwäbische kam, um zu unterrichten. Es gab damals schon Pater, die sich aus der Schulzeit kannten, die ständig miteinander klüngelten. Man kam einfach nicht so richtig ins Lehrerkollegium rein. Ich fühlte mich ausgeschlossen. Aber irgendwann beschloss ich, mich auf meine Schüler und den Unterricht zu konzentrieren. Und auf meine Musik.«

Moritz wollte schon aufstehen und sich verabschieden, da fiel ihm noch das Piktogramm ein, das in den Baum geritzt war, an dem Marlene Koch erhängt worden war: »Können Sie noch einen Blick auf diese Fotografie werfen?«

»Wo haben Sie denn das gefunden?«, fragte er. »Das sind die vier Buchstaben AMDG des Leitspruchs unseres Ordens: *omnia ad maiorem dei gloriam,* alles zur größeren Ehre Gottes. Der Leitspruch der Jesuiten. Soll das ein Kelch sein? Das war in früheren Zeiten, bis vor ungefähr hundert Jahren, das Logo unseres Kollegs, die vier Buchstaben in dem Kelch. Über der Pforte gibt es noch eine Schnitzerei.«

Moritz konnte es sich gerade noch verkneifen, einen Pfiff auszustoßen.

»Vielen Dank, dass Sie sich die Zeit genommen haben«, verabschiedete sich Moritz und beeilte sich, Gianni anzurufen: »Wir haben jetzt einen eindeutigen Zusammenhang zwischen dem Kloster und unserem Fall.«

* * *

Der richtige Blick wollte sich einfach nicht einstellen. Kinder, die einen gefesselten und geknebelten Kameraden mit einem Strick um den Hals misshandeln und demütigen, überstiegen seinen Horizont. »Ich kann das nicht. Ich kann mir das nicht anschauen«, sagte Gianni immer wieder. Trotz allem erkannte er den Baum aus der Galgenhohle, den Philipp Waldhoff unentwegt fotografiert hatte. Wahrscheinlich war das seine Art, das Geschehene zu verarbeiten. Er konnte ihn auf dem Video als Jungen erkennen. Aber wie passte dieser fiese Kerl zu dem Philipp, von dem Hannah erzählte? Auch die anderen hatte er identifizieren können. Nur den Jungen mit den abstehenden Ohren, der das Opfer war, den konnte er nicht identifizieren. Trotzdem kam er ihm bekannt vor. Gianni ließ die Aufnahme weiterlaufen.

»Was seid ihr nur für Schweine«, fluchte Gianni und sah weg. Es war mehr, als er ertragen konnte. Der Junge, der gefesselt, mit einer Schlinge um den Hals, vor dem Baum stand, sich einnässte, tränenüberströmt. Seine boshaften Mitschüler, die sich vor Lachen nicht mehr einkriegten, die ihren Spaß hatten. Der Junge, gedemütigt, verspottet und seiner Würde beraubt. Wie sollte dieser Junge weiterleben? Kannte er ihn doch?

Es war die Art, wie der Junge an diesem Baum stand, die Hände verkrampft. Und wie hingen diese Taten, die gut zwanzig Jahre zurücklagen, mit den Morden zusammen? Ging es um Rache? Und wie hing diese Geschichte mit den Geschäften des Dr. von Köhnen zusammen? Und mit diesem Club der Edlen, von dem Hannah zuvor am Telefon berichtet hatte? War der

Club der Edlen so etwas wie ein Geheimbund, aus dem jetzt einzelne Mitglieder ausstiegen oder aus anderen Gründen durchdrehten? Weil sie auch als Täter weiterleben mussten? Weil sie als Erwachsene ein schlechtes Gewissen überkam?

Gianni hatte Kollegen von der Streife veranlasst, die Männer im *Due Diligence* nach der Identität des unbekannten Jungen auf dem Video und von den anderen Fotos zu befragen. Natürlich ohne zu verraten, dass sie bereits von diesem Club der Edlen und deren Praktiken wussten. Diesen Trumpf würden sie später ausspielen. Die Männer konnten sich nicht an den Jungen aus dem Jahrbuch erinnern. Auch Moritz gelang es im Kolleg nicht, die Identität des Jungen zu ermitteln. War aus dem Opfer ein Täter geworden? War er der Täter, den sie suchten?

* * *

»Das kann man nicht mehr gutmachen, das nicht.« Pater Gregor starrte auf seine Hände. Sie fuhren schon eine Weile, und Hannah war froh, dass er nun doch das Schweigen brach.

»Aber Sie können dafür sorgen, dass so etwas nie wieder geschieht«, erwiderte Hannah. »Das ist schon mal verdammt viel.«

Jetzt hielt der Abt den Blick auf die Straße gerichtet.

»Unter meiner Fürsorge wurden Kinder gedemütigt und gequält. Und ich habe das nicht verhindert.«

»Das kenne ich nur zu gut«, antwortete Hannah. »Das ist echt bitter. Als Polizistin werde ich zwar in der Regel erst nach einem Verbrechen gerufen, aber während und durch unsere Ermittlungen werden häufig weitere Verbrechen verübt. Und dann fühlt man sich schuldig.«

»Wie halten Sie das aus?«

»Nur schlecht. Ich konzentriere mich darauf, die Dinge aufzuklären. Damit muss man sich als Polizist begnügen. Die großen Dinge, die ändert man nicht. Gewalt wird es immer geben.« Hannah unterbrach sich, um einen Laster zu überholen. »Sie können jetzt nur noch die Dinge aufklären. Gehen Sie an die Öffentlichkeit, nehmen Sie die Polizei mit ins Boot. Machen Sie reinen Tisch. Das sind Sie den Jungen schuldig.«

»Das genau ist doch das Problem!«, regte sich Pater Gregor auf. »Die Kirchenoberen werden die Geschichte mit Diskretion behandeln wollen. Oder um es deutlich zu sagen, sie werden so wenig Staub wie möglich aufwirbeln wollen.« Er unterbrach sich, sah aus dem Seitenfenster. »Aus. Ich kann nicht mehr. Eine Amtskirche, die alles unter den Teppich kehrt, die pro Missbrauchsopfer 5000 Euro zahlt, das ist ohnehin schwer zu ertragen. Aber wenn das unter meiner Führung passiert, und ich das nicht schonungslos aufkläre, dann ...«

»Das können Sie! Sorgen Sie einfach dafür, dass die gar nicht anders können. Was glauben Sie, wie oft ich so verfahren muss. Aber das Wichtigste ist doch, dass das nicht mehr passieren kann«, warf Hannah ein.

»Wie soll ich das machen? Wie kann ich die Diözese vor vollendete Tatsachen stellen?«

»Ganz einfach. Wir drehen ein wenig an der Reihenfolge«, begann Hannah. »Sie werden Ihren Leuten sagen, dass wir, die Polizei, morgen gegen Mittag an die Öffentlichkeit gehen. Und ich sage meinen Leuten, dass wir uns beeilen müssen, um der Kirche zuvorzukommen. Und deswegen werden Sie schon heute Abend Ihren Pater Christoph entlassen, und wir kümmern uns um einen Haftbefehl.«

»Und das kriegen Sie hin? Das mit der Festnahme?«

»Ich telefoniere mit dem Staatsanwalt aus Karlsruhe, der mit dem aus Stuttgart, und wir beide sprechen uns gut ab. Wir haben die Aussage eines Kindes, dass Pater Christoph Gewalt von Schülern gegen einzelne Schüler nicht nur zugelassen, sondern auch noch unterstützt hat. Das reicht für eine sofortige Festnahme. Denn diese Schüler waren und sind Schutzbefohlene. Außerdem droht sonst Vertuschung.« Hannah verstummte für einen Moment. »Es geht mir nicht in den Kopf. Ich habe Philipp Waldhoff so gemocht. Und jetzt steht fest, dass er auch Mitschüler gequält hat. Das passt einfach nicht zusammen. Er war ein feiner Mensch. Dachte ich jedenfalls.«

»Das sind Dynamiken, wie sie bei jeder Form von Kasernierung entstehen. Das ist das eine. Aber in Internaten kommt etwas anderes hinzu. Kinder, im Alter zwischen neun und dreizehn Jahren, sind in ihren Gewalt- und Machtphantasien häufig erstaunlich brutal. Und sie probieren sie aus, wenn sie Gelegenheit dazu haben. Dieses Phänomen ist noch immer wenig erforscht. Und es ist ein Tabu, das ist vielleicht das Schlimmste daran. Das relativiert vielleicht, was Sie über Ihren Freund erfahren haben.«

Hannah musste daran denken, wie Philipp bei der kleinsten körperlichen Berührung zusammenzuckte.

»Aus diesen Gründen wollte ich die Unterstufe für Interne schon immer schließen«, fuhr der Abt fort. »Jetzt muss es sein, sofort. Unter anderen Umständen wäre mir das lieber gewesen. Wir müssen eine Wiedergutmachung für die Opfer planen. Das ist das Mindeste, was wir Markusianer tun können, um unseren Orden von diesen Kriminellen zu distanzieren. Unsere Stiftung ist gut ausgestattet. Doch zuerst gilt es, diesen Dr. von Köhnen als Vorstandsvorsitzenden loszuwerden.«

Hannah atmete auf: »Ich dachte schon, Sie würden kampflos das Feld räumen.«

»Ich denke gar nicht daran! Ich werde diesen Club aus meinem Kloster jagen.«

»Sehr gut«, sagte sie und parkte ihren Wagen vor der Pforte des Klosters.

* * *

Kaum saß Moritz am Steuer, zückte Hannah ihr Handy und bemerkte erst jetzt, dass es schon wieder sechs Uhr vorbei war. Ein Grund mehr, Georg anzurufen.

Hannah hörte schon an Georgs Begrüßung, dass er wahrscheinlich gute Nachrichten hatte. Er kam gleich zur Sache. »Joe Baumann und Franz Rönne sind weitergekommen. Sie haben durch die Tatsache, dass Arnd Schumacher auf den Bahamas erschossen wurde, die dortigen Handelsregister mit den bereits bekannten Firmen und anderen Verzweigungen verglichen. Das muss ganz schön viel Arbeit gewesen sein, aber jetzt scheinen sie tatsächlich die Wege des versteckten Geldes gefunden zu haben. Es spielt sich genauso ab, wie Joe Baumann aufgezeichnet hat. Sie können es jetzt beweisen. Das Ganze ist jetzt wasserdicht, wie Franz Rönne sagen würde. Da werden wir bald Anklage erheben können. Dr. von Köhnen kommt da jedenfalls nicht mehr raus. Und seine Jünger auch nicht. Wenn von denen einer ausgepackt hätte ...«

»... dann wäre alles zusammengebrochen. Deswegen also das Video, das Marlene Koch beim Datenklau gezeigt hat. Von Köhnen musste unbedingt dafür sorgen, dass Philipp schweigt. Kannst du dir vorstellen, dass Philipp Waldhoff umgebracht worden ist, damit er nicht auspackt?«, wollte Hannah wissen.

»Das ist vorstellbar. Eine Wirtschaftsprüfungsgesellschaft, die käuflich ist, die an einem Betrug beteiligt ist, ist ruiniert. Es passt ins Bild, dass vor allem ehemalige Schüler aus dem Internat genau dieses Mandat betreut haben. Leute, die aufeinander eingeschworen sind. Jedenfalls ergeht noch heute Haftbefehl gegen von Köhnen. Aber das dürfen seine Prüfer auf keinen Fall erfahren. Wo wir schon davon reden, wie war es in diesem Markusianer-Kloster?«

»Wir haben mittlerweile zweierlei ermittelt. Zum einen gibt es einen nachweisbaren Zusammenhang zwischen dem Baum in der Galgenhohle, dem Mord an Marlene Koch und den Männern von der CAP, die bei Hellmann prüfen.«

»Welchen?«

»Das Piktogramm, das wir auf den Baum eingeritzt gefunden haben, war bis vor hundert Jahren das Wahrzeichen des Markusianer-Klosters.«

»Das ist tatsächlich ein klarer Zusammenhang. Insbesondere wenn man die Videoaufnahmen berücksichtigt.«

»Und wir haben herausbekommen, dass es im Internat schon seit vielen Generationen einen Club der Edlen gibt, der ähnliche Praktiken vollzieht, wie die, die auf dem Video mit Philipp Waldhoff und Co. zu sehen sind. Und, das ist wohl das Schlimmste, wir haben die Aussage eines Schülers, dass der Internatsleiter diese Dinge geduldet hat.«

Hannah wartete eine Weile. »Georg?«

»Was bedeutet das jetzt für unseren Fall?«

»Entweder wurde jemand aus diesem Club zum Selbstläufer, oder man will verhindern, dass jemand aus dem Club auspackt. So wie Philipp es vorhatte. Das passt zu dem, was Franz Rönne rausbekommen hat. Übrigens wird diese These durch den Umstand gestützt, dass Marlene ermordet wurde, nachdem sie den Stick gefunden hatte.«

»Das klingt alles schlüssig, Hannah, doch wir können noch nichts davon beweisen.«

»Wir haben mehr, als wir denken. Wir können innerhalb dieses Clubs der Edlen ermitteln und verschiedene Leute verhören. Wenn die Angst bekommen, werden wir schon herausbekommen, wer dahintersteckt.«

»Hoffentlich bevor noch jemand umgebracht wird.«

Hannah überlegte kurz, wie sie ihr Versprechen, das sie dem Abt gegeben hatte, umsetzen konnte. Ohne Georg einzuweihen. Sie nahm ihren ganzen Mut zusammen. Wenn es ihr gelang, überzeugend genug zu klingen, müsste es gehen.

»Da ist noch eine Sache. Pater Gregor Müller, der Abt, wird gleich morgen Vormittag an die Öffentlichkeit gehen, mit allem, was wir von Timo wissen.«

»Auch das noch.«

»Den Bericht des Jungen habe ich fotografiert und dir per Whatsapp geschickt.«

»Das sagst du mir erst jetzt? Ich muss sofort den Staatsanwalt aus Stuttgart informieren. Das wäre eine Katastrophe, wenn das Kloster eine Pressekonferenz abhält, bevor seitens der Staatsanwaltschaft etwas unternommen worden ist. Die Presse würde uns wegen Untätigkeit zerreißen! Wir müssen unbedingt schneller sein. Morgen früh um neun auf dem Revier zur Besprechung. Bis dann!«

Hannah atmete auf und schrieb eine kurze SMS an Pater Gregor.

Doch zufrieden konnte sie mit den Ergebnissen noch immer nicht sein. Wer war der Mörder? Waren sie ihm bislang begegnet?

»Hannah, kannst du bitte fahren. Ich glaube mir fallen die Augen zu«, holte Moritz Hannah aus ihren Gedanken.

»Klar, fahr bei der nächsten Gelegenheit rechts ran. Übrigens, heute ergeht noch Haftbefehl gegen von Köhnen und gegen diesen Pater Christoph!« Erwartungsvoll sah Hannah zu Moritz hinüber.

Keine Reaktion.

»Mir fällt schon den ganzen Tag auf, dass du so müde bist. Was ist los?«

»Nichts. Ich schlafe eben zu wenig. Ich habe Probleme mit dem Magen«, antwortete Moritz.

»Ich glaube dir kein Wort.«

»Das ist mir so was von bums.«

»Bums«, wiederholte Hannah und dachte darüber nach, ob das erste Anzeichen des Alters waren, wenn jüngere Kollegen eine Sprache sprachen, die sie nicht verstand.

»Das heißt, es ist mir egal«, klärte Moritz Hannah auf, als sie mit ihm den Sitz tauschte. Als Hannah stumm blieb, gab er nach und erzählte: »Du weißt doch, dass der Krusche Gianni in Rastatt Probleme bereitet hat. Sonst hätten wir ihn ja nicht hierher holen müssen.«

»Ich erinnere mich«, seufzte Hannah. Dieses Problem hatte sie verdrängt.

»Und deswegen schlage ich mir die Nächte um die Ohren, um diesen Krusche zu überführen.«

»Einer Straftat zu überführen?«, fragte Hannah schwach.

»Genau.«

»Und mehr sollte ich wahrscheinlich nicht wissen.«

»Genau.«

Es gab Songs, die Hannah aus jedem Tief ins Leben zurückkatapultierten. Sie wählte *Riding with the king,* in einer Live-Version mit B.B. King und Eric Clapton.

12. Kapitel

Obwohl es erst halb acht war, war es stockdunkel, als Hannah den Wagen auf dem Parkplatz der Kripo abstellte. Moritz hatte sie zuvor in Karlsruhe abgesetzt, und so hatte sie etwas weniger als dreißig Kilometer Zeit, eine Entscheidung zu treffen. Wollte sie sich jetzt noch das Video ansehen? Das Video, das mehr zeigte, als nur Gewalt gegen einen Jungen. Es würde ihr Philipp als Jugendlichen zeigen, wie er mitmachte. Und einen, der litt.

Philipp, den sie so mochte, der immer so rücksichtsvoll gewesen war. Der sollte so grausam gewesen sein? Egal, was Abt Gregor über dieses Phänomen gesagt hatte, es half ihr nicht. Ihr half, dass Philipp sich offenbar dazu durchgerungen hatte auszupacken. Auch, wenn es nicht mehr dazu gekommen war.

Mord aus Eifersucht, aus Habgier, aus Hass, all das konnte sie ertragen. Irgendwie. Aber wenn sie der sadistischen Freude, andere zu quälen und zu demütigen, begegnete, dann erfüllte sie das mit kalter Angst. Kinder waren grausam, das sagte man. Aber sie wollte das nicht sehen.

Und trotzdem, sie beschloss, sich das jetzt anzuschauen.

Als Hannah die Tür zum Büro öffnete, saß Gianni noch immer am Computer. Regungslos starrte er auf den Bildschirm.

»Findest du nicht, was du suchst?«, fragte Hannah ohne jede Begrüßung.

Gianni sah auf: »Es ist zum Verrücktwerden. Ich habe das Gefühl, als müsste ich nur hinsehen. Irgendwie kommt mir etwas an dem Jungen, den sie da quälen, bekannt vor, etwas an seiner Haltung. Aber ich komme einfach nicht dahinter, was das ist.«

»Also haben Marius John und Hinrich Berg nichts zu der Identität des Jungen ausgesagt?«

»Nein. Wir haben Kollegen von der Streife hingeschickt, aber die beiden haben gemauert. Auch bei den Eltern von John und Berg wurde nachgefragt, aber nichts. Wenigstens die Eltern von Philipp Waldhoff hätten sich an den Jungen erinnern müssen, denn dort waren sie allesamt in den Ferien. Das belegen die Fotos. Aber die waren selbst häufig auf Reisen, und das Personal wechselte häufig. Morgen wissen wir mehr. Da werden Marius John und Hinrich Berg offiziell befragt. Da werden die sich schon erinnern, wer der Junge mit den Segelohren ist, den sie so drangsaliert haben. Glaubst du, er ist der Schlüssel zu dem Fall?«

»Im Moment sieht es ganz so aus«, antwortete Hannah. »Lass mich mal das Video sehen.«

Gianni stand auf, um Hannah Platz zu machen. Die Aufnahme dauerte nur drei Minuten. Drei Minuten, die Hannah wie eine Ewigkeit erschienen. Hannah hatte sich vorgenommen, sich auf Einzelheiten zu konzentrieren. Irgendeine typische Bewegung oder ein außergewöhnliches Merkmal im Gesicht oder am Körper des Jungen zu finden. Doch ihr wurde übel, als sie Philipp sah, wie er mit einem Feuerzeug vor den Jungen trat und seine Freunde grölten. Der Wehrlose zitterte, schrie unter seinem Knebel, während Philipp direkt in die Kamera sah, und diesen Moment sichtlich genoss.

»Ich kann das nicht«, flüsterte Hannah. »Ich kann Philipp so nicht sehen. Das ist zu viel. Ich dachte, er wäre ein Mitläufer gewesen, hätte sich nicht gegen den Gruppendruck stellen können. Aber es hat ihm Spaß gemacht. Wie kann das verdammt noch mal sein!«

Gianni schüttelte ratlos den Kopf: »Ich weiß es nicht. Darüber zerbreche ich mir auch schon den ganzen Tag den Kopf. Aber irgendwie passt das alles auch wieder.«

»Wie meinst du das?«

Gianni schob einen weiteren Stuhl vor seinen Schreibtisch und setzte sich neben Hannah. »Diese Dinge haben ihn bestimmt auch nicht losgelassen, vielleicht sogar verfolgt«, begann Gianni. »Warum sonst hat er die Galgenhohle fotografiert? Bestimmt hatte er Schuldgefühle und hat nach Antworten gesucht.«

»Und somit saßen sie alle in einem Boot!«, fuhr Hannah fort. »Täter wie Opfer. Die Taten und die Scham darüber hat sie aneinandergekettet. Stell dir nur vor, was passiert wäre, wenn einer ausgepackt hätte, wo sich hier doch alle untereinander kennen. Genaugenommen saßen sie alle auf einem Pulverfass.«

Gianni hielt es nicht mehr auf seinem Stuhl: »Und deswegen war es für von Köhnen eine sichere Sache,

Millionen mit dem Hellmann-Mandat durchzuziehen. Die Mitglieder aus dem Club schweigen, da konnte er sich sicher sein.«

»Dem Förster, Andreas Ried, hat er erzählt, dass er sich alten Geschichten stellen müsse. Das passt. Und außerdem wollte er die CAP anzeigen. Und deswegen musste er sterben. Aber«, kam Hannah ein neuer Gedanke, »Johannes von Hohenfels passt nicht dazu. Er war nie im Internat. Und wieso geben Berg und John vor, diesen Jungen nicht zu erkennen?«

»Lass uns bei den beiden zu Hause vorbeischauen. Marius John und Hinrich Berg wohnen hier in Bruchsal. Vielleicht können wir sie dann besser einschätzen, wenn wir sie in ihrem persönlichem Umfeld sehen.«

Hannah sah nachdenklich auf den Bildschirm: »Vielleicht hast du recht. Ich kann sie mir wirklich nur in ihrem Anzug in einem Data-Room vorstellen. Aber weißt du, es stört mich, dass Johannes von Hohenfels so gar nicht in unseren Ermittlungen stattfindet.«

»Er war eben nicht mit den anderen in diesem Internat«, erwiderte Gianni.

»Aber wie kam er dann in diesen Data-Room, wenn sonst nur ehemalige Schüler aus dem Kolleg da waren?«

»Gute Frage«, meinte Gianni. »Vielleicht hat von Köhnen ihn gerade dazugeholt, weil er von außen kommt.«

»Als Spitzel, direkt von Dr. von Köhnen eingesetzt?«

»Könnte sein. Aber wer dieser Junge auf dem Video ist, erfahren wir nur von John und Berg«, meinte Hannah und folgte Gianni zur Tür.

* * *

Eine viertel Stunde später klingelten sie an einem schönen Haus.

»Ja bitte?«, fragte eine Frauenstimme an der Sprechanlage.

»Hauptkommissarin Henker, guten Abend Frau Berg. Entschuldigen Sie bitte die späte Störung. Wir haben noch einige kurze Fragen.«

Statt einer Antwort hörten sie eilige Schritte. Dann öffnete sich die Haustür und eine junge Frau stand in der Tür. Nachdem sich die Beamten ausgewiesen hatten, folgten sie ihr ins Haus. Sie führte die beiden umstandslos in das Wohnzimmer und bot ihnen Platz an: »Ich gehe gleich meinen Mann holen. Er sitzt unten im Keller.«

»Im Keller?«, fragte Gianni erstaunt.

»Hört sich schlimm an«, lachte die Mitdreißigerin. »Ist aber ganz harmlos. Er frönt im Keller seinem Hobby. Er kann stundenlang an seiner Märklin-Anlage arbeiten. Da entspannt er sich völlig.«

»Wir können auch direkt mit nach unten …«, begann Hannah.

»Das möchte er sicherlich nicht. Ich gehe ihn holen.«

Sie mussten nicht lange warten, da stand Hinrich Berg in Jeans und Cardigan vor ihnen. »Was gibt es so Dringendes?«

»Wir haben da noch einige Fragen«, begann Hannah.

Berg grinste: »Ich bin doch morgen sowieso vorgeladen …«

Bei diesen Worten ließ er sich in einen Ledersessel fallen. Man merkte sofort, dass er sich in seinem Umfeld wohlfühlte.

»Es geht noch mal um den Jungen, dessen Foto Ihnen heute schon von den Kollegen von der Streife vorgelegt wurde«, begann Hannah.

Hinrich Berg rollte die Augen und schüttelte den Kopf: »Ich kann Ihnen nichts anderes sagen, als das, was ich Ihren Kollegen sagte. Keine Ahnung.«

»Wie lang kennen Sie eigentlich schon Johannes von Hohenfels?«, fragte Hannah.

»Seit ungefähr einem Jahr. Das wissen Sie doch längst.«

»Stimmt. Aber es ist doch auffällig, dass auf dem Mandat bislang nur ehemalige Schüler aus dem Kolleg gewesen sind. Außer Johannes von Hohenfels.«

Hinrich Berg legte den Kopf auf der Lehne ab. Dann sah er die Kommissarin wieder an: »Ein interessanter Gedanke. Allerdings muss das nichts zu bedeuten haben. Dr. von Köhnen hat als Ehemaliger immer gerne Ex-Kollegianern den Vorzug gegeben. Deswegen ist der Besuch in Pontus aber noch lange keine Voraussetzung, um bei der CAP zu arbeiten. Wir Pontianer stellen höchstens ein Zehntel der gesamten Mannschaft der Mannheimer Niederlassung.« Hinrich Berg stand auf und nahm eine Flasche Wein, Wasser und Gläser von einem Beistelltisch: »Tatsächlich waren bei dem Hellmann-Mandat bislang immer nur Leute aus dem Kolleg. Bis auf Hohenfels. Das stimmt schon. Wahrscheinlich reiner Zufall.« Er schenkte sich Wein und den Beamten Wasser ein. »Sie trinken bestimmt keinen Wein, oder?«

»Wasser ist okay«, meinte Gianni. »Aber sagen Sie, was wissen Sie über Johannes von Hohenfels.«

Berg lachte trocken: »Im Geschäftsleben gilt vor allem eines: keine Angriffsfläche bieten. Also reduziert man sich auf das Berufliche. Privat wissen auch wir Ehemalige nicht wirklich etwas übereinander. Ich habe keine Ahnung, ob Marius John gerne verheiratet ist. Ob er nur in die Kirche geht oder tatsächlich gläubig ist. Und das, obwohl wir schon gemeinsam in den Kindergarten gingen. Aber ich weiß, dass man sich auf ihn verlassen kann.«

»Würden Sie das auch von von Hohenfels sagen?«, fragte Hannah schnell nach.

Berg trank einen Schluck Wein und sah in sein Glas, als würde er darin in die Zukunft sehen können: »Doch, das würde ich sagen. Das ist keine Frage.«

»Welchen Einfluss hat Dr. von Köhnen auf Sie?«, fragte Hannah.

»Er ist mein Chef. Er hat Einfluss drauf, auf welches Mandat ich geschickt werde. Und davon wiederum sind meine Tantiemen abhängig. Aber in unserem Job geht es nicht um Geld.«

»Worum dann?«, hakte Gianni nach.

»Es geht darum, ein interessantes Mandat, mit all seinen Schwierigkeiten im Interesse des Mandanten und entsprechend der rechtlichen Bestimmungen zu meistern. Sie bekommen einen echten Einblick. Sie wissen, was wirklich läuft. Das ist verdammt spannend.«

»Bestimmt«, bestätigte Hannah. »Vor allem können Sie Millionen unterschlagen.«

»Theoretisch. Aber dann wäre der Ruf einer Wirtschaftsprüfungsgesellschaft für immer dahin. So etwas riskiert keine Wirtschaftsprüfungsgesellschaft.«

»Wenn man aber doch ein paar Millionen abzwacken will, dann setzt man auf solch einem Mandat eben nur Leute ein, die voll auf Linie sind. Die man sich schon von Kindertagen an gezogen hat«, stellte Hannah fest.

»Vorsicht! Das ist dünnes Eis. Solche Behauptungen können Sie nicht einfach so in den Raum stellen.«

»Da gebe ich Ihnen recht«, begann Hannah. »Aber wissen Sie, Philipp Waldhoff wollte seinen Arbeitgeber anzeigen. Das können wir nachweisen. Er wollte auch mit einer alten Geschichte aus Jugendtagen aufräumen. Einer Geschichte, die sich im Internat und gleichzeitig in der Galgenhohle abspielte. Aber er wurde umgebracht, bevor es zu der Anzeige kam.«

»Arnd Schumacher hatte *Galgenhohle* auf seine Hand notiert, bevor er starb«, führte Gianni weiter aus. »Und wir wissen, was in der Galgenhohle passiert ist. Und deswegen, Herr Berg, wird es verdammt eng für Sie. Überlegen Sie gut, was Sie morgen aussagen. Ihnen bleibt nur noch die Flucht nach vorn. Und das bedeutet schlicht und ergreifend: die Wahrheit.«

Hannah stand auf und streckte Hinrich Berg die Hand hin: »Wir wollen Sie auch nicht weiter stören. Bis morgen, Herr Berg.«

* * *

Nur zehn Minuten später saßen sie im Wohnzimmer von Marius John. Mit seinen gut sechzig Quadratmetern war das Wohnzimmer ebenso elegant wie kalt. Marius John bot den Ermittlern an einem Tisch Platz und Getränke an und setzte sich ihnen gegenüber.

»Sie können sich denken, dass mich Hinrich bereits informiert hat«, begann er. »Aber ich fürchte, ich kann Ihnen nicht weiterhelfen. Auch ich erinnere mich nicht an den Jungen, dessen Foto mir Ihre Kollegen heute gezeigt haben.«

»Erinnern Sie sich auch nicht daran, was Sie mit Ihren Freunden in der Galgenhohle so gemacht haben?«, fragte Gianni, der gerade noch rechtzeitig seine Faust vor der Tischplatte abbremste.

Marius John machte eine abwehrende Handbewegung: »Dumme Jungensgeschichten! Das ist doch ewig her.«

»Sie haben einen Mitschüler misshandelt, wollen sich nicht mehr daran erinnern, wer derjenige war, und tun das als dumme Jungensgeschichten ab?« Gianni konnte sich kaum beherrschen.

»Außerdem hat das System. Oder warum glauben Sie, dass so etwas heute auch noch passiert?«, fragte Hannah.

»Sie dramatisieren das. Gemobbt wurde schon immer und wird es wohl auch immer werden. Würde sonst mein eigener Sohn das Kolleg besuchen?«

Hannah konnte es kaum fassen: »Haben Sie denn keine Angst um Ihren Sohn?«

»Nein, das habe ich nicht. Gemobbt werden in der Regel unbeliebte Schüler. Und Leute wie wir sind doch nicht unbeliebt.«

Hannah bemerkte, wie Gianni zuckte und legte ihre Hand sacht auf seinen Arm. Sie wollte nicht vor Marius

John ihre Beherrschung verlieren: »Täuschen Sie sich nicht, so etwas kann sich auch ändern. Allerdings ist es nicht meine Aufgabe, mich um Ihre Moral zu kümmern. Wir sind hier, weil wir einen Mord aufklären. Auch wenn Sie alle ein Alibi haben, können Sie davon ausgehen, dass wenigstens einer von Ihnen reden wird. Es wird ziemlich eng für Sie.«

»Kommen Sie wieder, wenn Sie Beweise haben.«

Gianni stand auf: »Unsere Beweise legen wir nicht auf den Tisch. Das wäre taktisch unklug. Wir sehen uns morgen auf dem Revier. Am besten kommen Sie mit einem guten Anwalt.«

Kaum saßen die Beamten im Auto, surrte Hannahs Handy in ihrer Jackentasche. Sofort beschlich sie ein ungutes Gefühl.

Hannah, ich gehe unter. Ich glaube, ich gehe unter. Annika

»Verdammt! Annika geht es schlecht. Ich muss sofort zu ihr!«

»Langsam«, sagte Gianni und legte ihr die Hand auf die Schulter. »Schreib ihr zurück, dass du jetzt gleich zu ihr fährst. Das wird sie beruhigen. Und dich auch. Es ist ja erst einmal ein gutes Zeichen, wenn sie sich überhaupt meldet. Oder geht es ihr körperlich schlecht?«

»Nein, das glaube ich nicht. Eher mental.«

»Wir sind gleich auf dem Revier. Dann kannst du gleich los. Ich schreib nur noch eine kurze Notiz für Georg und mach mich dann auch auf den Heimweg«, meinte Gianni.

Hannah nickte und tippte eine kurze Nachricht an Annika.

* * *

Es war früh dunkel geworden. Das machte die Sache leichter. Eine einzige Laterne hatte die Sackgasse erhellt. Der Mann ohne Träume hatte ihr einen kräftigen Tritt versetzt, und nun lag alles im Dunkeln. Die Sackgasse, der Bungalow und das kubische Haus am Feldrand konnte der Vollmond nicht erhellen, denn der Herr hatte Wolken geschickt und wolkenverhangen wie er war, begann der Himmel jetzt sein gesamtes Wasser über Bahnbrücken auszuschütten. Nun musste der Mann ohne Träume auch mit keinen Spaziergängern mehr rechnen.

»Ich bin ganz dein«, flüsterte er und fühlte sich behütet. Die Kälte im Wagen, die Feuchtigkeit, die in das Wageninnere kroch, konnten sein Glück nicht schmälern. Der Herr war mit ihm, oder warum sonst sollten ihm die Umstände so in die Hände spielen. Er hatte die Aufnahmen, die er hasste, vernichtet. Mit der Hilfe des Herrn. Er hasste die Träume, und der Herr hatte sie aus seinem Schlaf, aus seinem Leben verbannt. Und nun würde er die Kommissarin vernichten, denn sie hatte ihn erkannt. Das hatte er bei ihrem letzten Zusammentreffen in ihren Augen gesehen. Seine Fingerhaltung hatte ihn verraten. Ein Überbleibsel aus alter Zeit, eine Übersprunghandlung, wenn er innerlich verkrampfte. Auch von diesem letzten Bestandteil aus seinem alten Leben würde der Herr ihn befreien.

»Lob sei Dir, oh Herr, denn Du bist groß.«

* * *

Zum zweiten Mal wartete sie darauf, dass die Bahnschranken endlich wieder hochgingen. Sie hatte versprochen binnen einer halben Stunde bei Annika zu sein. Wenn sie es in zehn Minuten schaffte, wäre sie nur fünf Minuten zu spät. So lange hatte sie darauf gewartet, dass Annika sich melden würde. Endlich hatte sie Gelegenheit, ihrer Freundin beizustehen. Gab es überhaupt einen Trost? Wenn man damit rechnen musste zu sterben? Aber so weit war es noch nicht, beruhigte sich Hannah, als die Schranken hochgingen. Ich würde sie reden lassen müssen, nahm sich Hannah vor. Annika war krank, sie kämpfte um ihr Leben.

Wie hatte es Andreas Ried gesagt? Er hatte seine Frau schon einige Jahre vor ihrem Tod verloren, weil er sich und seine Frau mit seiner Liebe und Sorge überforderte. Doch genau das wollte sie nicht. Erst, als er sich zurücknahm, fanden sie einen Weg. Hannah wusste plötzlich nicht, ob sie das konnte. Annika die Freundin zu sein, die sie jetzt brauchte. Sie bog in die Sackgasse ein, nahm die letzte Kurve auf ihren Parkplatz. »Ich schaff das schon«, sagte Hannah zu sich selbst, bevor sie das Licht und dann den Motor ausschaltete.

* * *

Scheinwerferlicht. Endlich. Der Herr hatte sie ihm geschickt und seinem Warten ein Ende gesetzt. Jetzt kam es darauf an, nicht den richtigen Moment zu verpassen. Als Hannah Henker an ihm vorbeigefahren war, stieg er aus, schloss leise die Wagentür und ging näher an das Auto heran. Der Mann ohne Träume wartete, bis sie den Motor und das Licht ausgeschaltet hatte, trat dann die wenigen Schritte an das Auto heran und blieb hinter dem Kofferraum stehen. Sie stieg aus, schlug hektisch die Tür zu und lief genau auf ihn zu. Nur zwei kleine Schritte noch, dachte der Mann ohne Träume.

* * *

Hannah stieg aus, knallte die Tür zu und wollte schon zu Annikas Haus rennen, als sie bemerkte, dass ihr Handy in der Tasche fehlte. Heute musste sie es wirklich bei sich haben, entschied sie und wollte im Mittelfach des Wagens nachsehen. Hatte sich hinter dem Wagen etwas bewegt? Irritiert sah sie in den Rückspiegel. Jetzt litt sie schon an Verfolgungswahn, schalt sie sich in Gedanken. Das Handy fiel ihr wieder ein. Runtergefallen, fluchte Hannah und tastete den Fußraum ab.

* * *

Hatte sie ihn entdeckt? Der Mann ohne Träume hielt die Luft an. Sie hatte ihn nicht bemerkt und beugte sich wieder in den Fußraum. In zwei Sätzen war er um das Auto herumgesprungen. Plötzlich drehte sie sich um und sah direkt in seine Augen.

* * *

Das Blut gefror ihr in den Adern, als sie in die kalten Augen sah. Hannah ließ ihre Tasche und den Schlüsselbund fallen, wollte ihre Waffe ziehen. Ein durchdringender Schmerz erfasste sie. Strom, fuhr es ihr durch den Kopf. Nur ein tiefes Stöhnen kam über ihre Lippen. Dann sank sie in sich zusammen.

* * *

Der Mann ohne Träume fing die Kommissarin auf, griff mit der freien Hand nach der Tasche und warf sie wieder in das Auto zurück, versetzte der Tür einen Tritt. Dann schulterte er Hannah Henker unter, sodass man denken konnte, sie gingen Arm in Arm. Sie war schwerer, als er es erwartet hatte. Er zog die hintere Fahrertür auf und setzte Hannah auf der Rückbank ab. Er fühlte den Puls der Kommissarin. Kurz entschlossen nahm er das Klebeband, band es erst um den Mund und wickelte es dann um die Hände auf dem Rücken. Nur zur Sicherheit. Sie würde nicht aufwachen.

* * *

Gianni überlegte in Hannahs Küche, ob er ihr eine kurze SMS schreiben sollte, dass die Pizza in einer Viertelstunde fertig war. Er war ja schließlich nicht ihr Kindermädchen, verwarf Gianni den Gedanken wieder. Sein Handy pfiff nach ihm.

Erreichte Hannah nicht. Pater Christoph ist bereits von den Kollegen in Stuttgart festgenommen worden; von Köhnen verschwunden, Fahndung läuft. Moritz

Also doch Kindermädchen, konstatierte Gianni und zog sich seine Jacke über. Als er nach draußen trat, stellte er erleichtert fest, dass es nur noch tröpfelte. Er klopfte an die Tür, durch die noch Licht schien.

»Komm rein«, hörte er Annika.

Sie saß zusammengekauert in einem Sessel neben der Staffel. Sie sah wirklich nicht gut aus, bemerkte Gianni. Von Hannah war nichts zu sehen.

»Entschuldigt, dass ich störe«, sagte Gianni noch in der Tür. »Ich müsste Hannah kurz was ausrichten. Ich kann sie leider nicht auf dem Handy erreichen.«

»Hier ist sie jedenfalls nicht«, antwortete Annika leise.

Gianni tat ein paar Schritte in den Raum: »Sie hat sich vom Revier aus direkt zu dir auf den Weg gemacht.«

»Sie war gar nicht hier. Eine halbe Stunde nachdem ich ihre SMS bekommen habe, hat vor dem Haus das Auto geparkt. Sie ist dann aber gleich danach wieder weggefahren. Bestimmt wegen eurem Fall. Das hab ich mir jedenfalls gedacht.«

Gianni schluckte trocken. Hannahs Wagen stand noch immer dort, wo sie ihn abgestellt hatte.

»Entschuldige, Annika. Dann muss ich es eben weiter auf ihrem Handy versuchen.«

»Viel Glück dann«, sagte Annika und stand auf, um die Tür hinter Gianni zu zuschließen.

Bitte, das durfte nicht wahr sein. Gianni rannte zu seinem Auto, holte die Taschenlampe aus dem Handschuhfach und trat vor Hannahs Auto. Es war unverschlossen. Er öffnete die Fahrertür. Ihre Tasche lag auf dem Fahrersitz. Alles war drin. Handy, Geldbeutel, aber nicht der Schlüsselbund.

»Oh Gott«, entfuhr es Gianni. Kalte Angst beschlich ihn.

Mit dem Lichtstrahl seiner Taschenlampe suchte er den Boden vor der Fahrertür ab. Etwas reflektierte das Licht schwach. Er bückte sich und hob den Schlüsselband auf. Panik stieg in ihm auf. Das konnte nur eines bedeuten: Er hatte sie sich geholt. Die Galgenhohle, er musste sofort zur Galgenhohle.

* * *

Er rannte zu seinem Auto, startete den Motor und fuhr los. Er informierte die Bereitschaftspolizei. John und Berg sollten überprüft werden, und natürlich sollten sie einige Wagen in die Galgenhohle schicken. Danach rief er den Förster an. Andreas Ried kannte das Gelände und wusste mit Sicherheit, wie man sich am besten unbemerkt nähern konnte.

»Wo bist du, Andreas?«

»Bei mir zu Hause in Zeutern.«

»Gott sei Dank, dass ich dich erreiche. Wie lange brauchst du, bis du unbemerkt an dem Baum in der Galgenhohle bist?«, fragte Gianni.

»Höchstens zehn Minuten. Warum?«

»Hannah ist verschwunden. Ich muss davon ausgehen, dass es der gleiche Täter ist, der Marlene und Philipp getötet hat. Er muss nicht in der Galgenhohle mit ihr sein, aber es liegt nahe. Du kennst das Gelände. Und ich brauche möglichst detaillierte Informationen, was da vor sich geht. Deswegen ruf ich an«, erklärte Gianni.

»Ich stell den Wagen auf dem Parkplatz über dem Schützenhaus ab, dann hört man mich nicht kommen. Ich könnte am Waldrand entlang unbemerkt bis auf Sichtweite rankommen.«

»Wie viele Meter wärest du dann noch weg?«

»Luftlinie hundert Meter. Mit meinem Nachtsichtgerät hab ich vom Hochstand aus eine gute Sicht. Ich könnte dir wichtige Details simsen.«

»So machen wir es. Ich informiere dich, wenn ich von unten die Hohle hochlaufe. Ich brauche ungefähr zwanzig Minuten, bis ich unterhalb den Wagen abgestellt habe. Alles klar soweit?«, fragte Gianni konzentriert.

»Klar. Aber was mach ich, wenn sie wirklich Hilfe braucht?«

»Du wartest, bis ich da bin. Ansonsten musst du dich auf deinen gesunden Menschenverstand verlassen.«

»Hab ich verstanden«, antwortete Andreas.

»Noch was«, begann Gianni. »Wenn er dich bemerkt, wird er Hannah wahrscheinlich töten. Vergiss das nicht.«

»Ich pass auf und halte dich auf dem Laufenden. Aber ich nehme mein Gewehr mit. Ich bin ein guter Schütze«, meinte Andreas und legte auf.

Kaum war die Verbindung unterbrochen, überlegte Gianni, wen er als Nächstes verständigen sollte.

»Moritz, ich brauch dich hier. Hannah wurde entführt. Ich bin unterwegs zur Galgenhohle«, begann Gianni.

»Warte kurz«, flüsterte Moritz am anderen Ende.

Es dauerte ewig, bis Moritz sich endlich wieder meldete: »Seit wann ist sie verschwunden?« Moritz konnte seine Nervosität nicht verbergen.

»Sie ist etwa zwanzig Minuten vor mir losgefahren. Sie wurde in Bahnbrücken vor ihrem Haus geschnappt. Das muss um zehn nach neun passiert sein«, fasste Gianni zusammen.

»Was hast du bereits veranlasst?«, fragte Moritz tonlos.

»Andreas Ried fährt mit seinem Nachtsichtgerät zur Galgenhohle. Er müsste gleich da sein. Ich habe die Bereitschaft informiert und bin selbst in ungefähr zehn Minuten da.«

»Gut. Ich informiere Georg und fahre aufs Revier«, entschied Moritz. »Wenn wir nur wüssten, wer dieser Junge ist. Und wo von Köhnen ist!«

»Musst du ausgerechnet jetzt flüstern!«, schrie Gianni.

»Erklär ich dir, wenn wir Zeit haben. Halt mich auf dem Laufenden. Ich fahr jetzt los.«

Gianni wischte sich mit dem Ärmel den Schweiß aus dem Gesicht und verriss das Lenkrad in einer engen Linkskurve. Er konnte gerade noch gegenlenken und bremste ab. Er riss sich zusammen und konzentrierte sich wieder voll auf die Straße. Gianni überlegte, ob Andreas Ried schon auf seinem Posten war. Er hielt viel von dem Förster, den er durch Hannah in der Kneipe kennengelernt hatte. Er war nicht nur ortskundig. Der Witwer schien auch einen klaren Verstand zu haben. In diesem Moment klingelte sein Handy. Es war Andreas Ried.

Scheiße, wir sind zu spät!, fuhr es Gianni durch den Kopf. Oder will er mir nur eine Übersicht über die Situation durchgeben?

»Sag nicht, wir sind zu spät!«

»Nein. Aber hier ist niemand. Ich steh jetzt über dem Baum in der Galgenhohle. Hier war auch niemand. Sonst gäbe es Spuren in dem Matsch. Ich hab erst vom Hochsitz aus alles mit dem Nachtsichtgerät abgesucht und bin dann immer näher ran. Hier ist jedenfalls weit und breit kein Mensch.«

Gianni fiel ein Stein vom Herzen. Er war schon am Ortsausgang Münzesheim und fuhr rechts ran. »Gott sei Dank, ich dachte schon, wir sind zu spät«, meinte Gianni.

»Das kannst du laut sagen«, antwortete der Förster. »Aber ist das jetzt eine gute Nachricht?«

Gianni ließ das Fenster runter: »Wir wissen zumindest, dass er sie nicht in die Galgenhohle gebracht hat. Das war der erste Schritt. Ich muss weiter, Andreas. Aber vielen Dank!«

»Melde dich, wenn du was weißt«, bat Andreas Ried. »Auch mitten in der Nacht.«

Gianni versprach es und legte auf. Er dachte an Hannah. Wo war sie?

Halt durch, Hannah. Ich finde dich. Wir finden dich.

* * *

Übelkeit stieg in ihr auf. Luft. Sie brauchte Luft. Doch ihr Mund war verklebt. Saures kroch in ihrer Kehle hoch. Sie schluckte es runter. Panik machte sich in ihr breit. Sie zitterte am ganzen Körper, in den Ohren hämmerte der Puls.

Denk an einen Song, befahl sich Hannah Henker. Zähl einen Blues: *Riding with the King*.

Sie konzentrierte sich darauf, auf vier zu zählen: *Don't you know you're ridin' with king.*

Ihre Knie schmerzten. Er befahl ihr, auf dem Boden zu knien. Wie lange sie schon kniete, wusste sie nicht. Sie versuchte ihre Umgebung zu erforschen, ohne den Kopf zu bewegen. Sie wusste nicht, wo er war. Das Zittern kam zurück, ihr ganzer Körper bebte. Nicht bewegen, befahl sie sich. Er würde sonst auf sie aufmerksam. Die erste Strophe, sie musste sich an die erste Strophe erinnern.

Verbissen zählte sie die ersten zwei Takte voraus. Tatsächlich fand sie den Einsatz:

I dreamed I had a good job
And I got well paid
I blew it all at the penny arcade

Langsam hob sie den Kopf an, ließ ihre Augen schweifen. War sie in einer Kirche oder Kapelle?

Eisig kroch die Kälte in ihr hoch, schnürte ihr erneut die Kehle zu. Wieder schnappte sie verzweifelt nach Luft. Zählen, zwang sie sich. Sie musste nur den Blues zählen. Sie zwang sich den ersten Vers zu wiederholen, suchte den zweiten.

A hundred dollars
On a kewpie doll
No pretty chick is gonna make me crawl

Sie liebte die kleine Pause vor *make me crawl*. Sie sang innerlich die letzte Zeile der zweiten Strophe.

No pretty chick is gonna make me crawl

Plötzlich trat er hinter sie. Zog mit einer brutalen Bewegung das Klebeband von ihrem Mund, riss ihren Kopf an den Haaren nach hinten.

* * *

Ratlos saßen sie da. Gianni konnte kaum still sitzen. Er musste sich zwingen, die Ruhe zu bewahren. Er gestand sich ein, dass Moritz sich offenbar besser fokussieren konnte. Sie mussten Hannah finden. Nachdem Marius John, Hinrich Berg und die Galgenhohle ergebnislos überprüft worden waren, blieben ihnen nur noch zwei Spuren. Die Fahndung nach von Köhnen lief auf Hochtouren. Nachbarn, seine Sekretärin und Pater Christoph wurden außerdem nach möglichen Aufenthaltsorten gefragt. Das konnten sie den Kollegen überlassen.

Sie selbst versuchten seit einer halben Stunde etwas über den Jungen mit den Segelohren herauszubekommen. Erfolglos. Außer einem Eintrag in den Jahrbüchern konnten sie auch mithilfe des Abts nichts in Erfahrung bringen.

»Es ist, als wäre der Junge ausgelöscht worden«, seufzte Moritz. »In keiner der Datenbanken haben wir jetzt was gefunden.«

»Wenn die Verwaltung des Internats uns wenigstens einen Hinweis geben könnte. Aber so haben wir keinen Ansatzpunkt. Ich hatte zuvor immer schon den Eindruck, dass mir die Fotos irgendetwas sagen«, meinte Gianni und stellte sich mit einigen Fotos vor die Pinnwand. Er heftete die Fotos von Arnd Schumacher, Philipp Waldhoff, Marius John und Hinrich Berg um einige Fotos von dem Jungen mit den abstehenden Ohren. Moritz warf einen Blick an die Wand und reichte Gianni ein Foto von Johannes von Hohenfels.

Gianni sah es sich genau an: »Er war als Einziger nicht im Internat.«

Moritz nickte und wollte es sich ebenfalls ansehen, doch Gianni behielt es in der Hand.

»Oder warte mal«, sagte Gianni. »Zeig doch mal her.« Gianni besah sich das Foto genau. »Haben wir das auch als Datei?«

»Dieses nicht. Aber ein anderes auf der Homepage von der CAP«, antwortete Moritz und legte das Bild auf seinen Bildschirm.

Gianni trat hinter ihn und vergrößerte es immer mehr: »Sieh mal auf die Finger hier. Er hat den Mittelfinger um den Zeigefinger gelegt, und trotzdem ist der Mittelfinger noch ein wenig länger.«

»Das stimmt. Und du meinst ...«, unterbrach sich Moritz und vergrößerte eines der eingescannten Bilder von dem Jungen mit den abstehenden Ohren, auf dem die Hand des Jungen zu sehen war. Doch darauf war nichts zu erkennen.

»Auf dem Video«, fiel es Gianni ein.

Moritz suchte eine Stelle und wurde fündig. Er vergrößerte den Bildausschnitt: »Das ist er! Ganz eindeutig.«

Gianni drehte an seinem Schnauzer: »Aber diese abstehenden Ohren. Ich bin mir nicht sicher. Ich such mal nach Informationen über seine Eltern. Wir haben das gemacht, aber vielleicht haben wir mit weniger Informationen etwas übersehen.«

Es dauerte nicht lange, dann wurde er fündig.

»Adalbert und Christine von Hohenfels, geborene Lieb, sind bei einem Autounfall in Südfrankreich verunglückt. Der damals neunzehnjährige Sohn ... Verdammt, das passt!«

»Adresse?«, rief Moritz. »Wir brauchen die Adresse von Johannes von Hohenfels!«

»In Mannheim, Mollstraße. Ich verständige die Kollegen und Georg«, rief Gianni Moritz nach, der schon zum Auto eilte.

* * *

Plötzlich wurde sie ruhig. Sie wusste, dass sie es nicht mehr aufhalten würde. Ihn nicht mehr stoppen konnte.

Wenigstens konnte sie sich umsehen. Hannah vergegenwärtigte, dass der Raum der Sixtinischen Kapelle nachgebildet worden war, jedoch ein großes Bett in der Mitte des Raumes stand. Sie versuchte nicht mehr, Johannes von Hohenfels in ein Gespräch zu verwickeln. Er stand da, eine Pistole in der Hand, und schien in seine Gedanken versunken zu sein. Plötzlich kam er auf sie zu, holte aus und schlug ihr mitten ins Gesicht.

»Ich habe alle Spuren vernichtet. Alles, was ich hasse«, sagte er leise. »Meine Träume, das Video und Johann Lieb.«

Und da begriff Hannah, worum es die ganze Zeit gegangen war.

»Niemand wird ahnen, dass ich einmal Johann Lieb war«, sagte er.

»Musste Arnd Schumacher deswegen sterben?«

»Er hat mich erkannt. In Miami. Wir waren dort gemeinsam auf einer Konferenz. Was mich verraten hat, das weiß ich nicht. Er wollte, dass ich ihm verzeihe. Doch ich habe meine Identität verleugnet. Vor meinem Studium war ich zwei Jahre bei der französischen Fremdenlegion. Das tat gut. Danach war ich wirklich ein Mann und ich wusste, ich würde die Prüfungen des Herrn besser bestehen können. Als Arnd Schumacher am nächsten Tag auf die Bahamas weitermusste, wurde mir klar, dass ich es nicht aufhalten konnte. Es war eine Frage der Zeit, bis alle gewusst hätten, dass ich einmal diese erbarmungswürdige Kreatur gewesen bin. Ich musste dafür sorgen, dass er verstummte. Also suchte ich eine Person, die mich mit ihrem privaten Flieger mit auf die Bahamas nahm. Natürlich mit dem Pass von Johann Lieb.«

»Aber warum Philipp?«, wollte Hannah wissen.

»Arnd Schumacher musste ihm die Aufnahmen zugemailt haben, bevor er seine letzte Reise antrat. Es war nur eine Frage der Zeit, bis auch Philipp begriffen hätte, dass ich einmal Johann Lieb gewesen war. Mit der Hilfe des Herrn habe ich meine Träume vernichtet, die mich jahrelang heimgesucht hatten. Der Herr ist mit mir, und so vernichtete ich alle, die mir gefährlich werden.«

»Aber wie konnten Sie wissen, was Philipp wusste?«, fragte Hannah und begriff es, kaum dass sie die Frage ausgesprochen hatte. »Marlene? Wussten Sie es von Marlene?«

Johannes von Hohenfels betrachtete Hannah aufmerksam, bevor er antwortete: »Sie war bedürftig. Das war mir klar, weil ich Philipp kannte. Ihm war jede körperliche Berührung zuwider. Und sie strahlte das als Frau aus. Ich habe sie gebumst. Das brauchte sie. Diese Opfer musste ich bringen, um zu erfahren, was ich wissen musste. Sie lechzte in jeder Hinsicht nach Anerkennung. Sie rief mich sogar an, als sie den Stick fand.«

»Aber am Ende hat sie Sie überlistet. Sie hat den Stick geschluckt. Hatten Sie kein Mitgefühl mit ihr? Alles was sie wollte, war Liebe.«

Johannes von Hohenfels lachte höhnisch: »Liebe. Nur die Liebe zum Herrn ist rein. Sie wollte ihre niederen Instinkte und ihre Eitelkeit befriedigen. Es war eine Überwindung, meine Energie und meinen Samen an sie zu verschwenden. Einen Menschen lieben, was ist das für eine Idee? Ich wollte die Wahrheit aus ihr herausbekommen. Ich hätte sie einfach erhängt und keine Energie an sie verschwendet. Doch sie wollte den Kampf.«

Johannes von Hohenfels verstummte und hing seinen Gedanken nach.

»Aber Ihre Eltern müssen Sie doch geliebt haben«, versuchte Hannah ihn wieder zum Reden zu bringen.

Er begann, auf und ab zu gehen: »Ich habe meine Eltern geliebt. Aber sie haben nichts verstanden. Sie haben immer wieder darüber geredet. Sie haben mich jedes Mal neu zu Johann Lieb gemacht. Diesen Jungen, den gab es nicht mehr! Es war so ätzend, dieses Subjekt. Die Operation, um die Ohren anzulegen, die Operation meines Kiefers, hat mir das Leben geschenkt. Ich bin Johannes von Hohenfels.«

Plötzlich blieb er stehen: »Alle Spuren sind vernichtet. Es gibt diesen widerlichen Jungen nicht mehr. Nur Sie, Sie haben mich erkannt, als Sie das letzte Mal im Data-Room waren.«

»Aber Johann Lieb war doch nicht widerlich!«, bäumte sich Hannah auf. »Die anderen waren es. Die, die ihn gemobbt und drangsaliert haben, sind verachtenswert. Warum muss Johann Lieb vernichtet werden?«

»Dieser Junge war es nicht wert zu existieren. Wie er sich seinen Klassenkameraden angebiedert hat. Wie er um Freundlichkeit gebuhlt hat, sich gedemütigt hat, nur damit jemand mit ihm spricht. Wie er geheult hat und sich in seinem Selbstmitleid gewälzt hat. Er hat es nicht besser verdient. Ungelenk und hässlich, wie er war. Ich ertrag es nicht, an diese Kreatur zu denken!«, schrie er. Er beugte sich zu ihr runter, drückte ihren Kopf in den Nacken, sodass sie seinen Atem auf ihrem Gesicht spüren konnte: »Deswegen werde ich auch Sie vernichten! Ich muss es tun.«

»Sie irren sich. Die KTU hat die Datei Ihres Videos wiederhergestellt«, keuchte Hannah. »Jeder weiß, dass Johannes von Hohenfels Johann Lieb ist!«

Johannes von Hohenfels starrte sie an, seine Halsadern schwollen an. Plötzlich schrie er laut auf, stürzte aus dem Raum und warf Kerzenständer, Stühle, alles, was ihm vor die Füße kam, an die Wand. Hannah konnte hören, wie er nebenan Schubladen öffnete. Anschließend vernahm sie in der plötzlich eintretenden Stille das vertraute Geräusch einrastenden Metalls, als der Knall einer Detonation die Erde beben ließ.

Hannah schmiss sich auf die Seite und versuchte unter das Bett zu robben. Sie schrie so laut sie konnte, damit die Kollegen sie finden würden. Ein Schuss dröhnte, und ihr wurde schwarz vor Augen.

* * *

Als Hannah zu sich kam, lag sie auf einer Bahre. Vorsichtig versuchte sie sich zu bewegen. Es ging.

»Beruhigungsspritze?«, brachte sie mühsam hervor.

Moritz beugt sich zu ihr herab und schloss seine Hand um die ihre: »Du bist unverletzt. Hast aber einen Schock. Die nehmen dich mit und lassen dich ein bisschen schlafen. Aber keine Sorge, Andreas Ried ist schon unterwegs. Der wird an deinem Bett sitzen, wenn du aufwachst.«

»Und von Hohenfels?«, fragte sie.

»Er hat sich erschossen. Pater Christoph wurde am frühen Abend noch festgenommen und von Köhnen hat man in Basel an der Grenze erwischt. Der wollte sich wohl absetzen. Und jetzt Schluss damit. Ich sehe morgen nach dir. Ich muss hier noch ein bisschen Aufräumarbeit leisten«, lächelte ihr Kollege sie an. Er hatte tiefe Ringe um die Augen.

»Du siehst auch nicht gut aus, junger Kollege«, lächelte Hannah.

»Dafür habe ich es geschafft, dass dieser Krusche in den Knast wandert. Und Gianni kann endlich wieder nach Hause. Dafür habe ich ein paar Nächte investiert. Ich war gerade auf meinem Beobachtungsposten, als Giannis Anruf kam, dass du verschwunden bist. Hab einen ganz schönen Anschiss von Gianni kassiert, weil ich flüstern musste. Das war es mir wert. Die Kollegen haben die Sache alleine zu Ende gebracht. Oder wolltest du ihn bei dir im Haus behalten?«

»Du bist ein guter Freund«, sagte Hannah leise und ließ seine Hand los.

Sie wusste nicht, wie viel Uhr es war, als sie wieder zu sich kam. Andreas Ried lag neben ihr, angezogen. Sie besah ihn sich, in aller Ruhe, wie er so schlief. Vorsichtig schnupperte sie an ihm. Er roch gut. Er wollte sie sowieso zu einem Essen einladen, und sie wollte das gern, und in ihrer Vorstellung würden sie nach dem Essen auch im Bett aufwachen, am nächsten Morgen. Aber ohne Kleider. Jetzt lagen sie eben hier. Verkehrte Reihenfolge, dachte Hannah und wollte sich aufsetzen. Sie stöhnte. In ihrem Kopf drohte ein Sturm loszubrechen.

Langsam ging die Tür auf, und Hannah hörte leichte Schritte. Dann stand sie da, einen Blumenstrauß in der Hand.«

»Verdammt, hatte ich eine Angst um dich«, stieß Annika aus und nahm ihre Freundin in den Arm. »Sag mal, liegt der schon lange da?«, fragte Annika in Richtung Andreas Ried.

»Das hab ich nicht mitgekriegt. Als ich eben die Augen aufgemacht habe, lag er da. Und gleich danach bist du gekommen. Hoffentlich musst du mich nicht nach jedem Fall im Krankenhaus besuchen. Seltsame Gegend hier. Am Bodensee ist das in zwanzig Jahren Dienst nicht ein einziges Mal vorgekommen«, meinte Hannah.

Annika lachte leise. Ein kleines Schweigen entstand und Annika nahm Hannahs Hand in die ihre. »Ich weiß auch nicht, warum ich in letzter Zeit so abweisend bin. Ich komme gerade mit mir selbst nicht klar.«

»Das weiß ich doch«, sagte Hannah und strich ihr eine Locke hinters Ohr.

»Übrigens, deine Mutter ist auf dem Weg nach Bahnbrücken. Da steckt wohl Gianni dahinter. Sie will dich wieder aufpäppeln, soll ich dir ausrichten«, berichtete Annika.

»Das ist ja eine Überraschung«, bemerkte Hannah.

Andreas Ried hob den Kopf, schreckte auf und stand sogleich auf den Füßen: »Ich war so müde, tut mir leid. Wie geht es dir denn?«

Hannahs Herz schlug ein wenig schneller: »Macht nichts. Freut mich, dass du überhaupt gekommen bist.«

»Ich war ganz schön erschrocken«, sagte der Förster. »Bist du Annika?«

»Ja, bin ich. Ich geh mal eine Vase holen«, meinte die Freundin und huschte zur Tür hinaus.

Wieder entstand ein kleines Schweigen, und Hannah hätte gerne gewusst, was Andreas dachte. Sie hoffte, er würde überlegen, wie er sie am besten küssen konnte.

»Woran denkst du?«, fragte Hannah ein klein wenig schüchtern.

»Nicht so wichtig«, wehrte er ab und wirkte ziemlich verlegen.

»Einer Kommissarin muss man antworten. Immer«, sagte Hannah und fragte sich, wann sie verlernt hatte zu flirten.

»Also gut«, lachte Andreas. »Als ich angerufen wurde, dass du in Mannheim in die Klinik eingeliefert wurdest, habe ich gerade einen Boxkampf angeschaut. Und ich habe grad überlegt, wo ich den Kampf fertig anschauen kann.«

So hatte Hannah sich das nicht vorgestellt.

Danksagung

Dem gesamten KBV-Team danke ich für die gute und freundliche Zusammenarbeit.
Volker Maria Neumann für seine Geduld und Vorsicht beim Lektorat.

Und wenn ich schon mal dabei bin:

Michael Kinzig für viele Gespräche über meine Figuren, Ideen und für verbissene Diskussionen um manches Wort.

Wolfgang Butt, der mich immer wieder bestärkt hat und dessen Meinung mir wichtig ist.

Anke Gebert, meiner klugen Kollegin, die ein offenes Ohr hat, und von der ich mir noch viele Bücher wünsche.

Susanne Binder für ihre Freundschaft, die über viele Höhen und Tiefen gehalten hat.

Susanne Vocke, die immer da ist, wenn man sie braucht. Egal ob wir lachen, schimpfen, kochen oder einfach nur zusammensitzen.

Oskar Oßfeld für die großzügige Bereitstellung historischen Quellenmaterials.

Christiane Haußer für ihre Unterstützung in Sachen Natur, Karten, praktisches Leben und schöne Feste.

Pia Rodon, meiner großen Schwester, die in Wirklichkeit Löwenherz heißt (ich bin Krümel), die mich und meine Bücher ohne Wenn und Aber liebt und verteidigt.

Unserer Mama, die immer zuhört.

Michael, Sophie und Magnus. Danke, dass es Euch gibt.